변비 걸린 **돼지의** 도전기

변비 걸린 돼지의 도전기

초판 1쇄 인쇄_ 2011년 6월 15일 | **초판 1쇄 발행**_ 2011년 6월 17일
지은이_경규진 · 김별아 · 이현정 | **펴낸이**_진성옥 · 오광수 | **펴낸곳**_꿈과희망
디자인 · 편집_김창숙, 박희진 | **마케팅**_김진용
주소_서울특별시 용산구 원효로 1가 112-4 디아뜨센트럴 217
전화_02)2681-2832 | **팩스**_02)943-0935 | **출판등록**_제1-3077호
http://www.dreamnhope.com| e-mail_ jinsungok@empal.com
ISBN_978-89-94648-11-8 43810 | **값** 13,000원
ⓒPrinted in Korea. | ※ 잘못된 책은 바꾸어 드립니다.

학생저자 10만 양성을 위한 대구광역시교육청 책쓰기 프로젝트

변비 걸린 돼지의 도전기

18세 대한민국 여고생의 도전기

경규진 · 김별아 · 이현정 지음

꿈과 희망

책쓰기와 함께하는 두 번째 여행

'나만의 책 쓰기'

누구나 한 번쯤 꿈꾸면서도 현실로 옮기기는 어려운 말이지만, 대구의 학생, 경북여고의 학생들에게는 그리 낯설거나 두렵지만은 않은 단어입니다. 대구광역시 교육청의 후원으로 지난 2009년부터 시작해 온 책쓰기 동아리가 올해로 세 번째 신입생을 맞게 되었고, 2010년부터는 책쓰기 수업이 정규 교육과정으로 들어오면서 1학년 전체 학생이 자신만의 책을 쓰고 있기 때문입니다. 그 결과 대구광역시 교육청의 출판 지원 도서에 선정되어 김나은, 김별아 두 명의 학생이 지난 2009년 5월에 '17살의 시간여행(도서출판 꿈과희망)'을 출판하였습니다. 그리고 2011년 역시 김별아, 경규진, 이현정 세 명의 학생이 '변비 걸린 돼지의 도전기'라는 제목으로 두 번째 책을 출판하게 되었습니다.

올해로 고등학교 3학년이 된 별아는 대한민국의 평범한 수험생이지만, 고등학생의 신분으로 두 번이나 책을 출판하게 된 학생 작가이기도 합니다. 첫 번째 책인 『17살의 시간여행』에서 「잃어버린 나의 별, 여우별을 찾아서」라는 소설과 함께 귀국학생인 자신의 이야기를 덧붙였는데, 미국과 다른 한국의 고등학교에 적응해 나가며 고군분투하는 이야기가 많은 감동을 주었습니다. 그래서 이번에 「평범하지만 독한, 귀국학생의 한국학교 적응기」라는 제목으로 두 번째 책을 쓰게 되었습니다.

고등학교 1학년 생활을 무사히 보낸 별아에게도 2학년 때 시련이 찾아와

한때 학교생활을 포기하려 한 적도 있었습니다. 하지만 특유의 인내력과 끈기로 그 시련마저 잘 극복하여 지금은 원하는 대학에 진학하기 위한 준비를 착실하게 하고 있습니다. 아이를 해외에 유학시키기 위한 책은 많지만, 귀국학생이 한국의 교육에 적응하기 위한 책은 많지 않은 것이 사실입니다. 하지만 우리 나라에는 해외로 유학 가는 학생만큼이나 많은 귀국학생들이 있습니다. 별아의 생생한 경험이 담긴 이 책은 많은 귀국학생들 뿐만 아니라, 대한민국의 모든 고등학생들, 그리고 자녀를 키우시는 부모님이나 이미 학창시절을 거쳐 온 어른들에게도 많은 감동을 줄 것입니다.

규진이는 작은 눈 속에 또렷이 빛나는 큰 눈빛이 참 아름다운 학생입니다. '큐레이터' 가 꿈인 규진이는 그림 실력이 뛰어나 반 친구들에게 직접 그린 멋진 책 표지를 선물하기도 했지요. 또 규진이 스스로가 독특하고 재미있는 캐릭터를 지니고 있어 친구의 시나리오 작품 주인공으로 등장하기도 했습니다. 이렇게 톡톡 튀면서도 '미술' 을 세상에 알리고 싶다는 큰 꿈을 가진 규진이가 드디어 「진짜 미술사 展」이라는 소설을 만들어냈습니다. 규진이의 원고를 처음 읽던 날 저는 마음 속으로 외쳤지요. '규진이가 드디어 큰일을 해냈구나!'

「진짜 미술사 展」에는 벽화 속에서 나온 돼지 폼폼이가 등장합니다. 폼폼이가 노숙자이자 화가인 주인공을 데리고 다니며 고대 미술 벽화를 소개하지요. 폼폼이와 함께 환상 속의 세계를 즐겁게 헤엄치며 돌아다니다 보면 나도 모르게 고대 미술 벽화에 대한 놀라운 지식을 얻게 될 것입니다. 곧 나오게 될 '중세, 근대, 현대 미술편'도 무척 기대되는군요.

현정이는 책쓰기 동아리 첫 모임에서도 남다른 모습을 보인 학생입니다. "저는 우리 할아버지의 이야기를 소설로 쓰고 싶어요."라며 차분하게 말하던 현정이의 모습에서 큰 작가의 탄생을 예감했었지요. 며칠 밤을 새우고 고민하며 할아버지와 아버지의 갈등을 조심스레 풀어가던 진지한 소녀 현정이. 결국 현정이는 2010년의 한여름 더위보다 더 뜨거운 고민 끝에 「변비 걸린 말들에게」라는 작품을 탄생시킵니다.

이 작품 속 어린 소녀는 잔잔한 눈으로 가족들의 아픔을 지긋이 바라보고 있습니다. 소녀는 할아버지와 아버지의 삶을 따라다니며 독자에게 조용조용 가족의 이야기를 들려줍니다. 그렇게 가족만이 느낄 수 있는 감정의 선을 미묘하게 쓰다듬으며 엉켜 있는 갈등의 실타래를 차분히 풀어가지요. 소녀의 눈을 따라가다 보면 독자들은 궁금해질 것입니다. 할아버지의 '말의 변비증'은 도대체 언제, 어떻게 끝날 것인가?

은근하게 감정을 절제하면서도 아름답고도 진실이 묻어나는 현정이만의 특유의 문체! 말이 빚어내는 감동이라는 것이 바로 이런 작품을 두고 하는 말이겠지요. 얼마 전 하늘 나라로 떠나셨다는 현정이의 할아버지께 이 작품을 선물하고 싶습니다.

　경북여고 책쓰기 동아리의 두 번째 책을 세상에 선보이며, 지난 일 년간 원고 쓰기와 교정,편집하기, 표지디자인과 제본하기까지 직접 하느라 동분서주했던 세 명의 저자들에게 가장 큰 감사의 마음을 전하고 싶습니다. 책쓰기의 중요성에 공감하시며 적극적인 후원자가 되어 주시는 경북여고의 최교만 교장 선생님과 우창호 교감 선생님, 대구광역시 교육청의 한원경 장학관님과 장성보 장학사님, 부족한 원고를 다듬어 한 권의 멋진 책으로 만들어 주신 꿈과희망 출판사의 김창숙 편집장님께도 감사를 드립니다.

　트리나 포올러스의 동화 '꽃들에게 희망을'에 나오는 애벌레들은 서로를 밟고 꼭대기에 오르지만, 꼭대기 위에는 아무것도 없었습니다. 그리고 진정으로 높은 곳에 오르기 위해서는 애벌레가 아닌 나비가 되어 날아올라야 한다는 것을 깨닫게 됩니다. 급변하는 사회 속의 무한 경쟁 속에서 수많은 아이들이 벼랑 끝으로 내몰리고 있는 현실입니다. 하지만 열여덟이라는 나이에 나만의 책을 쓰고 출판하는 경험을 한 아이들은 이미 자신 안에 숨어 있는 나비의 날개를 발견하였을 것입니다. 언젠가 세상의 모든 아이들, 그리고 어른들까지도 책쓰기를 통해 자신만의 날개를 펼쳐 날아오르는 아름다운 세상을 꿈꾸어 봅니다. 꽃 피는 2011년의 봄날, 나비가 된 이 책을 훨훨 날려 보내며 추천의 글을 마칩니다.

풀꽃 가득한 경북여고의 교정에서
지도 교사 김소연, 전윤정

차례

■ 추천의 글 · 책쓰기와 함께하는 두 번째 여행   4

진짜 미술사 展 ⋯⋯⋯⋯⋯⋯⋯⋯⋯⋯⋯ 13
-고대 미술

경규진

블루칩 작가   14

[고대 미술]
돼지   20
　　라스코 벽화 · 31

지중해 사람들   34
　　늪으로 사냥을 나간 네바문 (이집트) · 52
　　악타이온의 죽음 (그리스) · 56
　　디스코볼로스 (그리스) · 58
　　밀로의 비너스 (그리스) · 60

· 글쓴이의 말 · 62

평범하지만, "독한"
귀국학생의 한국학교 적응기 ·········· 63
김별아

• 프롤로그 - PROUD   64

I. 왜 하필 나야? Why me?   69
　귀국   70
　첫 번째 시련   77
　한 줄기 희망   83
　두 번째 고비   87

II. 소녀, 문을 두드리다   93
　1학년 10반 36번 김별아   94
　여름방학, 체력과의 싸움   97
　슬럼프   104
　또 다른 시작   107

III. Fly High   113
　폭풍우   114
　끝없는 도전   118

• 에필로그 - Eternal Victory   126

차례

IV. 여행기   131

Asia Youth Parliament 2010   132

Plan Korea   137

나마스떼! 한국/네팔 청소년 희망프로젝트   141

들어가기 전에 · 141

센터 이야기 · 144

고카르나 고아원 · 147

천변 청소 · 150

어린이집 봉사 · 153

무지개축제 · 157

화장터 · 160

V. 인간 김별아   163

나의 꿈   164

나의 롤 모델   170

나의 추억   173

나의 이상형   178

TIP for 귀국학생, BEST 5!   182

• 맺는 글   185

■ 나의 못다한 이야기 : Photo Special   188

Table of Contents

변비 걸린 **말들에게** ·························· 197

이현정

• 서문   198

1. 변비로 죽는다   199

2. 사라져 주면 좋을 텐데요   219

3. 유실물   245

진짜
미술사 展

- 고대 미술 -

경규진

블루칩 작가

저번 주에는 단풍이 너무 보기 싫었다. 빨간 옷, 노란 옷, 고운 색동 저고리로 갈아입은 나무들은 산에 가서야 보이지, 도시 한복판의 단풍은 누르퉁퉁하고 거무튀튀한 것들이 딱 꼴 보기 싫었다. 돈 먹은 연기 떼에 찌든 더러운 나뭇잎들! 분명 그 말라비틀어진 나뭇잎들이 날 더 불쌍해 보이게 만들었을 것이다.

그런데 막상 나무들이 그 거지 같은 옷을 벗어버리자, 앙상한 몸뚱이가 바로 보이는 것이 사람 속을 더 뒤숭숭하게 만들어버렸다. 나무 사이로 쌩쌩 부는 바람은 아직 겨울이 아닌데도 살이 떨어지도록 추웠다. 그건 아마 바람이 벌써부터 동장군의 기세를 업었기 때문이 아니라, 내가 아직까지도 얇은 여름옷을 입고 있기 때문일 것이다.

원래의 하늘색은 보이지 않는 때탄 잿빛 반팔 티셔츠와 끝단이 너덜너덜해진 바지. 뒤축을 구기지 않으려는 노력은 보이지도 않는 더러운 운동화. 눈을 찌르는 덥수룩한 머리. 나는 지금 노숙자이다.

올 여름까지는 나도 직업이 있었다. 하얀 캔버스 위에 선과 면으로 작은 세계를 만드는 낭만적인 직업, 화가! 라는 것은 젊은 나의 착각일 뿐이었다.

어렸을 적엔 크고 작은 미술 대회에서 상을 곧잘 탔었고, 학생 때도 "너 그림에 소질 있구나."라는 말을 꽤 많이 들었었다. 대학교는 미대 하면 딱 떠오르는 국내 최고의 대학을 나왔다. 물론 유학도 다녀왔다. 교수님 예쁨 도 받았던 것 같다. 학점도 좋았고.

데뷔도 화려했다. 졸업 후 동기들과 전시회를 열었을 때, 내 그림은 큰 주목을 받았다. 그 해 공모전 수상작보다 내 그림이 더 많은 주목을 받았 다. 국내의 유명 평론가들과 미술관 관장들이 찾아와 극찬을 아끼지 않았 고, 전시작들은 생각지도 못한 값에 팔렸다. 난 그 해의 블루칩 작가로 떠 올라 스폰서가 끊이지 않았다.

그런데 작가 데뷔한 지 1년 만에 망하다니! 졸업할 때까지는 그럭저럭 순 조로웠지만, 졸업 후에는 모든 사정이 달라졌다. 블루칩 작가? 참 나. 미술 시장은 새로운 작가들이 비집고 들어갈 틈도 없을 정도로 **빡빡한** 상태였 다. 오랜 작품 활동을 한 사람들 입에도 거미가 집을 짓는데, 이제 대학을 갓 졸업한 풋내기를 위한 공석 따위는 없었다.

동기들 대부분은 디자인이나 교사 일을 했다. 나처럼 먹고 살 길 없는 회 화만을 고집하는 녀석들은 매우 적었다. 겨우겨우 뭉쳐 전시회를 열었을 때, 전시장에는 기뻐 들뜬 우리들 밖에 없었다. '첫날이니까. 내일부터 조 금씩 입소문을 타면 사람들이 찾아오겠지?' 다음 날도 10평 남짓한 전시장 은 황량했다. 계속. 이틀이 지나도. 한 주가 지나도. 보름이 지나도록 전시 장을 찾은 사람은 동네 노인 둘과 화장실에 가려는 꼬마가 다였다. 공기분 자들과 얘기를 나눴던 것 같기도 하다. 마지막 날 우리는 눈물 젖은 자장면 곱**빼기** 하나를 나눠 먹었다.

그 후, 집에 쌓여 있는 캔버스 수는 꾸준히 늘었다. 빠지는 것 없이 그리 는 수대로 차곡차곡. 그림을 팔 길이 없었다. '로비를 할까' 하는 생각도 들 었지만 로비를 어떻게 해야 하는지도 몰랐다. 그래도 계속 그림을 그리다, 재료값이 떨어졌을 때야 '아, 다른 직업을 좀 구해볼 걸!' 하고 혼자 한숨을 쉬었다.

하늘이 얼룩덜룩해지기 시작했다. 점점 추워지는 게 느껴졌다. 조만간 어디서 잠바를 주워야겠다. 겨울 내내 반팔로 지내다 죽고 싶진 않다. 내가 추워 죽든 말든, 해는 점점 산 밑으로 들어갔다.

과거의 유명한 화가들처럼 어려움 속에서도 계속 그림을 그렸다면 성공할 수 있었을까? 하다못해 지금쯤 형편이 나아지기라도 했을까? 기회라도 잡을 수 있었을까? 나는 아직도 그림을 그리고 싶다. 날마다 머릿속을 캔버스 삼아 상상을 하지만, 그림은 꼭 완성되기 전에 뒤섞여 엉망진창이 되어 버린다. 더러운 물통 속에 물감을 휘저어 넣는 것 같다.

청승맞게 눈물이 났다. 해가 산 속으로 아예 숨어버리자, 기온이 뚝 떨어졌다. 눈물 때문에 더 추워지는 것 같았다. 코를 훌쩍이며 슬금슬금 지하철로 내려갔다. 벽에 걸린 그림은 이미 너무 많이 봐서, 안 보고도 따라 그릴 수 있을 것 같다. 예전에는 다른 사람 그림은 잘 보지 않았었는데, 요즘은 그림을 못 그리니 뭐든 마음껏 볼 수라도 있으면 좋겠다.

이 지하철역에선 화장실이 제일 따뜻하다. 역 출구에서 조금 안쪽에 들어가야 있는데다가 다른 곳과 달리 문이 달려 있기 때문이다. 화장실 입구 옆에는 광고지나 안내문 따위를 붙일 수 있는 게시판이 마련되어 있다. 노숙자 생활은 심심하기 짝이 없어.남들은 쉽게 지나치는 이 게시판을 하루에 열댓 번은 넘게 보는 것 같다.

은색 프레임 안에는 큰 포스터들이 어지럽게 붙어 있었다. 철 지난 단풍축제, 국내 초연이라는 뮤지컬, 대학로에서 하는 연극, 물을 아끼자는 캠페인, 과외 아르바이트를 구하는 광고지……. 모두 다 오늘 오후에 봤던 것들이었다. 하나만 빼고.

'진짜 서양 미술사 展'.

미술사 전시 홍보면서, 명화 한 점 들어가 있지 않은 포스터였다. '진짜

진짜 미술사展

습작만 가지고 오는 국내 서양 미술사전
프린트된 그림을 걸어놓는 국내 서양 미술사전

'미술사典'

'미술사展'

미술 사전을 확대한 것이 아닌
여러분들 눈으로
'진짜'
그 시대의 대표작들을 볼 수 있는 미술사 전

명화는 전시장에 있는데, 뭐하러 포스터에 넣겠냐.' 라고 말하는 듯이. 눈에 확 띄는 색깔의 배경에 깔끔한 글자체로 정렬되어 있는 소개문이 다였다.

미술사 전이라. 대학생 때 딱 한 번 가보고는 다시는 가지 않았다. 나름 국내 최대 전시랍시고 한 것이었는데, 제대로 된 작품은 하나도 없었다. 광고 말처럼 그냥 시중에 있는 미술사 책을 크게 펼쳐놓은 것밖에 되지 않았다. 원작 크기로 뽑은 고화질 인쇄물과 자잘한 스케치들. 유명 작품을 작게 만들어서 가지고 온 모형. 그런 것들을 시간 순서에 따라 나열해 두었을 뿐인 전시회에는 아무 감동도 보람도 없었다. 같은 돈이라면 더 자세한 설명과 더 많은 그림이 있는 책을 사는 것이 훨씬 나았을 것이다. 책은 나중에라도 볼 수 있지, 어쭙잖은 전시회는 나에게 얄팍한 지식마저 주지 않았다.

그러나 이 '진짜' 전시회는 다를 것 같다. 진짜 작품이 날 기다리고 있을 것 같다. 포스터는 그림을 그리지도, 보지도 못하는 나에게 어서 오라고 말하고 있었다.

심장이 쿵쿵쿵 뛰고 피가 빠르게 도는 것이 느껴졌다. 머리가 핑글핑글 돌았다. 보고 싶다, 보고 싶다, 보고 싶다, 봐야겠다, 봐야겠다!

고대 미술

돼지

어제 저녁, 그러니까 한 4시간 전쯤, 난 제 정신이 아니었던 것이 분명하다. 어제 갑자기 휑해진 나뭇가지 탓일까, 입고 있던 얇은 옷 때문일까, 유독 붉어 울적하게 만들던 노을 때문일까. 노을 탓인 것 같다. 노을 때문에 감정이 벅차오르던 그때 하필 포스터를 봐서는! 내가 어제 노을이나 포스터 둘 중 하나만이라도 보지 않았더라면 그림을 보겠다고 밤중 몰래 미술관에 들어오는 일은 절대 하지 않았을 것이다.

어두컴컴한 복도를 조그마한 전등들이 음산하게 비췄다. 먼지가 날아다니는 것이 보였다. 괜히 눈이 따가워졌다. 발자국 소리가 울려 꼭 뒤에 누군가 따라오는 것 같았다. 나처럼 소심한 애가 무슨 잠복을 하겠다고…… . 이러다 걸리면 그대로 감방에 들어갈까. 아직 훔친 것도 없고 뭘 훔칠 것도 아닌데, 이 말을 믿어줄 리도 없고. 으아, 진짜 괜히 들어왔다.

'지금이라도 다시 돌아갈까?' 하는데, 전시실 앞에 도착했다. 진짜 서양미술사 展. 유리문에 철제 손잡이가 달려 있었다. 유리였지만 어두컴컴한 탓에 안쪽은 보이지 않고, 내 모습만 비쳤다. 일주일 전 내린 비로 씻은 것이 마지막인 더러운 얼굴이 늘어난 옷을 입고 서 있었다.

갑자기 지금 이 상황이 신이 가난한 내게 준 기회라는 생각이 들었다. 진짜 명화를 전시하고 있는 미술관의 경비가 이렇게 허술할 리가 없다. 미술관 문이 닫히기 전에 몰래 입구 화장실에 숨어 있었는데, 아무도 확인하러 오지 않았다. 오는 길에 지나온 문들도 아무 보안 장치가 없었다. 여태까지 한 번도 걸리지 않고 온 것은 분명 하늘이 지금 내가 하는 일을 묵인해 주셨기 때문이다. 바로 앞의 유리문도 보아하니 아무런 잠금장치가 없다. 그럴싸한 지문인식기나 도어락은커녕 간단한 열쇠도 없이 그냥 손잡이를 잡고 밀면 바로 전시실이다.

손이 땀에 젖어 축축했다. 차갑게 식어 주먹을 쥐고 펴는 것도 어설펐다. 수능을 칠 때 꼭 이런 기분이었고, 첫 전시회를 열기 전에도 이런 기분이었다. 수영장 락스 물이 턱까지 차오른 것 같다. 먼지 물 속에서 버둥거리며 겨우 손잡이를 쥐었다. 손잡이에도 내 모습이 비쳤다. 코는 커다랗게 눈은 조그마하게 일그러져 있는 우스꽝스러운 모습.

계속 미끄러지는 손을 다잡았다. 이 문만 열면. 숨을 한번 들이쉬고, 열었다. 끼익 하는 소리 하나 없이 표면만큼이나 매끄럽게 쓰윽 열렸다. 한 발자국 들어갔다. 알람이 울리지 않았다. 크게 움직이면 감지하는 건가 싶어서 춤을 춰봤지만 여전히 조용했다. 전시실의 바닥은 폭신폭신해서 내 발자국 소리도 들리지 않았다.

"휴우. 진짜 아무것도 안 걸려 있네."

긴장이 탁 풀려버렸다. 갑갑하던 속이 가벼워졌다. 뭐가 있는지 둘러보려는데 깜깜해서 그림이 어디에 있는지도 잘 보이지 않았다. 좀 전 같으면 불 켜는 것 하나에도 소심하게 몇 분을 고민했겠지만, 이제 별 겁이 나지 않았다. 문 옆을 더듬거리니 스위치는 쉽게 찾을 수 있었다.

불을 켜니 시야가 환해지면서 눈이 아팠지만 곧 익숙해져 주위를 둘러봤다. 매우 높은 천장에 둥그런 샹들리에가 걸려 있었다. 하얀 배경에 옅은 회색으로 기하학 무늬가 연속적으로 배열되어 깔끔하고 고급스러운 느낌이었다. 폭신폭신한 바닥은 진한 황토색이었다. 지금 내가 서 있는 동그란

방 자체는 작았지만, 전시실은 매우 넓은 듯했다. 이 방을 중심으로 여러 방들로 통하는 문이 나 있었다. 고대미술, 중세미술, 근대미술, 현대미술. 둥그런 아치형 문 위에는 각 방의 이름이 적혀 있었다. 아직 불이 켜지지 않은 방 안은 아무것도 보이지 않았다. 근처에 책자가 있어 지도를 보았다. 미술사의 흐름에 따라 나눈 각 시대의 방 안에는 유행했던 화파가 시대순대로 이어져 있었다. 그리고 연속하는 큰 시대끼리는 다시 중앙 방에 돌아올 필요가 없도록 복도가 이어주고 있었다.

어디부터 갈까 고민하다 그냥 무난하게 맨 처음 방부터 들어가기로 했다. 원시·고대 미술. 포스터의 자신만만한 분위기는 라스코 벽화라도 떼어 왔을 기세였는데 말이야.

마찬가지로 문 옆에 붙어 있던 스위치를 켰을 때, 난 내 눈이 2cm 정도는 튀어나갔을 것이라고 확신한다. 얼굴에 있는 구멍이란 구멍은 모두 다 동그랗게 열고, 엉덩이를 쭉 뺀 어정쩡한 자세로 10초간 정지해 있었다. 누런 돌 벽에 온통 그려진 붉은 소와 말 떼들, 돼지, 사슴. 바닥도 울퉁불퉁한 것이 꼭 동굴 안에 들어와 있는 것 같았다. 설마, 설마 진짜 벽화를 들고 왔을 줄이야!

정말 말도 안 된다. 라스코 벽화는 부식하여 손상될 위험 때문에 프랑스 정부에서 폐쇄한 채이고, 일반인들이 볼 수 있는 것은 복제품뿐이다. 그 복제품인 라스코 2도 가져올 수 없을 텐데, 내가 보고 있는 건 뭐지? 또 다른 복제품? 벽화의 정체에 대해 고민할 때였다.

"이봐, 뭐 그렇게 멍청하게 서 있냐? 꿀."

이상한 소리가 들렸다. 벽화의 충격에서 헤어날 틈도 없이 식은땀이 줄줄 흘렀다. 숨이 턱 막혀 엉거주춤한 자세를 펴지 못하고 그대로 뒤를 돌아봤다. 들킨 건가? 바로 무릎을 꿇어야 하나, 당당하게 굴어야 하나, 바로 도망가야 하나, 온갖 생각이 잠깐 사이에 솟아올랐다. 그런데, 아무도……

"뭐냐. 내 말 무시하는 거냐? 꿀꿀."

없네……. 아까 전보다 더 많은 땀이 흐르기 시작했다. 얼굴에도 마구 흐르는 것이 느껴졌다. 손이 벌벌 떨렸다. 벽화 속에 있던 한 맺힌 귀신이 나타난 건가. 그러고 보니 지금쯤 12시 정각일 것이다. 꼭 어설픈 놈이 나쁜 짓 하면 걸린다고. 괜히 했어, 괜히 했어.

"너 귀머거리냐, 꿀꿀."

그런데 계속 거슬리던 것이, 말 뒤에 계속 돼지마냥 꿀꿀 거리는 소리가 따라 들렸다. 목소리도 꼭 입 안에 먹을 걸 꾸역꾸역 집어넣고 말하는 것 같았다.

"꿀꿀. 아, 내가 어디 있는지 모르는 거냐? 여기다, 여기. 네 뒤에 말이야, 꿀꿀."

머리가 차가워지면서, 심장박동이 원래대로 돌아오기 시작했다. 땀도 더 이상 나지 않았다. 내 뒤에 있는 꿀꿀이가 뭔지 대충 짐작이 갔다. 그 꿀꿀이도 평범한 것은 아니었지만, 날 잡으러 온 경비원이나 프랑스 귀신보다는 덜 무서웠다. 구부러져 있던 허리를 쭉 펴고 뒤를 돌아봤다. 돼지, 돼지, 돼지가 어디에 그려져 있지.

"여기라니까 그러네, 꿀! 정말 멍청한 녀석이구나! 네 오른 어깨 쪽에 바로 있잖아!"

동굴 벽화의 동물들은 생각만큼 작지 않았다. 교과서나 책에서 봤을 때는 커봤자 30cm 정도일 줄 알았는데. 작은 동물들은 어린 애보다 컸으며, 큰 동물들은 대략 성인 남자 두 팔은 훨씬 넘는 것 같았다. 지금 말을 하는 돼지는 꽤 작은 편이었다. 다행이었다. 만약 이 돼지가 저기 그려져 있는 황소만했다면, 징그러워서 도망갔을 것이다.

"봤는데 왜 말을 안 하냐, 꿀. 나 무시하는 거야?"

"아니야. 여기 몰래 들어왔는데, 들킨 줄 알고 놀라서 그랬어. 무시하려고 그런 거 아니야."

귀신 얘기는 빼놓고 했다. 귀신 때문에 겁먹었다고 말하면, 저 돼지, 왠지 깐족거리며 놀릴 것 같다.

"그런데, 너 어떻게 말을 해? 살아 있는 것도 아니고, 인간도 아닌데."

경비랑 귀신에 대한 두려움이 더 커서 그렇지, 사실 이 돼지도 따지고 보면 무서운 녀석이었다. 살아 있는 것도, 인간도 아닌 것이, 거기다 프랑스 출신인데 한국말을 하고 있다. 프랑스에서 죽은 한국 관광객의 한이 담긴 돼지인가.

"꿀꿀, 무슨 뚱딴지 같은 소리냐?"

"응?"

"내가 그림이니까 당연히 말을 할 수 있는 거 아니냐, 꿀! 여기 있는 다른 애들도 말할 수 있는데, 낯선 사람이 오니까 겁먹어서 가만히 있는 것뿐이다, 꿀꿀."

어렸을 적 가장 좋아했던 동화책은 '호두까기 인형'이었고, 청소년 때 열광했던 것은 '해리포터 시리즈'였다. 인형들은 12시만 되면 움직였고, 그림과 사진 속 인물들은 움직이고 말을 할 수 있었다. 이런 환상을 만들어 내는 걸 보니, 어린 시절로 돌아가고 싶나보다. 정신 차리자, 정신 차리자. 아직 미치기에는 너무 이르잖아.

"뭐야, 그 멍청한 표정은, 꿀? 미술 하는 녀석인 줄 알았는데, 아무것도 모르는구나?"

"아무것도 모르다니, 뭘?"

혹시 내가 길거리를 뒹굴던 몇 개월 동안, '프랑스 라스코 벽화의 동물들이 말을 할 수 있다는 사실이 밝혀졌습니다.'라는 뉴스가 뜬 건 아니겠지? 나뿐만 아니라 모든 사람들이 그림 속 돼지가 말을 한다는 것을 쉽게 납득할 수는 없을 것이다.

"원래 같으면 그냥 무시했겠지만, 70년 만에 처음 말하는 거니 내가 좀 더 얘기해 줄게, 꿀꿀. 너 그림 하는 애는 맞지? 예술, 그러니까 미술이 뭐라고 생각하냐, 꿀?"

"글쎄, 그리는 것만 좋아했지 별로 생각해 본 적은……."

"그러니까 아무것도 모르는 거 아니냐, 꿀!!"

깜짝이야. 돼지가 갑자기 고함을 빽 질렀다. 그림이라서 다행히 침은 튀지 않았다.

"미술품은 말이다, 꿀, 그린 사람의 의식이 감각적으로 나타난 흔적이다. 다르게 말하면 그림은 그린 이의 혼을 받아 태어나는 거지. 그러니까 당연히, 그림이 움직이고 말을 할 수 있는 것이다, 꿀. 화가의 감정이 얼마나 강하냐에 따라 그림의 생명력이 결정되는 거고. 더 나아가서는 그림의 성격도 화가의 성격과 기분에 따라 달라진다, 꿀꿀.

특히 이 라스코 벽화는, 사람들이 이렇게 부르던데, 맞지? 꿀, 정말 강하다. 생명이 길 뿐만 아니라, 매우 힘차다. 네가 아무리 그림 까막눈이라고 해도, 라스코 벽화가 힘차고 살아 있는 듯한 생동감을 준다는 말은 들어봤지, 꿀꿀?"

"그래, 오래 전이긴 하지만."

"그것도 내가 방금 말한 것과 관련이 있다, 꿀! 아니, 사실 그림의 모든 것들이 그린 사람으로부터 나오는 거지, 꿀꿀."

"화가가 생각을 담아 그린 거니까?"

"맞다, 꿀! 네 말대로, 화가의 내면이 그림의 가장 중요한 것인데, 화가의 내면은 그 시대의 현실에 영향을 받는다. 결국 그림도 현실과 관계를 가지게 되는 거지.

내가 살던 시절에는 말이다, 꿀. 지금처럼 풍요롭지 않았어. 아무것도 없었지. 변변찮은 기술도 없고, 도구도 없는데다가, 아직 농사를 짓지도 않았다. 그 시대의 사람들에게, 꿀, 사냥은 살기 위해 꼭 필요한 것이자 목숨을 걸어야만 하는 싸움이었다. 나와 곧잘 얘기를 나누던 꼬마 녀석이 있었는데, 걘 싸움을 나간 첫날에 다리를 뜯겨왔다. 사냥 기술도 마땅찮던 때에, 의술이라고 뛰어났겠어? 그 녀석은, 꿀, 그대로 방치된 채 죽어버렸다, 꿀꿀……."

돼지 눈에서 눈물이 흐른다거나, 그림이 축축해지지는 않았지만 돼지가 울고 있는 것이란 생각이 들었다.

"그때는 그만큼 절박하던 때였어. 사람들은 언제나 사냥을 생각하고 두려워했다. 꿀꿀.

그러다 그들의 삶의 공간이었던 동굴 벽에서, 어떤 형상을 발견했다, 꿀꿀. 그건 바람이나 물 따위가 만들어 낸 선들이었어. 아무 의미가 없는 것들이었지. 하지만 그것들은 사람들이 발견을 하면서부터 생명을 가지게 되었다. 사람들이 그것들을 그냥 선이 아니라 '짐승'이라고 생각했거든, 꿀꿀."

"항상 사냥감에 대한 생각으로 가득 차 있었으니까 그럴 만도 하겠다. 또 고대 사람들은 사냥감을 간절히 원했잖아. 어린 아이들이 구름을 보면서 먹고 싶은 솜사탕을 상상하는 것처럼, 그때 사람들도 그랬을 거야. 내가 봤으면, 붓이나 돈 더미로 보였을지도."

"맞다, 꿀꿀. 그럼 그 뒤에 사람들이 어떻게 했을 것 같냐?"

사람은 손을 움직이려는 본능이 있다고 들었다. 선을 보고 그 느낌을 자기방식대로 짐승과 연결한 사람들은…….

"글쎄. 자기가 원하는 대로 선을 꾸미고 싶어 하지 않았을까. 자기가 생각하는 동물의 형태와 더 비슷해지도록 말이야."

"그래, 꿀! 그게 인류 최초의 그림이다, 꿀! 사람들은 자기들이 원하는 모양대로 그림을 그리려고 했어. 물론 동굴 벽에 말이다. 지금까지는 이 라스코 벽화가 가장 오래 된 것이라고 알려져 있지."

"하지만 그때 사람들이 널 그림이나 예술이라고 생각하면서 그린 것은 아니잖아. 네가 이렇게 오랫동안 남아 있을 수 있다는 건, 좀 이상한데. 물론 그들이 절박한 심정이긴 했지만, 너희를 그린 것은 뭐랄까, 단순한 욕구에 불과했을 것 같은데?"

"오, 예리한데, 꿀. 지금부터 그 얘기를 하려던 참이다. 그래, 처음엔 확실히 이 동굴 벽화는 단순한 일상의 연장이었어, 꿀. 하지만 시간이 지나면서 사람들은 우리한테 더 강한 무언가를 실었어.

사람들은 우리를 그리면서 사냥이 잘 되기를 간절히 기원했다, 꿀꿀. 우리를 진짜 동물이라고 생각하며 신성시했어. 우리한테 창을 던지고 돌을 던지면서 사냥 연습을 하기도 했지, 꿀꿀. 저기 커다란 들소 보이지? 저 녀석 덩치가 크다 보니 과녁이 잘 되었어, 꿀. 가까이 가면 자국들이 보일걸."

동굴 한 면에 5미터는 넘을 법한 커다란 소 한 마리가 있었다. 이 벽화의 모든 동물들이 그랬지만, 이 황소는 특히 살아 있는 것처럼 보였다. 덥수룩한 털 속의 부리부리한 눈이 반짝하고 빛났다. 들소가 있는 벽면은 다른 곳보다 움푹 들어가고 우둘투둘했다. 목이나 다리 쪽은 흠집이 유독 심했다.

"사람들은 아마 날 찌르면서 큰 짐승에 대한 두려움을 극복했던 것 같더군."

소리가 크진 않지만, 동굴을 울리는 낮고 걸걸한 목소리. 거대한 소가 말을 하고 있었다. 주위의 작은 동물들이 움찔움찔거렸다. 말떼들은 금방이라도 절벽 밑으로 떨어질 것 같았다. 크르릉크르릉. 들소가 콧김을 뿜으며 몸을 뒤척였다. 당장 그림 속을 휘달릴 것 같이 발을 몇 번 구르고, 몸을 부르르 털더니 나를 똑바로 쳐다보았다.

"우리 벽화에서 제일 강한 녀석이다, 꿀꿀."

뒤편에서 돼지의 조그만 목소리가 들렸다.

"들었듯이, 사람들은 우리를 통해 사냥을 많이 하기를 기원했다. 특히나 나처럼 큰 그림에는 더 많은 사람들의 염원이 담겨 있다.

아까 우리가 어떻게 강하고 질긴 생명력을 가지고 있는지 물어 보았지? '생존'을 위해 살아가는 '많은' 사람들의 '간절함'이 우리를 이루고 있기 때문이다. '살겠다' 라는 가장 근본적이고 강한 바람이 50만 년이 넘는 세월 동안 쌓이고 쌓였는데, 우리가 그만큼 오래 남아 있는 것은 당연한 것 아닌가."

들소의 말에 벽화의 모든 동물들이 꿈틀거리는 것이 느껴졌다. 오랫동안 움직이지 않았던 굳은 근육과 목울대를 움직이는 소리가 들렸다. 엄청난 진동에 몸이 흔들렸다. 벽화는 초원이 되었다. 누렇기만 하던 돌 벽에는 초록 풀이 돋아났다. 물이 흐르고, 말떼가 달리기 시작했다. 작은 사슴들이 껑충껑충 뛰어다니고, 돼지들은 서로 몸을 비벼댔다. 크고 작은 들소들도 모여 풀을 뜯었다. 살아 있는 동물들이었다. 바람에 풀이 눕고, 나무가 일어섰다. 곰이 어슬렁어슬렁 돌아다니고, 이리가 높은 울음소리를 냈다. 숨어 있던 새들이 날갯짓을 하며 날아올랐다. 모든 그림이 살아 있었다!

"제대로 이해했나 보구나, 꿀꿀."

무리에서 빠져나온 돼지가 친근하게 물어봤다. 좀 전보다 훨씬 더 활기찬 모습이었다.

"정말 굉장해!"

"표현도 식상하기는, 꿀꿀. 파블로 피카소가 이 광경을 보고는 뭐라고 한 줄 알아?"

발굴 직후 동굴을 구경한 피카소는 '인류의 미술은 하나도 발전하지 않았다' 라고 말했다. 그래, 이런 걸 봤으니 그런 말이 나올 법도 하겠다.

못 박힌 듯 한참을 그곳에 서 있었다. 동물들이 스쳐지나갔다. 시끄럽지는 않았다. 웅. 웅. 웅. 땅이 계속 울렸다. 바람이 느껴졌다. 시원한 바람. 어디서 불어오는지 알 수 없었다. 발목이 간질간질 했다. 어느새 내가 서 있는 바닥까지 풀이 돋아, 무엇이 그림이고 무엇이 들인지, 무엇이 미술관인지 구분할 수 없었다.

라스코 동굴 벽화
lascaux

작가 미상
BC 1만 7000년 경
프랑스 아키텐 주

프랑스 몽티냐크에는 소문이라기엔 오랫동안 전해졌고, 전설이라기엔 단순한 얘기가 전해졌다. 마을의 나지막한 언덕 중턱의 조그마한 여우굴이 긴 지하도로 가는 입구라는 이야기였다.

그 이야기를 증명해 보이려 한 이들은 호기심 넘치는 십대 소년들이었다. 마셀 라비다(Marcel Ravidat)를 중심으로 네 명의 소년들이 계획을 짰다. 구멍 입구를 넓히자, 아래로 통하는 좁은 통로가 나왔다.

좁은 굴이 끝나고 발이 평평한 땅에 닿자 소년들은 또 다른 긴 통로를 만났다. 진짜 지하도구나 하며 희미한 램프 불에 의지해 계속 걸어가던 소년들은 30m가 넘는 그 긴 통로의 벽에 온갖 동물들이 그려져 있단 것을 알아챘다. 들소, 말, 사슴, 염소, 이리 등등 수많은 동물들. 그것이 바로 '선사시대의 루브르'라고 불리는 라스코 동굴 벽화다.

라스코 동굴 벽화는 기원전 1만 7000년 무렵의 구석기 시대 사람들이 그린 것이다. 그 오래 전의 작품이 이때까지 생생하게 남아 있다는 것만으로도 벽화는 사람들의 주목을 받았다. 그러나 그 뿐만이 아니다.

라스코 벽화에는 구석기 때 사람들의 의식이 담겨 있다. 제1의 물결이 퍼지기 전, 사람들은 사냥과 채집에 의존해 살아갈 수밖에 없었다. 그 중에서도 사냥은 매우 필사적인 생존활동이었을 것이다. 당시의 도구나 사냥 기술은 매우 단순한 것이어서 취미로 사냥을 하곤 하는 지금과 달리 사람들은 동물 하나를 잡기 위해 목숨을 걸어야 했다. 그들은 하루 종일 사냥에 대한 생각과 큰 짐승에 대한 두려움으로 살아갔을 것이다.

그들은 동굴에서 작은 선들을 발견했다. 인위적인 것이 아닌, 우연히 생겨난 것이었지만 사람들은 그것을 '동물'로 연상했다. 그걸 시작으로 구석기 사람들은 그들의 집인 동굴에 동물 그림을 그리기 시작했다. 그들은 실제 크기와 비슷한 동물들을 그리고, 사냥 연습을 했다. 그림을 향해 창이나 돌을 던지면서 사냥에 대한 자신감을 얻고 두려움을 극복했다. 라스코 벽화에는 주술적인 의미가 담겨 있었던 것이다.

'석기 시대의 피카소'. 라스코 동굴 벽화를 표현하는 말이다. 라스코 벽화는 미술사적 의미뿐만 아니라 뛰어난 표현과 기법으로 기존 미술이론을 뒤엎었다. '인류의 그림은 추상적인 것에서 사실적인 것으로 발전했다' 라는 이론은 라스코 벽화가 발견된 후로 밀려날 수밖에 없었다. 실제로 피카소는 라스코 벽화를 보고는 "인류의 미술은 하나도 발전하지 않았다."라고 얘기했다.

붉은색, 노란색, 푸른색, 검은색, 화려하게 칠해진 동물들은 매우 사실적이다. 질서 없이 이리저리 무리지어 있지만 생동감 넘친다. 게다가 '동굴'이라는 캔버스를 잘 활용하였다. 동물의 머리를 돌이 조금 튀어나온 데 그리거나, 돌의 색조로 명암을 조절하는 식으로 생생한 벽화를 그렸다.

세계 2차 대전이 끝난 1945년 본격적인 발굴을 시작하고, 1948년 일반인들에게 공개했다. 그러나 관광객들이 몰리면서, 벽화의 부식을 우려한 프랑스는 1983년부터 동굴을 닫고 복제품인 라스코2를 공개하고 있다.

공식 사이트(http://www.lascaux.culture.fr/)에 꼭 들어가 보라고 추천하고 싶다. 위의 글과 같은 내용을 수십 번을 읽어도 공감할 수 없었지만, 사이트에 들어갔을 때 생각이 바뀌었다. 잘 만들어진 3D게임처럼 동굴 속을 구경할 수 있는데, 그림 하나하나를 확대해서 살펴볼 수 있다. 실제 동굴에 들어간 것 같다. 뿐만 아니라 발굴 일지도 자세하게 읽어 볼 수 있다.

지중해 사람들

미술관에 사람이 들어오기 전 아슬아슬하게 빠져나온 지 벌써 12시간이 넘었다. 하루 종일 새벽에 본 꿈 같은 광경에서 빠져나오지 못했다. 계속 땅이 울리는 기분이었다. 넋 놓는 동안 겨우 번 돈으로 삼각 김밥 하나를 사먹고 나니 또 다시 미술관 앞이다.

네모반듯한 깨끗한 하얀 건물. 1층의 사면은 초록 빛 통유리로 둘러싸여 있다. 얼핏 보이는 실내는 모든 것이 매끄러웠다. 매끄러운 벽, 바닥, 테이블이 가로등 빛을 받아 불그스름하게 일렁거렸다. 유리로 된 천장 밑에 달린 샹들리에는 불이 들어오지 않았는데도 반짝거렸다.

유리벽은 들어오지 말라는 듯 연신 더러운 내 모습을 비춰주었다. 어제는 운이 너무 좋았다. 한 번도 들키지 않고 전시실에 들어가다니! 오늘은 다를 수도 있다. 당연히 들키지 않을까? 괜히 들어갔다가, 경비가 쫓아오고, 경찰차가 오고…… . 생각도 하고 싶지 않다. 하지만 오늘 새벽의 경험은 너무 멋진 것이었다. 위험이 있더라도, 그 위험을 감수하고 다시 한 번 겪어보고 싶은. 어제 전시실 앞 유리문에 비친 모습이 떠올랐다. 아직 뒷문은 열려 있을 것이다.

"내 이름은 폼폼이야, 꿀. 또 오면 다른 그림들도 같이 보자, 꿀꿀. 어떻게 된 일인지는 모르겠지만 난 다른 그림들을 돌아다닐 수도 있거든, 꿀."

날 보며 멍청이라고 놀릴 때는 언제고, 짧은 꼬리를 귀엽게 흔들며 돼지가 말했었다. 건물 뒤로 향하는 발걸음이 더 빨라졌다.

분명 난 신의 은총을 받고 있음이 분명했다! 바다를 가르는 기적보다 더 놀라웠다. 어제에 이어 오늘도 부스럭거리는 소리 하나 없이 전시실에 들어올 수 있었다. 콧노래가 흥얼흥얼 났다. 신발을 통해 느껴지는 바닥은 폭신폭신했고, 하얀 벽도 따뜻한 빛깔이었다.

'고대 미술실'에 들어가자 하룻밤 봤다고 많은 동물들이 말을 걸었다. "누구랑 얘기하는 거 정말 오랜만이야.", "간만에 몸 좀 풀었더니 정말 개운하더라.", "난 너무 푹 자는 바람에 무슨 일이 있었는지도 몰랐지 뭐야."

"걔네들 말 다 들으려면 수십 년은 걸릴 거다, 꿀. 빨리 와라."

저쪽 동굴 끝에서 폼폼이가 재촉을 해댔다. 다가가니 눈을 찡긋하더니, 동굴 밖으로 뛰어나갔다. 방금 전까지 폼폼이가 있던 곳을 끔벅끔벅 바라보았다. 이쪽으로 뛰어 나갔으니 다음 방 그림으로 넘어갔나.

다음 방의 불을 켰을 때, 왼쪽 눈과 오른쪽 눈이 따로따로 굴러다니는 기분이 들었다. 라스코 벽화를 봤을 때처럼 놀랐다거나, 믿을 수 없었다거나 한 것은 아니었다. 바다처럼 새파란 바닥의 전시실 양 벽에 아주 다른 분위기의 작품들이 전시되어 있었기 때문이었다. 작은 도자기 한 개와 새하얀 조각상 두 개가 오른편에, 왼편에는 기괴한 자세를 취하고 있는 사람들이 그려진 이집트 벽화가 있었다.

폼폼이는 이집트 벽화 속 파피루스 늪에서 벽화의 주인공과 이야기를 나누고 있었다. 작은 배를 타고 파피루스 늪을 지나는 남자는 새까만 머리카락과 검은 피부를 가지고 있었다. 그리고 그와 대비되는 새하얀 옷을 입고

있었다. 목과 팔의 장신구가 화려했다. 큰 가발과 금색 옷을 입고 있는 여
자가 그의 옆에 자그마하게 서 있었고, 조그만 아이가 그의 다리를 붙잡고
있었다.

"인사해라, 꿀꿀. 네바문이라고 한다, 꿀."

"안녕하세요, 네바문이라고 합니다. 이쪽은 제 아내 핫셉수트와 딸이고
요. 회계원 겸 서기로 일하고 있습니다. 하하, 지금은 새 사냥을 나왔습니
다."

네바문이 부메랑을 날렸다. 푸른 날개를 가진 황새를 아깝게 빗맞고 다

시 돌아왔다.

"처음 뵙겠습니다. 이집트인이신가 봐요?"

"네, 딱 봐도 이집트인인 게 티가 나지요?"

웃으니까, 일자로 다물어져 있던 네바문의 입이 삼각형처럼 벌어졌다. 아까 전부터 이 이집트인을 보는 것이 이상하게 불편했는데, 그림을 오랫동안 바라보니 이유를 알 수 있을 것 같았다. 그들의 얼굴이 시종일관 옆으로 고정되어 있었다. 그 뿐만 아니라 얼굴과 어울리지 않게 몸은 반듯한 정면이었다. 두 팔다리도 정면에서 보듯 붙어 있었다. 그러면서도 발은 옆면으로 나란히 같은 쪽을 향해 있었다. 진짜 사람이 하기에는 힘들고 또 어색한 자세였다. 빤히 쳐다보는 시선이 느껴졌는지 네바문이 멋쩍게 웃었다.

"정면성의 원리라는 겁니다. 이집트인들은 인물을 그릴 때 신체의 특징이 잘 드러나도록 하려 했거든요. 몸을 옆으로 그리면 팔다리가 겹쳐지게 되잖아요? 그래서 옆얼굴과 부자연스럽더라도 몸을 정면으로 그린 겁니다. 그런데, 발을 생각해 보세요. 먼저 어떤 모습이 떠오르죠?"

"음, 옆에서 본 모양이요. 신발가게에서도 그렇고, 보통 옆면을 그리지 않나요? 아, 그래서 또 발은 옆면으로 그렸군요."

말을 그릴 땐 말의 옆모습을 그리고 도마뱀을 떠올릴 땐 위에서 내려다본 모습을 생각하듯이. 네바문의 얘기를 듣고 보니, 그의 검은 눈동자가 눈 가운데 있는 것이 뵜였다. 측면에서 뵀다면 눈노 옆을 봐야 하겠지만, 이집트인들은 '눈' 하면 떠오르는 아몬드형의 앞모습을 그린 것이었다.

"그런데 부자연스러운 자세를 고집하면서까지 몸의 모든 것을 그리려고 한 이유가 뭐죠? 새나 고양이는 정말 사실적으로 그렸는데요?"

"제가 무슨 그림인지 아시나요?"

"무덤벽화……."

"네, 맞습니다. 이집트인들의 죽음에 대한 생각은 좀 특별했습니다. 우리는 사람이 죽으면 그의 영혼 중 두 부분은 육신에 머물러 있고, 남은 한 부분은 따로 삶을 누린다고 믿었습니다. 그리고 현세보다 내세를 더 중요하게 생각했지요. 그래서 내세가 풍요롭기를 바라는 마음을 담은 장례 풍습이 생겼습니다. 그 유명한 미라도 다른 세계로 가는 영혼이 편한 생활을 할 수 있도록 몸에 남은 영혼을 잘 보존하기 위해 만든 것이에요. 그리고 이건 이 나라에도 있는 풍습인 것 같던데, 필요한 생활 용품들을 꼭 무덤에 넣었습니다. 다시 삶을 시작할 때 쓰라고 말입니다.

무덤에 넣지 못하는 것은 그림으로 그렸는데, 이때 무엇 하나가 빠지면 그 다음 생에서 그것이 없는 채로 살아야 한다고 생각했습니다. 그래서 우리들은 모든 것을 알아볼 수 있도록 그리려고 노력했습니다. 잘 그리기보다는 무엇 무엇을 얼마나 알아보기 쉽게 그리느냐가 더 중요했지요. 아시겠죠? 왜 정면성의 원리를 2000년 넘도록 지켜왔는지 말입니다."

알아보기 쉽게 그리기 위해선 특징을 잘 살려야 한다. 그걸 위해선 연상되는 것을 그리는 것이 좋고. 이집트인들은 다음 생을 행복하게 살기를 바라는 마음으로 정면성의 원리를 따랐다. 윤곽선을 뚜렷하게 그리고 있는 것도 이해가 갔다.

"특히 우린 파라오의 무덤은 파라오가 살아 계실 적의 집보다 더 크고 화려하게 꾸몄습니다. 생활도구뿐만 아니라 하인들도 함께 무덤에 넣었지요. 우리는 파라오를 신이라고 여겨 다시 신의 나라로 돌아가시리라 믿었거든요. 피라미드를 높고 크게 만든 것도 하늘로 가는 길을 돕기 위해서였습니다.

벽화에는 주로 파라오의 용감무쌍한 모습과 공적들을 그렸습니다. 신의 아들이시니, 여러 신들도 함께 그리곤 했습니다.

신분이 낮을수록 이런 풍습은 무시됐기 때문에, 네? 왜냐고요? 돈 때문이죠. 모두들 더 나은 내세를 꿈꾸는 것 같았지만, 무덤을 만드는 데는 돈이 많이 필요했으니까요. 어쨌든, 그래서 지금 남아 있는 것은 대부분이 파라오나 그의 친족들 것일 겁니다."

할 말을 마쳤는지, 마침 그때 새가 좋은 자리로 날아 왔는지, 네바문이 말을 멈추고 다시 한 번 부메랑을 던졌다. 이번엔 정통으로 맞았다. 새가 파피루스 수풀 속으로 떨어졌다.

네바문을 처음 봤을 때, 그와 그의 부인의 옷차림을 보고 귀한 신분일 것 같다고 생각했다. 그러나 파라오들이 으레 하는 코브라 장식의 두건이나 일자형 수염은 없었다. 자기 입으로도 서기 겸 회계원이라고 했고. 우리나라처럼 그쪽도 회계원이 수입이 좋은 직업이었나?

네바문의 다리 곁에 있던 갈색 고양이가 물고 있던 새를 놓고, 떨어진 새를 물으러 갔다. 폼폼이가 꿀꿀거리며 질색해댔다. 그러든 말든 고양이는 늘씬한 몸을 쭉 펴며 다시 네바문의 곁으로 돌아갔다. 기특한 고양이를 쓰다듬는 네바문의 손에 달린 팔찌가 반짝반짝거렸다.

"네바문 씨는 꽤 잘 사셨나 봐요? 혹시 왕족이나 귀족이셨나요?"

"하하. 아니요, 전 그냥 평범한 이집트의 가장이었습니다. 다만, 아무래도 관리이다 보니 돈을 좀 벌었죠. 저 또한 영생을 꿈꿨으니, 무덤에 힘을 좀 썼습니다."

"파라오가 아닌 평범한 개인의 벽화라는 점이 많은 주목을 받게 했다, 꿀꿀. 거기다 이걸 그린 화가도 왕의 전속화가가 아니었거든."

"전 파라오가 아니었으니 신을 그릴 수도 없었고, 큰 업적이 있는 것도 아니었지요. 그래서 제 평소 생활로 벽화를 장식했답니다. 업무를 보거나, 무희를 불러 연회를 하는 장면, 그리고 지금처럼 사냥을 하는 것 등을 말이에요."

내가 본 것은 지금 앞에 있는 사냥을 나간 네바문 뿐이었지만 이 그림 하나만 봐도 그가 얼마나 주의 깊게 벽화 주문을 했는지 알 수 있었다.

빽빽하게 들어서 있는 파피루스. 날고 있는 수많은 새, 곳곳의 빨간 나비들. 뱃머리에 앉아 꽥꽥 입을 벌렸다 닫기를 반복하는 오리 한 마리. 선부터 색까지 모든 것에서 섬세함이 느껴졌다. 이집트의 미술 기법이 발전하지 않아 평면적인 그림을 그렸다는 것은 잘못된 얘기임이 분명했다.

"다음 생을 위한 벽화인데, 어떻게 지냈는지, 생활 모습만 그렸나요? 내세에 누리고 싶은 것이라거나, 그런 건."

"물론 그것도 신경 썼지요. 제 팔 밑의 상형 문자 보이나요? 검은 색으로 새나 잔 같은 것들을 잔뜩 써 넣은 것 말입니다. '영원의 곳에서 즐거움을 얻고, 좋은 것을 누릴 것이다(taking recreation and seeing what is good in the place of eternity)' 라는 내용이랍니다. 그리고 또 물고기도 비슷한 의미에요."

네바문이 서 있는 배 밑의 강에는 배가 툭 불거져 나온 물고기들이 나란히 헤엄치고 있었다. 물고기의 아가미가 풀썩풀썩 느리게 움직였다. 많은 물고기들이 끊임없이 지나가는데 한 물고기만이 멈춘 채로 힘없이 둥둥 떠 있었다. 선두로 나아가던 물고기를 작살이 뚫고 있었다.

"틸라피아 물고기는 환생이 상징이거든요. 새로운 삶, 그러니까 내세를 상징하는 겁니다. 말씀하셨듯이, 평소의 생활 모습을 그린 것이라고 해도 내세를 위한 것이니까요.

그리고 또 내세에 대한 것은 아니지만, 고양이한테도 신경을 많이……!!"

그때 네바문이 손에 쥐고 있던 새 세 마리를 놓쳤다. 그가 놀라서 허둥지둥 손에 쥐고 있는 부메랑을 날렸지만 한 마리도 맞지 못했다.

"이런, 죄송합니다. 더 이상 대화를 못 하겠네요. 저 새들을 꼭 잡아야 돼서요. 내일 사람들이 와서는, '어? 손에 쥐고 있던 새들이 사라졌네?' 라고 해서는 안 되지 않겠습니까."

그 말을 끝으로 네바문은 새를 잡는 데 열중하기 시작했다. 좀처럼 잡힐 기미가 보이지 않았다.

갑자기 고양이가 이야옹 길게 울었다. 주인이 덜 끝낸 얘기를 마저 하려는 건가. 고양이의 눈이 금빛으로 반짝반짝 빛났다. 단지 벽에 칠을 해서 빛나는 것이 아니었다. 눈을 가늘게 뜨고 살펴보았다. 금박을 한 나뭇잎 하나가 박혀 있었다.

"다음 작품으로 가자. 그리스 미술은 이집트 미술이랑 쭉 연결되어 있거든, 꿀. 좀 빠듯하더라도 하룻밤에 다 보는 게 좋을 것 같다."

폼폼이가 달음박질쳐 그림을 빠져나갔다. 이야기 잘 들었다고 인사를 하자, 바쁜 와중에도 즐거웠다고 답해 주는 네바문의 목소리가 들렸다.

파란 바닥을 가로질렀다. 새파란 지중해를 사이에 두고 이집트와 마주보는 그리스. 작은 도자기와 유명한 두 조각상이 전시되어 있었다. 체육책 겉표지에 으레 나오는 '원반 던지는 남자'와 두 팔이 잘린 '밀로의 비너스'. 아직은 고요한 것이 평소의 작품들과 다르지 않았다.

'여태까지 벽화만 봤는데, 저 커다란 조각상들도 말하고 움직이나?'

살금살금 다가가는데, 원반남이 얼굴을 반짝 들었다. 눈이 마주치자 이를 드러내고 씩 웃는다. 어우, 정말 사람 같은데?

"어이, 거기!"

거 참, 목청도 크다. 원반남의 목소리가 쩌렁쩌렁 전시실을 울렸다. 위태롭게 구부리고 있던 자세를 펴고, 위풍당당하게 손을 허리에 놓는다. 하하하, 쾌활하게 웃는다.

무슨 말을 하려고 하는지 가만히 기다리고 있으니, 말은 안하고 포즈를 짓기 시작한다. 헬스장 벽이나 문에 붙어 있는 그런 자세 말이다. 거기다 저 자부심에 가득 찬 표정! 대리석으로 된 이와 눈이 반짝반짝 빛이 나는 것 같았다. 쟤 지금 자기 몸 자랑 하고 싶어 하는 거야?

"표정이 왜 그러지? 흠, 아무래도 내 몸은 큰 동작을 할 때 더 돋보이지. 잘 보라고! 이번엔 이 멋진 몸에 입을 다물 수가 없을 테니까!"

원반남이 팔을 붕붕 휘두르기 시작했다. 헉 하는 소리가 튀어나왔다. 정말 위협적이지 않을 수 없었다. 나보다 더 큰 돌덩이가 움직이고 있는데! 옆에서 잠자코 있던 비너스가 소리를 질렀다.

"꺅! 내 남은 머리마저 날아가겠네, 날아가겠어! 진정해, 디스코볼로스!"

팔이라도 있었으면 마구 손사래를 치거나, 머리를 쥐어뜯었을 것같이 다급하게 비너스가 외쳤다. 하지만 원반남은 내 표정과 비너스의 목소리를 어떻게 받아들였는지, 껄껄 웃으며 동작을 더 크게 했다. 그에 비례해서 점점 높아지는 비너스의 비명 소리. 점점 깊어지는 내 미간 사이의 계곡과 점점 커지는 내 입. 그리고 그 옆에 조그마한 도자기. 뭐? 도자기? 바이킹처럼 붕붕 흔들고 있는 팔의 각도가 점점 벌어졌다. 도자기가 오들오들 떨고 있었다. 붕. 붕. 붕. 으으, 차마 눈 뜨고 못 보겠다.

"그만해라, 꿀!! 시끄러워 죽겠다!"

어디선가 폼폼이의 목소리가 울렸다. 원반남의 목소리보다도, 비너스의 비명소리보다도 더 크게. 와장창, 도자기가 깨지는 소리는 들리지 않았다. 비너스는 비명을 뚝 멈췄고, 신나서 팔을 휘두르던 원반남도 머쓱하게 손을 내렸다. 모두들 눈만 끔벅끔벅.

"내 참, 꿀. 나 지금 도자기 안에 있다. 와봐라, 꿀."

방금 깨질 뻔했던 도자기 안에서 폼폼이가 걸어 다니는 것이 보였다.

"이제 곧 날이 밝을 텐데, 뭐하는 것들이야, 꿀. 빨리 얘기하고 나가야겠다. 아까 봤던 이집트 미술이 말이야, 이집트에서만 그려진 게 아니다. 2000년이 넘도록 주변의 지중해와 중동 문화권에서 똑같이 그려졌어. 다른 그림이 나오지를 않았지. 미술의 발전이 없었다고 해야 하나, 꿀."

"그리스도 지중해 문화권이잖아. 그렇다고 보기에 이 조각상 둘은 이집트 미술이랑 천지 차이인데."

폼폼이의 눈치를 보는지 쥐죽은 듯 가만히 있는 원반 던지는 남자와 비너스를 바라보며 말했다. 벽화와 조각상은 차이가 있을지도 모르겠지만. 보이는 대로 그리고자 특징적인 면을 보여주었던 이집트 미술과는 확연히 달랐다.

"그러니까 그리스 미술이 중요한 거지, 꿀! 이집트 미술의 기하학적인 미

(美)에 그리스 사람들은 의문을 제기했다, 꿀꿀. 그런 독립적인 정신과 창의성으로 그리스인들은 정체되어 있던 미술사에 기름을 넣어줬어.

그리스 미술을 세 시기로 나누던데, 하나씩 전시해 뒀네, 꿀. 이 도자기 그림부터 잘 봐라."

조각상들한테 눌려 존재감이 없었던 도자기를 처음으로 자세히 쳐다보았다. 검은 도자기 위에 구리 색으로 그림이 그려져 있었다. 사슴으로 변하고 있는 남자와 그를 물어뜯고 있는 사냥개들. 그리고 그 잔인한 장면을 눈하나 깜짝 안하고 보고 있는 여자. 이게 도대체 무슨 상황인지 모르겠다. 아까 도자기 밖의 상황도 난리가 아니었는데, 도자기 안도 난장판이다.

"이게 지금 무슨 일이야?"

"흥, 저 변태 악타이온을 벌주고 있는 중이지. 글쎄 내가 목욕하고 있는 것을 훔쳐보고 있지 않겠어? 달의 여신이자, 처녀의 여신인 나의 나체를 말이야."

여자가 눈을 세모꼴로 뜨며 날카롭게 대꾸했다. 단단히 심사가 뒤틀린 모양이었다.

"제발 용서해 주세요, 아르테미스님! 자네, 평안한가. 난 악타이온이라고 하네. 원래는 사람인데, 그래. 그런 일이 있어서 사슴으로 변하게 됐지. 사냥하던 중이었는데, 글쎄 내 개들이 나에게 달려들지 않겠나. 으악! 잠깐만, 잠깐만, ㅇ악!"

그리스 신화의 한 장면인 모양이었다. 신화의 악타이온은 한 번 죽고 말았을 터인데 프로메테우스도 아니고 매일 밤 이런 고통을 받아야 하는 그림이라니.

"하하, 그러게 누가 다른 사람의 몸을 훔쳐보라고 했나? 나처럼 자기 몸을 가꾸는 데 힘쓰지 말이야."

원반남은 회복도 빨랐다. 폼폼이 때문에 죽어 있던 기를 활짝 펴고 또다시 몸을 뽐냈다. 아까 전에는 정신이 없고 무서워서 제대로 보지 못했는데,

확실히 좋은 몸이었다. 7등신의 균형 있는 몸은 사실 헬스장 앞에 붙은 우락부락한 아저씨들의 몸하고는 비교가 되지 않았다. 하지만 느낀 대로 말하면 칭찬에 신나서 난리를 피울 것 같으니 속으로만 생각했다.

"내 이름은 디스코볼로스(Diskobolos). 그리스어로 '원반 던지는 사람'이라는 뜻이지. 기원전 450년 쯤, 3대 조각가라고 불리던 미론(Myron)이 만든 작품이지. 사실 원작은 청동상이고, 난 모작이야. 어이, 복제품이라고 무시하지 말라고!"

"저는 아시겠죠? 밀로의 비너스(Venus de Milo)입니다. 밀로 섬에 있는 아프로디테 신전 근처에서 발견됐어요. 팔이 없는 걸로 유명한데, 사실 저도 그 부분이 기억이 안 난답니다. 너무 충격적인 일이어서 부분기억상실증에 걸린 건지 아니면 원래부터 그랬던 건지. 정말 저도 너무 궁금해서 사람들이 빨리 진실을 밝혀줬으면 좋겠다니까요."

같은 여신인 아르테미스는 도도하고 위압적인 느낌이었는데, 비너스는 전혀 그런 느낌이 아니었다. 예쁘고 우아하긴 하지만 그냥 보통 사람 같은 느낌이었다.

"아르테미스 여신하고는 많이 다른 느낌이네요."

"뭐, 그렇죠. 400년이라는 긴 시간의 차이가 있으니까요. 그 시간 동안 신에 대한 그리스 사람들의 인식이 조금씩 달라졌답니다."

"아! 그러고 보니. 폼폼아, 이집트 미술이 오랫동안 반복됐다고 했잖아. 그런 이집트 미술을 그리스인들이 한 번에 턱 바꾸어놓진 않았을 것 같은데. 신에 대한 생각이 조금씩 바뀐 것처럼, 당연히 그림도 서서히 바뀌었겠지?"

"그래, 맞다, 꿀. 간략한 자기 소개를 들었으니까 이제 각 시기별로 특징과 변화를 보면서 말해 줄게. 일단 제일 처음인 아르카익 시대부터다, 꿀꿀. 이 도자기가 그때의 작품이라고 추정되고 있다."

악타이온은 아직까지도 개들한테 물리고 있었다. 으악, 으악. 소리를 지르며 발버둥을 치는 악타이온이 불쌍하기도 하고, 이 상태로는 도저히 그림을 볼 수 없겠다.

"이봐, 아르테미스. 오늘만 잠시 좀 풀어주지 그래? 꿀꿀. 쟤가 지금 너희들 얘기를 듣고 싶어서 온 거거든."

내 생각을 꼭 맞춰서 폼폼이가 말을 해주었다. 아르테미스는 못마땅한지 인상을 찌푸렸지만, 한참을 더 산 폼폼이의 말을 무시하기는 어려운지 망설였다. 결국 악타이온을 다시 사람으로 만드는 대신 사냥개들을 정지시켰다.

"이러면 됐죠? 이편이 원래 그림을 아는데도 편할 테니까."

흥, 하고 턱을 위로 치켜들었다. 그러고 보니 아르테미스도, 악타이온도, 주변에 다른 사람들도 모두 다 얼굴은 옆면이었다. 꼭 이집트의 벽화들처럼 오똑 솟은 코가 잘 보이는 얼굴들이었다.

"얼굴이 꼭 이집트 벽화 같네."

"맞다, 꿀. 그리스 미술이 이집트 미술하고 연결되었다고 한 거, 기억나지? 지중해의 그림들이 그랬듯이 그리스도 처음에는 예외가 아니었다, 꿀꿀."

"하지만 이집트 미술에서는 볼 수 없는 아주 큰 변화가 있다네. 내용면에서도 물론 다르지. 이집트 미술은 왕의 영혼을 위한 예술이었다면 우리 그리스 미술은 신화에서 끊임없이 상상력을 제공받은 것이었지. 신을 위한 것이었고, 또 인간을 위한 것이었다네. 아마 이런 인식의 차이 때문에 새로운 미술기법을 만들어낼 수 있었던 것이겠지. 그렇지요, 아르테미스님? 하하."

한숨 돌릴 수 있게 된 악타이온이 말을 했다. 마지막에 아르테미스의 눈치를 보는 것도 잊지 않고. 정말 불쌍해 보였다. 사슴으로 변하면서 발버둥을 치고 있는 꼴이 너무 사실적이어서 더 안 돼 보였다. 아, 사실적인 몸! 얼굴은 측면만을 보여주고 있지만, 나머지 부분은 우리가 보는 그대로 자연스럽게 그려져 있었다. 얼굴을 따라 눈도 옆면이 그려져 있고, 몸도 함께 틀려 있다. 팔다리는 뻣뻣하게 펴져 있지 않고 자연스럽게 굽혀져 위로 아래로 겹쳐져 있었다.

"얼굴에선 이집트에서 쓰인 정면성의 원리가 생각났는데, 다른 부분은 전혀 다르네요. 특히, 발 말이에요. 측면으로 그리는 게 훨씬 쉬웠을 텐데, 정면으로 그려져 있어요."

"그게 그리스인들이 미술사에 넣어준 최초의 원동력이지. 척박한 모래 위에서 생활하는 이집트인들은 사후 세계를 믿었고, 그 세계에 갈 영혼들을 위해 정면성의 원리를 적용했어. 하지만 우리가 그럴 필요가 있었겠어? 알 수 있는 그림을 그릴 필요가 있었겠냐고. 눈에 보이는 그대로의 아름다움을 그리는 것을 원했던 거야. 형식적인 면이 강했던 이집트 미술과는 달리 그냥 아름다움을 추구했던 거지.

그러면서 고안된 것이 '단축법'이야. 보는 각도에 따라 길이를 조절해서 입체감을 표현했어. 이집트 그림들이 정해진 비례를 딱딱 맞추었다면, 우리는 객관적인 비례를 맞추려고 한 것이지. 네가 말한 저 악타이온 녀석의 발 말이야. 옆면이 그려진 발은 길고, 정면이 그려진 발은 짧은 것이 보일 거야. 단축법이 응용된 것이지."

"맞습니다, 아르테미스님. 여신님 말씀이 백번 옳지요. 단축법을 고안해낸 것이야말로 미술사에서 기념비적인 일 아니겠습니까."

"닥치고 있어, 악타이온. 그런다고 뭐가 달라지는 줄 알아? 그렇게 눈에 보이는 아부를 떨면 더 꼴 보기 싫다는 건 알고 있나? 안 그래도 다시 물어뜯기게 해줄 테니까 보채지 말란 말이야!

이 도자기는 아직 초기 작품이라서 형식적인 면이 남아 있어. 인체의 골격을 너무 구조적으로 관찰하려고 한 것이지. 하지만 말기로 가면서 점점 더 자연스러워져. 아르카익 후기인 고전 시대에는 뛰어난 묘사로 그리스 미술의 전성기가 찾아오지. 여기서 들을 만한 얘기는 여기까지니까 빨리 저쪽으로 가버려. 악타이온 이 녀석이 조금 풀어줬다고 계속 늘어지잖아?"

서리가 불어 닥치는 목소리를 끝으로 다시 사냥개가 컹컹 짖어대기 시작했다. 구리 빛 얼굴이 흑색으로 변해 가는 악타이온을 더 이상 보기가 안쓰러워서 냉큼 다음 시기의 작품인 디스코볼로스한테 갔다. 자신 쪽을 바라보자 들뜨기 시작한 원반남. 혹시나 싶어서 도자기를 멀리 밀었다.

"드디어 내 차례군! 조화미, 이상미가 최고조에 달한 고전시대! 예리한 관찰과 뛰어난 표현력이 만들어낸 것이지."

아무래도 원래 자세가 내 몸을 가장 돋보이게 만들어주겠지? 라며 원반을 던지는 자세를 취했다. 이집트에서라면 절대 찾아볼 수 없을 위태로운 자세. 격렬하게 움직이는 한 순간을 포착하여 정확히 묘사한 점이 정말 놀랍다. 사진에서 쑥 뽑아 온 것처럼.

초기의 그리스 미술은 삐그덕삐그덕 움직이는 관절 인형 같았다. 이집트 미술에 비하면 훨씬 자연스럽지만 전체적으로 보자면 팔 따로, 허리 따로, 다리 따로. 하지만 고전시대의 이 조각상은 진짜 사람보다도 더 사람 같았다. 대리석 위에 근육을 붙인 듯, 근육 위에 대리석을 부은 듯. 하얗고 매끄러운 피부가 오일을 바른 것처럼 반짝반짝 빛났다.

"3대 조각가 중 한 명인 페이디아스(Pheidias)는 뛰어난 묘사로 몸 이면의 정신세계까지 표현했다는 얘기를 들었다니까. '신을 나타냈다!' 라는 찬사를 들을 정도였지. 파르테논 신전의 건축을 맡았나고 하던데 말이야. 그리고 또 폴리클레이토스(Polykleitos)가 마지막 한 명인데, 그 사람은 7등신을 가장 아름다운 신체의 비율이라고 생각했다나. 지금 사람들이 말하는 황금비율이라는 것들이 다 이때 나온 거고.

이렇게 내가 있던 때에는 인체의 아름다움 그 자체를 추구하려는 분위기가 강했어. 그래서 훌륭한 신체를 만들기 위해 다양한 운동 경기가 만들어졌지. 이봐, 올림픽 개최지가 그리스인 것도 우연이 아니라고, 하하."

디스코볼로스의 뒤에서 별하고 장미가 마구 튀어나오는 것 같은 착각이

들었다.

"고전시대 때부터 슬슬 사람들의 인식도 바뀌기 시작했어. 아까 악타이온이 그려진 것 봤지? 그게 그려진 이유가 뭐겠어. 신화를 통해서 정신적인 면과 숭고함을 강조하기 위해서지 뭐. 그런데 나 때부터 그보다는 감각적이고 현실적인 인간의 모습을 표현하고자 했어. 신은 뭐, 이제 인간의 감정을 표현하기 위한 소재에 불과했지. 신의 형상을 그리던 '장인'은 이제 자신의 개성과 생각이 담긴 작품을 그리는 '미술가'가 된 거야! 그래서 미술가들의 이름이 알려지기 시작했어.

이런 특징이 다음 시기로 넘어가면서 더 발달했어. 더 현실적인 인간미를 추구했고, 더 세밀한 표현이 나와. 더 말하고 싶은데, 이제 곧 날이 밝을 테고 네가 시간이 없다니까. 너도 멋진 이 몸이랑 더 얘기하고 싶겠지만 어쩔 수 없잖아, 하하. 저기 폼폼이가 빨리 하라고 레이저를 쏘아대고 있는걸."

끝까지 자아도취에 빠져 하하거리는 디스코볼로스였다. 항아리 안에서 폼폼이가 고개를 절래절래 젓는 것이 보였다. 그 꼴이 웃긴지 밀로의 비너스가 소녀같이 웃음을 터트렸다.

"후후훗. 정말 재미있지 않아요? 가끔 흥분해서 마구 몸을 움직이면 무섭기도 하지만, 평소에는 정말 재미있다니까요."

꺄르르 웃는 게 엄숙하고 위엄 있는 여신보다는 예쁜 처녀 같았다. 박수를 칠 손이 없는 게 아쉬워 보였다. 뭐가 그리 좋은지 계속 웃는다.

"정말 아까도 말했지만, 수수하다고 해야 하나. 친숙한 느낌이네요."

"디스코볼로스가 얘기한 것처럼, 신은 이미 인간의 감정을 나타내기 위한 소재였으니까요. 그리스 사람들은 신을 인간과 다른 절대적 존재로 생각하지 않았어요. 그리스 신화에도 보면 신들이 사랑, 질투, 분노, 슬픔처럼 인간의 감정을 가지고 있잖아요. 굳이 신을 소재로 많이 사용하던 건 이상미를 위해서였지, 뭐 따로 종교적 이유가 있어서라든지는 아니었어요.

게다가 제가 만들어진 헬레니즘 시대 때는 이상미보다도 인간미가 더 중시되었고요."

그래서 표정도 더 깊어졌구나. 지금은 쾌활한 디스코볼로스이지만, 평소엔 표정이 전혀 없다. 일자 눈썹과 일자로 쭉 뻗은 코, 그리고 일자로 굳게 닫힌 입술. 실상 디스코볼로스가 말하는 것들도 다 자신의 멋지고 빛나는 몸에 관한 것이지 자기 감정을 얘기한 적은 없었다.

하지만 밀로의 비너스는 장미 향기가 나는 미소를 머금고 있다. 부드러운 얼굴만큼이나 자세도 부드럽다. 굳이 인체의 아름다움을 부각시키려는 것이 아니라, 자연스러운 인간미를 보여주고 있었다. 두 팔이 없는데도 불구하고 훌륭한 조각으로 평가되고 있는 것이 바로 이것 때문인가?

"현실적인 인간미를 추구하고, 자유로운 포즈와 표정의 표현이 늘어났어요. 당연히 관찰과 묘사는 더 세밀해졌고요. 거기다 그 전보다 더 다양한 대상이 그려졌답니다. 노인이나 다른 인종, 그리고 동물들까지요.

그리스 미술은 멈추지 않았어요. 그 전의 형식을 원료 삼아 깨트리고 태운 열로 항상 나아갔답니다.

그리스가 로마의 침입으로 멸망하고 난 뒤에 로마인들은 그리스 미술에 바탕을 두고 실용적이고 현실적인 미술을 만들어 냈어요. 그래서 회화나 조각보다는 건축 양식이 더 발달했죠. 그래서인지 이 전시에서 로마 미술은 찾아볼 수가 없는 게 안타깝네요."

비너스가 눈썹을 찡그렸다. 시계를 보니 벌써 새벽 여섯시였다. 전시실을 나가야 할 때였다.

"아쉽기는 하지만, 꿀, 로마 미술까지 있었으면 이렇게 충분한 얘기를 듣진 못했을 거야. 빨리 가야 할 때다, 꿀꿀. 오늘 밤에 또 보자."

늪지로 사냥을 나간 네바문
Nebamun hunting in the marshes

작가 미상
BC 1350년 경
이집트 테베네 → 대영박물관

'사람의 영혼은 세 부분으로 이루어져 있다. 사람이 죽으면 그 중 두 부분이 시신에 머물고, 나머지 한 영혼은 따로 삶을 누린다.' 이집트인들은 죽음을 이렇게 생각했다. 그리고 지금 살고 있는 삶보다 나중의 삶을 더 중요하게 여겼다. 그래서 자연스럽게 미라, 피라미드, 스핑크스 등 특이한 장례풍습이 많이 생겨났다.

그 중 하나가 이집트 미술을 대표하는 '무덤 벽화'이다. 영혼이 나중에 쓸 물건 들 중 무덤에 넣지 못하는 것을 벽화에 그려 넣기도 하고, 무덤 주인의 삶을 그리기도 했다. 신의 아들, 파라오의 무덤에는 그의 업적과 함께 이집트의 여러 신들을 그려 넣었다.

그러하다 보니 이집트 화가들은 잘 그리기보다 무엇을 얼마나 알아보기 쉽게 그려 넣느냐에 신경을 썼다. 그 결과 이집트 특유의 평면적이고 단순화된 형상들이 나타나게 되었다. 그 특징은 네바문의 벽화에도 잘 나타나 있다.

일어나서 네바문의 자세를 따라 해보아라. 무릎이 저리고 허리가 끊어지는 느낌일 것이다. 이집트인들은 왜 이렇게 어색한 자세의 사람들을 그린 것일까. 이집트인들은 이렇게 걸어다니기라도 한 것일까?

이집트인들은 벽화에 무엇하나를 빠트리면, 영혼이 그것이 없는 채로 살아가야 한다고 생각했다. 그래서 사람을 그릴 때 머리에서 발 끝까지 신체의 특징이 가장 잘 드러나도록 그림을 그렸다.

코를 생각하면 옆모습이 먼저 떠오른다. 그럼 눈동자는? 앞에서 본 모습. 몸은? 역시 정면에서 본 모습이 떠오른다. 발은? 또 다시 옆에서 본 모습.

이집트인들은 이렇게 딱딱 떠오르는 특징을 잡아 '보이는 대로'가 아니라 '아는 대로' 벽화를 그렸다. 코가 잘 드러나도록 옆얼굴을 그리고, 눈동자는 앞에서 본 듯이 그렸다. 두 팔이 겹쳐지지 않게 몸체는 정면으로, 또 다시 다리와 발은 옆모습.

이러한 이집트 미술의 특징을 '정면성의 원리'라고 19세기 말 덴마크의 예

술학자(J. H. Lange)가 이름 붙였다.

네바문에 비해 그의 부인과 딸은 작게 그려져 있다. 왕족의 벽화를 보면 그 차이는 더 심하게 난다. 이집트는 위계질서가 엄격했기 때문에, 중요한 인물을 더 크게 나타낸 것이었다. 그리고 윤곽선을 뚜렷하게 그리고, 서로 겹치지 않게 그리는 것도 흔히 찾아볼 수 있는 특징이다.

종교적인 이유 때문에 이 특이한 기법은 2000년이 넘도록 지속되었다. 거기다 지중해 연안의 모든 나라들이 이집트의 화풍을 따라해, 그 동안 미술은 발전하지 않았다.

하지만 지중해의 미술을 독점하고 있던 그 특징들이 돈이 없는 낮은 신분의 사람에게는 거의 적용되지 않았다. 그래서 현재 우리가 볼 수 있는 이집트 벽화의 대부분은 왕족의 것들이다.

그러나 네바문은 고대 이집트에 살던 평범한 가장이었다. 회계원 겸 서기로 일하면서, 그의 가족은 꽤 부유한 생활을 한 듯하다.

네바문 역시 그의 영혼이 좋은 생활을 하기를 바라면서 무덤을 지었다. 그는 무덤 벽에 평소 그의 생활을 그렸다. 사냥을 나가는 것뿐만 아니라, 파티를 하는 장면이나 업무를 보는 장면 등 11점이 발견되었다. 왕족이 아닌 평범한 이집트인의 생활을 엿볼 수 있는 작품들이었다.

대영박물관 공식 홈페이지에서 네바문의 무덤을 3D로 체험할 수 있다. (http://www.britishmuseum.org/explore/galleries/ancient_egypt/room_61_tomb-chapel_nebamun/nebamun_animation.aspx)

오랫동안 정체된 미술사에 새로운 한 획을 그은 것이 그리스 미술이다. 그리스인들은 이집트의 전통 양식에 독립적인 정신과 창의성을 합쳤다. 필요한 부분만을 취해 자신들의 사상으로 발전시킨 것이었다. 결국 그들의 도전은 혁명을 일으켰다.

악타이온의 죽음
Death of Actaeon

작가 미상 – 그리스인으로 추정
BC 420년 경 (아르카익 시대)
개인소유

악타이온은 용맹한 사냥꾼이었다. 하루는 친구들과 함께 사냥개 50마리를 이끌고 키타이론의 산속에 사냥을 갔다.

숲을 거닐다가 악타이온은 깊은 골짜기에 난 동굴을 발견했다. 맑은 물이 흐르는 동굴에 들어가자 여기저기서 비명소리가 들렸다. 여신 아르테미스가 그곳에서 몸을 씻고 있었던 것이다. 달의 여신이자, 사냥의 여신이고, 그리고 또 처녀의 상징이기도 한 아르테미스는 자신의 순결이 더럽혀졌다는 사실에 분노했다.

"아르테미스의 알몸을 보았다고 자랑하고 싶은 모양이지? 어디 가서 떠들어봐라."

동굴에 흐르는 물을 모두 얼려버릴 듯 차가운 여신의 말이 끝나자마자 악타이온의 머리 위로 뿔이 돋기 시작했다. 목은 길게 빠지고, 귀가 삐죽 솟아올랐다. 얼룩덜룩한 털이 전신에 돋아났다.

사슴 냄새를 맡은 자신의 사냥개들이 마구 쫓아왔다. 사슴으로 변한 주인을 알아보지 못하고 사냥개들은 짖어댔고, 악타이온을 물어뜯었다.

"악타이온은 어딜 간 거지? 이 광경을 못 보고 말이야."

친구들이 웃고 떠드는 소리가, 개가 그르렁대는 소리가 점점 희미해졌다. 악타이온이 죽는 순간까지 아르테미스의 분노는 풀리지 않았다.

영혼을 위한 예술을 하던 이집트인들과 달리 그리스인들은 현세를 위한 예술 활동을 하였다. 그렇기 때문에 이집트의 그림을 형식화시키는 틀이었던 종교가 그리스인들에게는 더 많은 상상력을 불어넣어주었다.

이집트인들이 그린 '식별할 수 있는' 그림과 달리, 그리스인들은 눈에 '보이는' 그대로의 그림을 그렸다. 그러면서 만들어진 것이 '단축법'이다. 단축법은 보는 각도에 따라 대상의 길이를 조절하여 입체감을 표현한 기법이다. 도자기 회화는 물론 조각에서도 사용되었다. 악타이온의 발에 이 기법이 잘 사용되어 있다. 측면은 길게 그려져 있는 반면 정면을 보고 있는 발은 아주 짧게 그려져 있다.

하지만 아직 초기의 그리스 미술에는 이집트 미술의 형식이 남아 있다. 얼굴의 측면만 그려져 있는 점이 정면성의 원리를 생각나게 한다. 그렇기 때문에 아직까지는 형식에 치중하고 있다는 느낌이 많이 든다.

Death of Actaeon

디스코볼로스

Diskobolos

미론
BC450년경 (아르카익 후기 – 고전 시대)
로마 라첸로티 궁전

그리스어로 '원반 던지는 남자'라는 뜻의 디스코볼로스. 고전 시대의 3대 조각가 중 미론이 만들었다. 하지만 현재 남아 있는 것은 청동으로 만들어진 원작의 모작이다.

고전 시대는 그리스 미술의 전성기라고 불린다. 그 전에 남아 있던 어색함은 예리한 관찰과 뛰어난 묘사 덕에 완전히 사라진다.

미론(Myron)은 인체의 구조를 밝히고 그것을 정확히 나타내고자 했다. 디스코볼로스는 원반을 던지는 그 순간을 포착하였는데, 위태로워 보이는 아주 극단적인 자세가 아닐 수가 없다. 이런 자세가 기존에서는 전혀 찾아볼 수 없을 뿐만 아니라, 전혀 어색하지가 않다.

파르테논 신전의 건축을 맡았던 페이디아스(Pheidias)는 '신을 나타냈다'라는 찬사를 들을 정도로 이상적인 아름다움을 표현하였다. 폴리클레이토스(Polykleitos)는 7등신이 육체의 가장 아름다운 비율이라고 생각하였다.

고전 시대의 후기로 갈수록 정신적인 면보다는 감각적인 모습, 그리고 숭고함보다는 현실적인 인간의 모습이 강조된다.

신은 두려운 존재이기보다는 친숙한 존재였다. 그리고 신 자체보다는 인간의 감정을 표현하기 위한 소재였다. 자신의 감정이 담긴 작품을 만들어 내면서 미술가들의 이름이 알려지기 시작했다.

밀로의 비너스

Venus de Milo

작가 미상
BC 2세기~BC 1세기
루브르 미술관

두 팔이 없는 채로 몸을 비스듬히 비틀고 신비로운 미소를 짓고 있는 아름다운 여인. 1820년에 밀로 섬의 아프로디테 신전 근처에서 발견되었다.

팔이 없는 부분에 대해서는 의견이 분분하다. 완벽한 이상미를 위한 상상의 여지를 남겨두기 위해 일부로 만들지 않았다는 설, 사과를 쥐고 있었다는 설, 몸을 감싸고 있었을 거라는 설 등. 들으면 모두 다 그럴싸한 것들이다. 하지만 진실이 무엇이던 간에 지금 이 상태로도 아름답다는 점이 놀랍다.

고전 시대 때 아름다운 이상미를 추구했다면, 헬레니즘 시대 때는 현실적인 인간미를 추구했다. 고전 시대 후기의 경향이 그대로 이어진 것이다.

포즈는 좀 더 자유로워졌고 표정은 더욱 더 풍부해졌다. 그만큼 인간의 감정을 더 세밀하게 표현하려 한 것이다. 그에 따라 관찰과 묘사는 더 세밀해져서 초상 조각이 발달했다.

Venus de Milo

중세 미술 편에서 계속

■ 글쓴이의 말

전 미술 관련 일을 하고 싶습니다. 하지만 정작 미술에 대해 알고 있는 지식은 없었습니다. 계속 '미술책을 읽어봐야지, 읽어봐야지' 생각만 하다 여태까지 미뤄왔지요. 이번 책은 제 게으름을 쳐내기 위해 맨 고삐 격이었습니다. 다행히도 고삐는 튼튼하게 제 구실을 해주어서 미술사 공부를 착실하게 할 수 있었습니다.

혼자 배우겠다고 제멋대로 쓰기 시작한 허술한 이야기이지만, 이 책을 읽은 여러분도 미술사를 쉽고 재미있게 배워가셨으면 좋겠습니다. 만화로 보는 그리스 로마 신화나 마법 천자문 같은 학습 소설이라고 생각하고 읽어주세요. 여러분 머릿속에서 폼폼이와 함께 본 그림들이 톡톡 살아나길!

곱창 친구들과 지도해 주신 전윤정 선생님, 그리고 예쁜 비너스를 보내주신 김소연 선생님 감사합니다!

[참고 도서]

3일 만에 읽는 서양미술사
   (홍태희/서울문화사/2006.2.5)
50장의 명화로 읽는 그림의 역사
   (로이 볼턴/강주헌/도서출판 성우/2007.9.29)
서양미술사1
   (진중권/휴머니스트 출판 그룹/2010.4.12)

[참고 사이트]

http://www.lascaux.culture.fr
http://www.britishmuseum.org
http://en.wikipedia.org
http://www.naver.com

평범하지만, "독한" 귀국학생의 한국학교 적응기

김별아

PROUD

내 전작 〈잃어버린 나의 별, 여우별을 찾아서〉에서 이미 밝혔듯이, 나는 2녀 중 둘째로 태어나 가족들은 물론이고 양가 친척들의 사랑을 온 몸으로 받으며 무럭무럭 자라났다. 그때까지만 해도 나는 내가 그저 아무데서나 흔히 볼 수 있는 평범한 아이로서의 삶을 살 줄 알았다. 적어도 내가 유치원에 다닐 때까지만 해도 그랬다.

주위 사람들의 관심을 듬뿍 받아서 그런지 난 어려서부터 쉽게 상처받지 않고 항상 긍정적인 사고를 했던 아이였다. 최근 내가 바깥세상에서 상처를 받아 한창 의기소침해졌을 때, 엄마는 나의 머리를 쓰다듬으시며 어린 시절 빛바랜 추억의 한 장면을 회상하셨다.

"네가 초등학교 저학년이었을 때, 중간 학력평가를 치고 네가 시무룩한 얼굴로 나에게 시험지를 내밀더구나. 당장이라도 울 것만 같은 얼굴에 당황한 내가 무슨 일이냐고 너에게 물어 보았지. 그러자 네가 참았던 눈물을 터뜨리며 이렇게 말했었어. '엄마, 전 과목 12개 틀렸어요.' 초등학교 2학년생이 시험을 못 봤으면 얼마나 못 봤겠니. 위로를 해 주니까 너는 언제 그랬냐는 듯 씩 웃었어. 그렇게 시간이 흐르고 네가 기말고사를 치더니 싱글벙글해서 나에게 안기는 거야. '엄마, 저 성적 올랐어요.' 너무나도 기뻐해서 난 네가 반에서 1등이라도 한 줄 알았지. '6개 틀렸어요!' 나는 웃음을 참지 못했어. 그러니까 네가 눈을 동그랗게 뜨며 항변을 하는 거야. '왜 웃으세요? 그래도 올랐잖아요. 엄마는 안 기쁘세요?' 나는 그때부터 너에 대한 걱정을 하지 않기로 했어. 넌 어떤 고난이나 시련이 닥쳐도 금방 일어설 수 있겠다는 걸 깨달았거든."

아주 어렸을 적의 가벼운 에피소드라 나조차도 잊고 있었던 그 기억을 엄마는 지금도 생생하다는 듯이 말씀하셨다.

적어도 지금까지는 그랬다. 18년 남짓 짧은 인생을 살아왔지만, 난 또래에 비해서 풍파(?)를 많이 겪은 축에 속했다. 물론 겉만 보면 전혀 그렇지 않다. 오히려 초등학교 1학년 때부터 방학 때마다 해외여행을 다니며 견문을 넓혔고 결국 중학교 3년 동안 미국에서 유학생활을 했다. 하지만, 모두 밝힐 수는 없어도 그 기간 동안 나에겐 많은 일들이 일어났다. 그것들은 그림자처럼 늘 따라다니며 나를 괴롭혔고, 나는 항상 최인훈의 소설 '광장'에 나오는 비운의 주인공 '이명준' 처럼 인생의 부채 사북자리에 간신히 버티고 서서 끊임없이 고민하고 선택해야 했다. 그는 삶의 혹독함을 견디지 못해 결국 죽음을 선택했고, 그렇게 허무하게 격동의 시대에 희생된 한 사람으로 잊혀져 갔다.

하지만 난 달랐다. 살고 싶었던 나는 악착같이 벼랑 끝에 매달려 방법을 모색하고 끊임없이 해결책을 찾아냈다. 하지만 인생은 사인(sine)곡선이라 누군가가 말했다. 조금이라도 살 만하다 싶으면 또 다른 시련이 나를 기다렸고, 그때마다 나는 있는 힘을 다해 버텨냈다. 지금도 나는 부채의 사북자리에서 진정한 나만의 광장을 찾으려 안간힘을 쓰고 있다. 이처럼 '무한 도전'을 하는 나의 이야기는 지금부터 시작된다.

드디어 시작되는 나의 이야기.

Chapter 1

왜 하필 나야? Why me?

귀국

2008년 8월.

"잠시 뒤 우리 비행기는 인천 국제공항에 착륙할 예정이오니 승객 여러분께서는 안전벨트를 매고 자리에 앉아 주시기 바랍니다."

드디어 도착인 건가. 14시간 정도 되는 오랜 비행에 완전히 녹초가 되어 버린 나는 눈을 부스스 뜨며 자세를 고쳐 앉았다. 5분쯤 후면 시작될 나의 새로운 생활. 살짝 두렵기도 했지만 설레는 마음으로 공항에 와 계실 부모님을 머릿속에 그려 보니 가슴이 두근대기 시작했다.

어린 나이에(?) 어머니 아버지의 품을 떠나 광활한 미국에서 타향살이를 한 지도 어언 3년이라는 시간이 지났다. 돌아보면 꿈 같은 세월이었다. 자유로운 기회의 땅에서 무럭무럭 꿈을 키워 나가던 철없던 소녀는 어느새 17살이 되어 한국 땅을 밟을 준비를 하고 있다.

쿵쾅대는 심장 박동소리에 화답이라도 하듯 비행기는 덜컹거리며 마침내 안전히 착륙했고, 동행도 없이 혈혈단신으로 여행길에 올랐던 나는 느릿느릿 짐을 챙기고는 으싸 기지개를 내며 자리에서 일어났다. 거의 반나절 넘게 자리에만 앉아 있었던 탓인지 다리가 이상하게 욱신거렸다. 속은 더부룩해서 단 침이 입에 가득 고였지만 드디어 집에 돌아왔다는 싱숭생숭한 마음을 안고 게이트로 들어섰다.

짐을 찾는 일은 생각보다 많이 버거웠다. 사실 짐을 쌀 때부터가 나에겐 고역이었다. 3년 동안 옷장 한구석에 아무렇게나 쑤셔 박아 놓았던 짐들을 일일이 풀어 놓는 것부터 시작하여 버릴 것 안 버릴 것 구분하는 것까지. 짐 꾸리기에 서툴렀던 나는 그저 간편한 게 최고라고 생각하며 꼭 필요한 기록들, 성적들, 상장들만 빼 놓고는 모조리 내다 버렸다. 그렇게 겨우겨우 줄인 짐은 큰 캐리어만 2개, 박스 1개, 그리고 등산가방 하나로 축소되었다. 컨베이어 벨트를 빙빙 도는 수많은 짐들을 찾는 데만 1시간이 넘게 소요되었다. 이미 선글라스를 끼고 멋진 포즈로 공항 출입구에 나서겠다는 생각은 물 건너 간 지 오래였다. 카트에 가득 실린 짐들을 끙끙거리며 끄는 데 땀은 비 오듯이 흐르고 큰 마음 먹고 장만한 예쁜 원피스는 줄줄 내려오고 카트는 위태롭게 기우뚱거렸다.

간신히 출입구를 나서자 저 멀리서 어머니, 아버지께서 달려오시는 게 보였다. 꼭 3년 1개월 만이었다. 그동안 어머니께서는 방학을 이용하여 잠깐 들렀다 가신 적이 있었지만, 아버지께서는 보충수업을 계속 하시느라 한 번도 방문하지 못하셨다. 짧은 인사로 그간의 재회를 한 우리는 대구로 가는 비행기로 갈아타기 위해 서둘러 움직여야 했다. 할 말이 엄청나게 많았던 나는 수속을 하면서도 쉴 새 없이 이야기를 했고, 다른 사람들이 힐끔 힐끔 쳐다보는 것이 느껴졌지만 그때만큼은 개의치 않았다.

그리웠던 부모님과 해후를 하고 짐을 간신히 차에다 실은 뒤 대구공항에서 우리 집까지 가는 40분 동안 미국에서의 나날들이 파노라마처럼 내 머리를 스쳐 지나갔다. 나와 나이 또래가 비슷한 이모 친구의 아이들과 한솥 밥을 먹으며 재미있게 보냈던 Cambridge 생활, 차마 돌아간다는 말을 못하고 메신저와 문자메시지로 작별인사를 해야 했던 나의 친구들, 그리고 너무나 즐거웠던 고등학교 생활을 다 마치지도 못한 채 한국으로 돌아가 새로운 환경에 적응해야 할 생각에 밤새 잠 못 이루던 일, 나의 최종 진로를 하루 빨리 선택하기 위해 밤새도록 인터넷을 돌아다니며 자료를 찾던 일 등…….

이제부터 내 인생의 새로운 책장을 막 넘기게 된 나는 싱숭생숭한 기분에 사로잡혀 뜻 모를 기대감에 한껏 부풀었다.

*　　　*　　　*

귀국하기 2주 전부터 경기도에서 제일 알아준다는 Y외고에 진학하기로 마음먹은 나는 늦은 감이 있었지만 공부를 시작했었다. 무모한 도전이란 걸 누구보다도 더 잘 알고 계셨지만 묵묵히 내 결정을 순순히 따라 주신 부모님. 지금 그때를 돌이켜보면 내 생각만 했던 것 같아 참 후회스럽다. 어쨌든 나는 대구로 향하는 비행기를 올라타자마자 공부는 어떻게 할 건지, 학원은 어떻게 다닐 건지 그간 내가 대충이라도 만들어두었던 계획에 관해 속사포처럼 내뱉었다. 정신없이 1시간 가량이 흘렀을 무렵, 우리 가족은 대구공항에 도착했고 콜 밴을 불러서 짐을 나르느라 비행기 안에서 식혔던 땀을 다시 흘렸다.

3년간 너무나도 많이 바뀐 대구의 풍경에 감탄사를 내지르자 어머니께서는 우리 집 주변도 많이 바뀌었다고 말씀하셨다. 아직은 익숙지 않은 한국어 간판들과 컴퓨터로 다운을 받아봐야 겨우 볼 수 있었던 한국 TV 프로그램에 꿈을 꾸는 듯했지만, 나는 노는 데 정신이 팔리면 안 되었다. 난 애초부터 목표를 정하고 비행기에 올라탔기 때문에 옛날의 추억을 회상할 시간도, 미국에 남아 있는 사람들을 그리워할 시간도 없었다.

대구공항에서 다시 30분 정도 달려 도착한 우리 집. 역시나 오랜만이었다. 미국에서의 아름답고 광활한(?) 정원 대신 조그만 베란다 하나에 야생화 화분 몇 개, 그리고 넓디 넓은 삼층집 대신 마음 놓고 쿵쾅거릴 수도 없는 아파트지만 너무너무 그리웠다.

'집 나가면 고생이다.'

역시 옛말은 하나도 틀린 게 없나보다. 그리웠던 나의 아늑한 침대에 살포시 누워 지난날 객지에서의 고생을 회상하니 이제까지의 모든 기억들이 파노라마처럼 순식간에 스쳐 지나갔다. 좋은 기억이든 나쁜 기억이든 이젠 다시 돌이킬 수 없는 추억이 되었다. 무슨 마음에선지 가슴이 울렁울렁하는 게 곧 울음이 터져 나올 것 같아 가만히 눈을 감았다.

현실의 무게에 짓눌려 3년 동안의 여독을 풀어보지도 못한 채 난 다음날 이른 아침부터 전자상가를 찾았다. 학원을 다니게 되면 당장 연락할 때 필요할 핸드폰과 인터넷 강의 전용으로 쓸 노트북 컴퓨터가 필요했기 때문이다. 그간 한국에서의 생활을 완전히 잊고 있었던 나는 공짜 폰에 대해 그날 처음 알았다. 모든 것이 어안이 벙벙했던 나는 미국에서의 핸드폰 요금제만 생각하고 당돌하게도,

"한 달에 5만 원만 해 주시면 정말 아껴 쓸게요."라고 말했다가 망신당할 뻔했다. 고등학생이 한 달에 기본료 5만 원하는 요금제엔 전혀 맞지 않다는 사실을 난 까맣게 몰랐던 것이다.

우여곡절 끝에 핸드폰과 컴퓨터를 구입한 나는 늦은 점심을 먹고 학원을 물색하러 다녔다. 영어는 인터넷 강의와 문제집 풀이만으로도 완벽하게 대비를 할 수 있었으나 더 많은 비중을 차지하는 언어 영역은 혼자 공부하기에 지난 3년의 공백이 너무 컸다. 1시간여 정도 차를 몰고 돌아다닌 결과 외고입시 언어학원을 발견한 우리 가족은 그 길로 학원 수강을 신청하고 저녁도 굶은 채 깜깜한 밤이 되어서야 집에 도착했다.

나는 8월의 마지막 주 토요일에 한국 땅을 밟았다. 그 탓에 한시도 쉬지 못한 상태로 첫 월요일을 맞았다. 학원은 일주일에 두 번, 월요일과 목요일에 있었던 탓에 난 한숨을 푹푹 쉬며 어쩔 수 없이 모든 부담감과 두려움을 안고 학원 갈 채비를 할 수밖에 없었다.

누구나 처음은 힘든 법이다. 고등학교 교사이신 부모님께서 두 분 다 보충수업 때문에 나를 바래다 줄 여건이 되지 못한데다 홀로 아무도 모르는 곳에 3시간 동안이나 머무르고 있을 생각을 하니 눈앞이 캄캄했다. 그렇지 않아도 소심한 성격의 A형 같은 B형인 내가 조심스럽게 문을 열고 들어가 앉아있으려니 오만 가지 생각이 다 들었다. 하지만 생각보다 세상은 아직까지 따뜻(?)했나 보다. 처음 수업 할 때는 나에게 눈길 한 번 주지 않던 아이들이 쉬는 시간이 되자 수줍은 얼굴로 내 옆에 다가와 이름과 학교를 물었다. 그 당시 아이들은 한창 방학 기간이었지만 난 이미 중학교를 졸업한 상태였고 (미국은 8학년-중학교 2학년-까지 중학교 과정이고 대신 고등학교 과정이 4년이다) 딱히 소속된 기관(?)이 없었기에 사실을 털어놓을 수밖에 없었다. (지금도 난 내가 해외 중학교를 다녔다는 말을 하기를 꺼린다. 괜히 다른 사람들로 하여금 은근한 위화감을 조성하고 선입견을 갖게끔 만들기 때문이다.)

뜻밖에도 아이들은 호기심을 보이며 그곳에서의 생활을 듣고 싶어 했다. 외국어고등학교를 꿈꾸는 아이들이라 더 넓은 세상에 대한 포부도 다들 컸다. 지금 생각해도 그 아이들이 있는 그대로의 나를 제일 잘 받아준 것 같아서 내심 다행이라는 마음이 들곤 한다. 처음 귀국해서 만난 아이들이 편견을 가지고 나를 대했다면 지금보다 훨씬 더 한국 사회에 적응하기 힘들었을 것이다.

다행히 담당 선생님도 나의 배경을 잘 이해해 주시고 학원 수강료와 관계없이 언제고 학원에 오면 부족한 기초 지식을 보강해 주겠노라 약속하시며 활짝 웃어 주셨다. 나는 그 미소에 담긴 진심을 느껴서 선생님을 힘들게 하지 않는 선에서 보강을 들으러 학원에 갔다. 학교에 얽매이지 않는 장점을 살려 한두 시간 일찍 학원에 가서 미리 자습을 하고 있거나 선생님께 설명을 들었다. 그뿐만이 아니었다. 선생님께서 빌려 주신 중학교 1, 2, 3학년 국어 자습서를 가지고 집에 가서 밤새도록 공책에다 베꼈고, 그것도 모자라 따로 중학교 3학년 국어 문제집을 사서 풀어보며 유형을 익혔다.

내가 언어영역 공부를 하며 정말 다행이라고 생각했던 건 초등학교 때 독서학교에 3~4년간 다녔던 일이다. 어렸을 때부터 책을 정말 좋아했던 나를 보고 어머니께서는 언니가 다녔던 학원에 갓 초등학교 2학년이 된 나를 보내셨다. 독서와 토론, 논술과 글쓰기를 주로 가르쳤던 학원에서 나는 언어의 기초를 견고히 다졌다. 비록 3~4년 남짓 다닌 것이 전부지만 독서학교 경험은 독서광이었던 나의 특성과 잘 맞아떨어져 지금의 나를 만들었다.

그렇게 나는 남들보다 늦게 시작했지만 최대한 열심히 하여 그들을 따라잡으려 부단히 노력했다. 하지만 동전의 양면은 늘 존재하는 법, 적응하지 못해 생긴 약간의 트러블도 있었다.

*   *   *

미국에서처럼 다른 사람들의 시선을 의식하지 않고 돌아다닐 수는 없어서 나는 다음날 최대한 단정하게 차려입고 바깥으로 나왔는데 나중에 알고 보니 내가 엄청나게 까진(?) 아이처럼 입고 다녔다는 사실을 알게 되었다. 나는 그저 미국에서 입고 다닌 옷들 중에서도 점잖은 옷을 골랐는데.

오랜만에 만난 사촌동생이 내가 다리가 훤히 드러나는 바지를 입었다며 쑥딕거리는 광경을 목격한 직후였다. 그럼 대체 한국 학생들은 무슨 옷을 입고 다니는 거야?

호기심이 든 나는 지나가는 학생들을 꼼꼼히 살펴보았다. 그들의 옷차림은 나름 단순했다. 티셔츠에 청바지, 그리고 운동화. 역시 미국과는 스타일도 많이 다르고 문화도 딴판이라 적응하기 힘들었다. ―한국에서는 일본 스타일에 맞춰 유행이 만들어지지만 미국에서 그런 옷을 입고 다니면 어둠의 자식(?) 정도로 취급 받는다.― 하지만 한국에 돌아온 이상 다시 나를 카멜레온처럼 변신시켜야 하지 않겠는가?

확실히 공부에 훨씬 더 많은 시간을 쏟아붓다 보니 외모에도 신경이 덜 쓰인다. 이제 언제 다시 미국에서나 입던 예쁜 옷들을 입어볼 수 있을지. 살도 많이 쪘고 한국 학생들이 입기엔 다소 용기(?)가 필요한 옷들도 있어서 옷장에 걸어만 두고 있다.

옷 문제뿐만 아니라 예상에 빗나가는 문화적 충격도 컸다. 순수한 초등학생 때까지만 친구를 사귀어 본 나는 으레 한국에 돌아가면 따뜻한 친구를 만날 수 있을 거라 생각했다. 그러나 곧 차라리 미국 아이들을 사귀는 것이 낫다고 생각하게 되었다. 물론 착한 아이들도 많이 만날 수 있었지만 은근한 간섭이 심해서 (예를 들면 점수를 물어본다거나, 불편한 질문을 해 대는 등) 사춘기 동안 소위 '미국화 Americanized' 된 나와는 영 맞지 않았다. 그렇게 약간의 충격과 불편함으로 나의 파란만장한 한국 생활은 시작되었다.

그리운 Cambridge & Boston

76

첫 번째 시련

밑바닥(?)부터 아주 천천히 한 계단 한 계단 올라가던 나에게도 큰 위기가 닥쳤다. 남들 3년 준비하는 외고 입시를 3달 만에 아옹다옹 크고 작은 일들을 벌이며 힘들게 준비해 온 나였다. 그만큼 성공하고 싶었다. 악착같이 다른 아이들을 따라잡으려 애썼고 마침내 밤낮 가리지 않고 열심히 달리던 나는 결국 그들과 어깨를 나란히 하게 되었다. 다행히 아주 잠깐 동안은 결실이라는 열매의 단맛도 느낄 수 있었다. 하지만 그 기쁨은 오래가지 않았다.

11월 중순, 나는 서울보다 약간 더 북쪽에 위치한 G외고(이 정도면 추측할 만하다.)의 입학시험을 치르기 위해 전날부터 부모님과 가방을 싸 들고 떠났다. 막상 지원서를 내기위해 여러 가지 특별전형들과 일반전형들을 살펴보고 경쟁률까지 따져 보니 G외고가 애초에 목표를 두었던 Y외고보다는 여러모로 더 유리하게 보였기 때문이다.

부모님께서도 별 말씀이 없으셔서 나는 그저 근거 없는 자신감(a.k.a. 근자감)만 앞세운 채 기세등등하게 낯선 경기도 땅을 밟았다. 나뿐만 아니라 전국에서 아이들이 몰려왔던 탓인지 입학설명회 때와는 전혀 다른 광경이 눈

앞에 펼쳐졌다. 입학설명회 땐 그저 강당에서도 듬성듬성 자리가 남았었는데 이번에 3000명 가량의 아이들이 한 학년당 430명의 학교에 응시를 하려니 터무니없이 길이 복잡한 것이다. 게다가 학교가 큰 길 주변이 아니어서 더욱 그랬다. 동네 사람들의 이야기를 들으니 1년에 오직 한 번씩만 볼 수 있는 진풍경이란다. 나도 응시생의 한 사람으로서 이렇게 많이 모일 줄은 생각도 못했기 때문에 많이 당황스러웠지만 한편으로는 이미 중학생 때부터 입시지옥에 허덕이고 있는 우리나라 학생들의 현실을 이제서야 적나라하게 보는 것 같아 씁쓸했다.

허둥지둥 미리 예약해둔 식당에서 넘어가지도 않는 밥을 입 속으로 마구 쑤셔 넣은 나는 고사장에 몇 분이라도 일찍 가서 적응하기 위하여 서둘러 입실했다. 이미 많은 아이들이 착석하여 준비해 온 작은 노트를 하나씩 들고 읽고 있었고, 시계바늘은 벌써 시험 시작 15분 전을 가리키고 있었다. 언어와 영어를 주 과목으로 치르는 외고 시험은 모의고사보다 문항수도 20문제 정도 적기 때문에 한 문제당 배점도 커서 더욱 부담을 요한다. 언어를 그럭저럭 평소 실력대로 치르고 나서 가벼운 마음으로 영어 시험을 치르는데, 그만 엄청난 일이 터지고 말았다.

영어듣기를 하고 있는 도중 CD가 고장나버린 것이다. 갑자기 일어난 일에 고사장에 있던 모든 사람들이 놀라서 주변을 돌아보았다. 별 것 아닌 것 같았던 사소한 문제가 10분 이상 지속되자 사람들이 웅성거리기 시작했다. 나중에야 관계자들이 안내방송으로 사태를 일단락하며 마무리지었지만 더 심각한 문제가 우리를 가로막고 있었다. 여러 학교 건물 중 내가 있는 건물의 CD플레이어만 고장이 나고 다른 건물은 고장이 나지 않았던 것이다. 몇몇 학생들의 이야기를 빌리자면, 우리가 영어듣기로 지연된 시험을 마저 치르는 사이 그들은 시간이 남아돌아 감독 선생님들이 갑작스런 지연으로 허둥대는 사이 서로의 정답을 묻고 답안지까지 충분히 고칠 시간이 있었다고 했다. 결국 우리 고사실에 있던 아이들은 다 같이 참담한 표정으로 나머지 시험을 치를 수밖에 없었다.

시험을 끝내고 나니 너무 어이가 없었다. 어떻게 그런 일이 벌어질 수 있었을까? 단 한 번의 시험을 위해 전국에서 3000여 명이 몰렸다. 기회가 한 번밖에 없는 만큼 실수도 용납할 수 없는 상황이었다. 한 사람의 진로, 나아가 인생이 걸린 사안이었다. 많은 학부모들이 항의했지만 끝내 재시험 등과 같은 적절한 조치를 취하지 않은 채 그대로 나온 성적만으로 합격 여부가 갈렸다. 듣기에서 시간을 뺏겨 많은 손해를 본 나는 당연히 합격보다는 불합격을 먼저 생각하고 있었다. 그러나 억울함, 그리고 혹시나 하는 노파심에 떨리는 마음으로 홈페이지를 확인해 보았다. 역시나 달라진 건 아무것도 없었다.

'김별아 님은 합격자 명단에 이름이 없습니다.'

합격이라면 합격이라 말하고, 불합격이라면 차라리 불합격이라고 말할 것이지. 이런 방식이 나에겐 더 잔인했다. 합격자 명단에 이름이 없다? 당황한 나는 혹시나 하는 마음에 내 이름을 다시 한 번 입력해 보았다. 그러기를 수십 번, 결과는 똑같았다. 결국엔 이 사실을 받아들일 수밖에 없었다. 비록 3개월이었지만 그동안 내가 그 기간을 어떻게 살았던가. 내가 어떻게 했는데. 이렇게 한순간에 결정되어 버리다니?!

눈물이 났다. 처음에는 너무나 당황스러운 마음에 눈물조차 나지 않고 그저 멍하니 컴퓨터 앞에만 앉아 있었다. 하지만 시간이 조금 더 지나고 점차 상황 판단이 되면서 상실감은 더욱 커졌다. 발표 시각이 오전이라서 마침 집안에는 아무도 없었고 (마음껏 소리 내며 울기 좋은 타이밍이었다. -_-) 가슴이 너무나 답답했던 나는 침대에 벌렁 드러누워 한동안 천정만 바라보았다. 빙글 빙글 빙글. 천정에 그려져 있는 양들이 어지럽게 내 머릿속을 맴돌았다. 현실을 도피하지 말아야지. 이대로 주저앉지 말아야지. 난 아직 어리고 앞으로 할 일이 더 많은 사람이다. 이성 안에 잠재되어 있는 특유의 긍정적 마인드가 가만히 내 머리칼을 쓰다듬었지만 그러기엔 잃은 것이 너무 많았다.

귀국 후, 난 쉬지 않고 달려 왔다. 제대로 친지들에게 다녀왔다고 인사도 못하고 친구들에게 내 소식을 전하지도 못한 채, 갑자기 누리게 된 무한한 자유에 대한 두려움과 불확실한 미래에 대한 부담감을 두 어깨에 가득 진 채로 뒤도 돌아보지 않고 질주해 온 나였다. 그런데 나의 모든 노력이 한 번의 시험에 의해 물거품이 되어버렸다. 게다가 온전히 실력을 발휘하지도 못했다. 두 날개를 힘껏 펼쳐 높은 곳에서 훨훨 날아보려고 뛰어내렸으나 그대로 날개가 부러져 추락해버린 꼴이다. 이 슬프고도 냉혹한 현실을 어떻게 받아들여야 한단 말인가.

세상은 노력한 만큼 모두 되돌려 줄 정도로 호락호락하지 않았다.

처음에 이불을 뒤집어쓰고 가느다랗게 훌쩍이던 게 어느 순간에 통곡(?)으로 바뀐 것은 저녁이 다 되어 어머니, 아버지가 퇴근하셨을 시점이었다. 그렇지 않아도 학교에서 나 같은 아이들에게 시달려서 잔뜩 피곤에 절어 돌아오셨을 부모님. 지금 생각하면 너무나도 죄송스러워서 절로 고개가 숙여지는 부끄러운 기억이지만 그 당시만 해도 나 혼자만의 슬픔에서 헤어나지 못했던 터라 괜히 더 서러워져서 더 크게 소리 내어 울었던 것 같다.

솔직하게 아이다운 변명을 하나 덧붙이자면, 나는 미국에서 산 동안에 한 번도 마음 놓고 울어본 적이 없다. 화가 치밀어오를 때조차도 입가에 미소를 머금어야 했고, 슬퍼서 울고 싶을 때면 늦은 밤 잠들기 전에 혼자서 소리 없이 조용히 눈물을 흘렸어야 했다. 그땐 이만큼 철이 든 것도 아니고 말 그대로 '질풍노도의 시기'를 겪고 있는 감정기복이 심한 아이였다. 하루에도 수십 번씩 감정의 소용돌이가 휘몰아치는데도 제대로 표출해 본 적이 한 번도 없었으니, 자연스럽게 내 성격은 시니컬해지고 페시미즘(Pessimism)이 무의식 속 깊이 박혔다. 그렇게 시간이 흐르고 집으로 돌아온 후 처음 직면하게 된 시련에 비로소 나는 진정으로 내 감정을 속이 시원해질 때까지 표출할 수 있었다.

어머니, 아버지께서 내내 걱정해 주시고 나는 그 옆에서 두 눈이 새빨개질 때까지 엉엉 소리 내며 울었지만 아이러니하게도 그때 나의 마음은 환희로 가득 차 있었다. 가슴 속에 맺혀 있던 응어리가 조금씩 녹아내린다고 말해야 할까. 언어 학원에서 일전에 배웠던 유달영의 '슬픔에 관하여'가 갑자기 생각났다. 카타르시스, 나는 그것을 몸소 체험하고 있었다. 몇 분 후 눈물은 저절로 말라가기 시작했고 어느새 나는 언제 그랬냐는 듯 예전의 고요한 상태로 되돌아갔다.

그날 밤, 부모님과 저녁식사를 하며 앞으로의 진로에 관하여 간단한 이야기를 나눈 후 오랜만에 뉴스를 시청했다.

'부산에 사는 박모 군 외고 시험 비관해 14층에서 뛰어내려 자살.'

짧은 뉴스였다. 나는 아무렇지 않은 척 바보상자를 뚫어지게 쳐다보고 있었지만 마음이 갈기갈기 찢어지는 것처럼 아팠다. 물론 그와 나는 아는 사이도 아니었다. 그런데 대체 왜? 나는 그와 묘한 동질감을 느꼈다. 그도 분명 촉망받는 중학생이었을 것이다. 미래에 대한 포부를 가지고 외고에 지원했을 것이고 합격하기 위해 분명 공부도 열심히 했을 것이다. 그리고 자신의 열정과 의지와는 상관없이 불합격 통지를 받았을 것이다.

분명 그와 나는 같은 낙오자였다. 하지만 슬픔에 대한 대처 방법엔 큰 차이가 있었다. 아마도 그의 주위엔 따뜻한 말 한 마디 건네줄 수 있는 이가 없었을 지도 모른다. 내 모든 것을 건 목표로 가는 길에서 실패를 겪어보지 않은 사람은 그 심정을 모른다. 세상이 모두 끝난 것 같고, 이제 내 인생은 길가에 버려진 휴지조각보다 못한 하찮은 삶이 될 것이라는 느낌. 큰 실패 없이 승승장구하며 살아온 사람은 그 막연한 공포를 이해하지 못할 것이다.

나를 비롯한 모든 낙오자들이 그런 기분이었을 것이다. 하지만 나는 아픔을 딛고 일어서서 최선을 다하며 오늘을 살고 있고, 그는 슬프게도 영원한 안식을 선택했다. 꿈을 자신을 소신대로 제대로 펼쳐보지도 못한 채 어린 목숨을 끊도록 방관한 이 삭막한 현실이 너무나도 안타깝다고 느껴진, 2008년 11월은 나를 비롯한 다른 외고 지망생들에게 가장 잔인한 달이었다.

내가 두 달간 외고를 위해
짧게나마 공부했던 양의 1/5 정도이다.
나머지 모의고사들은 너무 많아서
폐기처분할 수밖에 없었다.

한 줄기 희망

외고를 내 마음 속에서 깨끗이 지워 없애버리고 나는 새 출발을 하기로 다짐했다. 너무나도 열심히 준비했던 터라 완전히 기억 속에서 미련 없이 보내기에는 일주일도 더 걸렸지만 나는 가능한 한 빠른 시간 이내에 어디든 내가 처한 상황에 적응을 해야 했기에 주저하지 않고 새로운 프로젝트(?)에 돌입하기로 했다. 일단 나는 부모님과 상의 끝에 검정고시 대신 일반고에 다니기로 마음먹었다. 내심 언어영역과 외국어영역은 EBS Final 모의고사까지 풀어보며 1등급 정도의 수준으로 굳혔기에 검정고시를 쳐서 수능만으로 대학을 가는 것에 대해 큰 부담감은 없었다. 하지만 내가 짧은 시간이었지만 집에 혼자 있으면서 외로움을 탄 것을 아시는 부모님은 어차피 수시모집도 점점 확대되고 있는데 일반고에 진학해서 친구도 많이 사귀고 추억도 쌓는 것이 어떨까 제안하셨다. 고등학교 생활이 어떤 것인지도 자세히 몰랐던 나는 큰 고민 없이 제안을 받아들였다. - 근데 막상 해보니 너무 힘들어서 중간에 심각하게 자퇴를 고려했다.;; -

심사숙고 끝에 경북여고에 편입학 허락까지 다 받아놓고 나서, 나는 그때부터 본격적으로 일반고 대비 공부를 시작했다. (어차피 외고에 합격했어도 거쳐야 했을 관문이었겠지만······.) 한국으로 돌아온 지 몇 달 되지 않은 그때까지는 단순히 외고 입학시험만을 준비하느라 국어와 영어에만 손을 댔다. 그러나 이제는 다른 과목들이 문제였다. 한국에서 가장 중시되는 과목인 국, 영, 수 중 수학을 11월 말까지도 놓고 있었으니. 그래도 내가 경솔하다는 생각은 하지 않았다. 그냥 상황이 상황이다 보니 임기응변식이지만 나름 최선을 다했고, 시간이 부족하다 보니 결과가 느리게 나타나더라도 만족할 만하다고 내 자신을 다독였다. 12월, 1월, 2월. 다른 사람들에게는 그저 지루한 일상이라고 생각될 수 있는 100일 남짓이 나에게는 가장 귀중한 시간이 되었다. 1등급 정도의 수준까지 올라갔다지만 나의 언어 실력은 기초가 없는데 허겁지겁 쌓아올린 모래성처럼 위태위태했기에 감각을 놓치지 않으려 학원에 계속 다녔고 (단, 분위기 쇄신을 해야 할 필요성을 느껴서 다른 학원에 다니게 되었다.) 새롭게 수학을 배우기 시작했다.

떨리는 마음으로 처음 새로운 언어학원에 상담을 받으러 갔을 때 담당 선생님은 무미건조한 태도로 나를 쓱 훑어보고는 다짜고짜 나에게 반 편성을 위해 시험을 봐야 한다며 강의실 구석으로 나를 데려갔다. 이건 또 무슨 소리지?! 시험을 봐야 한다는 이야기는 못 들었는데. 나는 얼떨떨한 상태에서 주어진 고1 모의고사를 풀었고 초조한 마음으로 집에 돌아갈 수밖에 없었다.

며칠 후, 그 결과가 우리 집 우체통에 꽂혀 있었다. 이 학원 정말 철두철미하긴 하군. 한국 중고등학생들은 다 이렇게들 사는구나. 이제까지 외고 입시를 겪으며 몸소 체험했지만 다시금 왠지 모를 씁쓸함이 나의 얼굴을 살짝 찡그리게 만들었다. 하얀 편지봉투를 뜯자 듣기 · 문학 · 비문학 · 쓰기, 어법 별로 나의 점수가 나와 있고, 그 밑에는 다른 아이들의 평균 점수가 적혀 있었다. 모두 평균 이상. 시 문제 등에서 배점이 높은 문제를 몇 개 틀린 것 빼고는 대부분 문제를 맞혔다. 결과는 91점. 그래도 고생한 보람은 있는 듯했다. 이 정도면 학원을 등록할 수 있겠다고 확신이 든 나는 다시 학원을 찾았다. 상담 선생님은 변함없이 굳은 표정으로 내 점수를 보더니 아깝게 상위 4%인 심화 반을 들어갈 수는 없겠지만 그 바로 밑 단계인 A반을 들어갈 수는 있다고 했다.

순간 소름이 확 끼쳤다. 학원에서조차 이렇게 성적대로 아이들을 나누어 버리는데 학교는 어떨까? 밀려드는 두려움에 마른 침을 꼴깍 삼키고는 선생님을 따라가 교재를 받고 학원비를 지불했다. 집으로 돌아오는데 솔직히 말해서 한국에 괜히 돌아왔다는 생각이 들었다.

'나 정말 잘 돌아온 거 맞지? 내 소신대로 뭔가 계획을 세우고 돌아온 거 잖아, 분명히.'

마음이 약해질 때마다 나는 그 생각들을 떨쳐버리려 일부러 책을 읽거나 공부를 했다. 막연하게 공부하는 것이 미련하게 느껴질 정도로 그렇게 지내다 보면 '그래도 어떻게든 되겠지. 하늘은 나를 버리지 않을 거야.' 라는 실낱과도 같은 희망이 고개를 들었다. 특유의 적응력과 긍정적인 성격 탓도 있겠지만 오히려 불안한 위기상황에 처하니 마음은 더 편해졌고 정신은 더 맑아졌다. 나는 그렇게 입시생의 일상에 조금씩 적응해갔다.

언어학원을 다녀보니 문학은 참 흥미로운 예술 중의 하나라고 느껴질 때가 많았다. 하나의 짤막한 이야기를 통해서 여러 가지 생각을 하게 되고, 어쩌면 한 사람의 인생관 자체를 바꿔놓을 수도 있다는 사실이, 무척 신기하기도 하고 수긍도 갔다. 나는 상대적으로 비문학이 더 불안해서 비문학 강좌를 더 많이 들었지만, 가끔 듣는 문학 강좌는 정말 재미있었다. 시 분야도 처음엔 알아듣지 못하는 함축적 시어들 때문에 그렇게 좋아하지 않았었는데 흥미롭게도 시간이 지나면서 읽으면 읽을수록 나에게 다른 느낌으로 다가왔다. 물론 문제를 풀기 위해서 시를 읽었지만 그 순간에도 나는 '어떻게 이런 참신하고 아름다운 상상을 해 낼 수 있을까?' 라는 생각이 지금도 들곤 한다. -아버지가 원래 시인이 되려고 하셨기 때문에 나도 이에 질세라 시를 몇 편 지어보려고 했다. 하지만 슬프게도 나에게 그런 능력은

주어지지 않았나 보다..;^^ -

　언어에 매력을 느끼고 재미를 붙이면서 자연스럽게 실력도 향상되었다. 그렇게 두어 달 간은 그나마 웃으면서 행복하다고 말하며 지낼 수 있었다. 하지만 항상 좋을 때가 있으면 나쁠 때도 있는 법. 지금은 한 가지 사소한 일에 일희일비하지 않는 나름 대범한(?) 성품을 지니게 되었지만 그것 역시 최근의 일이다. 그러나 언어에 무한한 감동을 느끼는 동시에, 나에겐 치명적인 걸림돌 하나가 생겨버렸다. 그것은 바로 나뿐만 아니라 모든 문과생들의 무덤이라 불리는, 수학이었다.

2살 때 호기심으로 쳐본 피아노가
너무 어려워 힘들어하고 있는(?) 나.

두 번째 고비

나에게 수학이란 여러 면에서 뜻 깊은 과목이다. 아직까지 싸우고 있는 과목이기도 하고, 여러모로 나에게 고통과 좌절과 시련을 주었기에 무엇보다도 애증이 깊다. 지금은 많이 스트레스가 나아진 편이지만, 한때는 온갖 공포증과 울렁증, 노이로제에 시달릴 만큼 수학이 두려웠다. 그 말 못할 사연은 고등학교 입학 직전, 내가 가장 소중한 시간을 보냈다고 말했던 2008년 12월로 거슬러 올라간다.

엄마 친구 선생님의 아들을 수학 1등급으로 만든, 유명하시다는 수학 선생님. 그 분을 처음 만난 건 서울대학교 논술이 끝난 12월 초의 어느 날이었다. 말쑥한 양복 정장 차림의 그분은 웃으며 딱 봐도 근성 있게 잘 하게 생겼다고 나를 칭찬하시며, 열심히 하면 누구든지 수리 1등급을 맞을 수 있다고, 걱정 말라며 나를 안심시키셨다. 그때까지만 해도 수학 100점 맞던 옛날만을 생각하고는 미소를 지으며 고개를 끄덕였던 나는, 6개월 이상 수학을 손 놓고 있었던 대가를 톡톡히 치러야 했다. – 한국 중학교 수학 3년 분량을 뛰어넘은 업보는 지금도 오른손 중지에 굳은살이 생길 정도로 힘들게 받고 있다. –

고등학교 1학년 과정인 공통수학을 배우는데, 다행히 첫 단원은 집합이라 중학교 1학년 때를 떠올리며 즐겁게 할 수 있었다. 그렇게 해서 다항식의 연산까지는 웃으면서 수학을 했었는데, 그게 다였다. 6단원 인수분해에서 막혀버린 것이다. 물론 미국에서 중학교 과정의 인수분해까지는 다 했었다. 하지만 몇 가지의 인수분해 식을 사용해서 풀어야 하는 심화과정의 문제는 그 당시로서는 너무 까다로워서 도저히 따라갈 수가 없었다. 이해할 자신도 없었을 뿐더러, 선생님이 눈을 동그랗게 뜨고 내가 계산을 하는 모습을 지켜보는 부담스러운 상황에서는 더욱이 그랬다. 그냥 긴장과 부담, 그리고 답답함의 연속이었다.

인수분해만 내 속을 썩이면 그나마 다행이었다. 그놈의 계산력 타령은 지독히도 나를 괴롭혔다. 내가 문제를 해결하는 과정을 지켜보신 선생님께서는 왜 자꾸 산수가 틀리냐며, 그냥 편하게 생각하며 풀라고 계속 말씀하셨다. 하지만, 내 입장은 전혀 달랐다. 실수를 하지 말아야겠다는 굳은 의지가 도리어 악영향을 미친 것이다. 그렇게 하루하루가 무겁게 흘러갔다. 처음에는 잘 되겠지 하던 생각은 온데간데없이 짜증이 솟구쳤다. 특별히 누군가에게 화가 났던 것은 아니었다. 그냥 내 자신이 실망스러웠다.

나름대로 나에게 주어진 상황에 충실하며 최선을 다해왔고 그만큼 이룬 것도 있었다고 생각했는데, 이미 몇 개의 산을 넘어 지친 나에게 이젠 넘을 수 있을지조차 모르는 에베레스트만한 큰 산이 내 앞에 떡하니 버티고 있는 것이다. 입학 전에 주어진 시간은 한정되어 있었고, 그 시간마저 지나버리면 나는 다른 아이들과 함께 이 문제에 부딪히게 된다. 앞으로가 더 힘들 것이고 고스란히 그것들을 견뎌내야 한다고 생각하니 스트레스는 배가 되었다. 나는 급기야 숙제를 하다가 책들을 집어던지게 되는 지경까지 이르렀다. – 내가 혼자 성질을 못 이겨 책들을 집어던지며 울었을 때, 부모님은 마음이 어떠셨을지. 문을 닫고 있어서 그렇게 크게 들리지는 않았겠지만 아마도 다 알고 계셨을 것이다. 지금 생각하면 내가 너무 내 생각만 했던

것 같아 마음이 무겁다. -

이 생활이 반복되니 위에 탈이 나고 살이 빠지는 등 (이건 좋은 건가? ㅋㅋ) 내 모습은 더 초췌해졌지만 그럴수록 오히려 더 오기가 생겼다. 수학, 네 까짓게 감히 내 속을 긁는단 말이지. 두고 봐라. 언젠간 내가 너를 극복해 내고 말 테니까. 결국 마지막에 웃는 사람은 나라고. 착각하지 마!

수학을 풀다 보면 가끔 가슴 속에서 뜨거운 것(?)이 올라올 때가 종종 있는데 그럴 때마다 나는 혼자 수학 문제집을 붙들고 이렇게 주문처럼 혼잣말하곤 했다. 언니도 미국에 있었고, 어머니와 아버지는 보충수업 때문에 바쁘셔서 집에 늘 혼자 있었던 내가 유일하게 쓸 수 있었던 방법이었다.

이와 같은 마인드 컨트롤과 함께 나는 과외수업을 제외하고 따로 혼자만의 계획을 세웠다. 수학 수업을 받다보니 중학교에서 배우는 것들이 기초가 되어 다시 나오는 부분들이 너무나 많았고 그 중에는 내가 모르는 것들도 있었다. 끙끙거리며 혼자 씨름하던 어느 날, 나는 드디어 깨달았다. '예습보다는 복습이 중요하구나.' 그 길로 나는 서점으로 달려가 중학교 전 학년 수학 교과서들을 샀다. 시중의 다른 문제집들도 많았지만 시간이 부족했던 나에게는 군더더기가 많은 다른 참고서보다는 핵심을 정확하게 짚어주는 교과서가 적합했다.

고등학교에 입학하기 전까지 기한을 잡고 하나하나 떼기로 마음을 먹고 독학을 시작했다. 내가 미처 깨닫지 못했던 기초 지식들을 익히니 이해되지 않았던 부분들도 많이 줄기 시작했고, 결과는 대성공이었다. 계산력도 그때부터 탄력을 받기 시작하여 많이 좋아졌던 것 같다. 혼자 계획을 세워서 독학했던 건 외고 준비할 때부터였지만 성공 후 느낀 보람은 이때가 가장 컸던 것 같다!

하지만 소심한 성격 탓일까. 입학하고 나서는 수학 울렁증이 더 심해졌다. 예습 위주의 과외수업과 중학교 수학 복습 때문인지 수업시간에는 모르는 것이 없을 정도로 모든 수업 내용이 완벽하게 이해가 갔고 너무너무 재미있었다. 그러나 불안한 마음상태 때문인지 시험 성적은 너털웃음이 날 정도로 좋지 않았다. (수학 선생님도 내 성적을 보시고 나서는 의아해하실 정도였으니까.) 오죽했으면 내가 1학기 기말고사를 치르고 와서 대성통곡을 하며 "내가 대체 뭘 잘못했는데!!!!"를 목이 터지도록 외쳤겠는가. 나는 억울했다. 눈물이 저절로 흐르고 답답함에 소리칠 정도로 난 열심히 했고 그에 걸맞는 결실을 원했다. 하지만 내신이나 모의고사나 시험이란 시험은 번번이 실패했다. - 꾸준한 마인드 컨트롤 끝에, 2학년 1학기 기말고사에 드디어 100점을 맞게 되었다. 아직 갈 길이 멀지만 끝까지 열심히 해서 모의고사 성적도 올려보려고 노력 중이다. -

예전부터 공부는 머리가 아니라 엉덩이로 하는 것임을 진작 알고 있었지만 내가 느끼기에는 수학이 특히나 더 그런 것 같았다. 성적이 오르든 말든 꿋꿋하게 기초를 쌓아 가면 나중에 성적이 급격한 속도로 오른다는 과목이라고 전해 들었기 때문이다.

나는 내게 주어진 3년이 조금 안 되는 짧은 시간 안에 다른 아이들을 따라잡는 것은 물론이고 그 애들보다 더 나은 성적을 받을 수 있을지 의구심이 들었다. 아직까지 나의 내신 성적이나 모의고사 수리영역 성적은 2등급에 머물러 있고, - 그나마도 모의고사 난이도가 어렵게 나오는 날이면 3등급으로 추락해 버린다. - 누가 보기에도 갈 길이 먼 사람처럼 보인다. 게다가 이미 2학년 2학기는 시작되어 버렸다. 이제 고3이나 다름없는데, 내가 과연 이런 온갖 어려움을 극복해내고 정상에 우뚝 서서 의기양양한 미소를 지으며 수학에게 결국 내가 이겼다고 말할 수 있을지. 다행히 2학년 1학기 기말고사에서 100점이 나왔기 때문에 앞으로의 내신은 크게 걱정하지 않는다, 하지만 항상 모의고사가 걱정이다.

아무리 '모의'고사라지만 내 노력과 기대에 미치지 않는 성적이 나오면 주눅이 들고 의욕이 떨어진다. 수없이 많은 문제집을 풀고 개념정리를 한 후 받아든 시험지에 모르는 문제가 수두룩할 때 드는 자괴감은 이루 말할 수가 없다.

열심히 공부하고, 시험을 치르고, 좌절하고, 다시 용기를 내야 하는 이 담금질의 과정이 얼마 동안이나 더 지속될지는 모르겠지만 개인적으로 하루빨리 이 생활을 청산하고 싶다. 생각해 보면 중학교 과정을 묻는 1학년 첫 3월 모의고사에서 수리영역 6등급을 받은 이후로 이렇게 불안하게나마 2등급이라는 성적을 받게 된 것도 대견한 일이다. – 혹시 나만 그렇게 생각하나? 아니면 할 수 없다 –

1년 만에 6등급→4등급→3등급→2등급으로 천천히 올라왔으니 이제 1년 후 이맘때, 고 3의 마지막 여름방학이 막 끝난 이 시점에는 적어도 1% 안에는 드는 확고한 1등급으로 자리 잡혀 있지 않을까? 그 날을 머릿속으로 그려보며 오늘도 나는 엉덩이를 붙이고 수학 공부를 한다!

언니가 멀리서 보내준 사진.
나도 꿈을 이룬 후엔
이런 예쁜 길을 걸을 수 있을까?

Chapter **2**

소녀, 문을 두드리다

1학년 10반 36번 김별아

2009년 3월 2일 아침 8시 30분. 교복을 입고, 가방을 챙기고, 머리를 단정히 빗은 나는 그 밖에 모든 준비를 끝마치고 심호흡을 크게 하며 거울 앞의 내 모습을 바라보고 있었다. 교복을 다시 입게 된 지 3년 6개월. 거울 안의 생소한 나를 바라보며 한숨을 푹푹 내쉬었다. 이대로 경북여고의 학생이 되는구나. 한 번 밖에 오지 않을 고등학교 시절, 난 조금 뒤면 결국 경북여고의 83회 입학생이 될 것이었고 평생 그 학교 졸업생으로 살아갈 것이었다. 이제부터 한국의 고등학생으로서 적응해야 한다.

어머니, 아버지 두 분 모두 각자 학교의 입학식에 참석해야 하셨기에 혼자 학교에 가서 편입학 수속을 밟아야 할 위기에 처한 나는 병원에 다니고 계셨던 작은 이모가 잠깐 오신 덕분에 다행히 고아 노릇을 하지 않아도 되었다. 그냥 일반 입학식이었으면 나 혼자라도 갔을 텐데, 일찍 도착해서 편입학 수속을 밟고 반 배정은 물론 교과서까지 받아야 했기 때문에 나로서는 도저히 감당할 수가 없었다.

눈 깜짝할 새에 입학식을 끝내고, 1학년 10반으로 배정받은 나는 수많은 아이들을 간신히 헤치고 내 이름이 쓰여 있는 맨 구석진 책상에 자리를 잡았다. 한 반에 20명이 채 안 되던 미국과는 달리, 순식간에 두 배가 넘는 사람들에 기가 짓눌린 나는 그저 조용히 책만 읽고 있었다. 입학식 때 혜란이라는 친구를 한 명 사귀긴 했지만 꽉 찬 교실에 권위적인 담임선생님 (나중에 연출이었다는 게 다 드러났지만 ㅋㅋ) 등 모든 분위기가 급작스럽게 바뀌어버리자 숨통이 꽉 막혔다.

입학한 지 며칠 되지 않아 야간 자율학습은 시작하지 않았지만 반나절 훨씬 넘게 학교에서 엉덩이를 붙이고 앉아있기란 참으로 힘들었다. (지금은 잠자는 시간 6시간, 통학하고 밥 먹는 시간을 뺀 3시간 정도를 제외한 나머지는 계속 학교에서 공부를 하고 있다. 초인적인 정신력으로 모든 시간을 공부에 쏟고 있는데, 내가 봐도 참 신기한 일이다.)

정신없이 한 달쯤 흐르고 우리는 체육대회를 했다. 초등학교 시절의 운동회가 전부인 나는 과거를 회상하며 궁금해 했다. 내가 제일 놀라면서도 재밌었던 것은 반별로 티셔츠를 맞추는 것이었다. 아이들이 직접 인터넷으로 티셔츠와 확성기, 현수막을 주문하고 체육대회 때 일제히 자기 반을 응원하는 광경은 미국에서는 운동 관련 동아리들만 체험할 수 있는 이색적인 것이었다.

시간은 계속 흘러 5월 초, 우리는 첫 중간고사를 치렀다. 한국에서의 첫 시험인 외고 시험과 3월 모의고사까지 포함하면 세 번째 시험이었다. 모의고사 문제는 많이 풀어보았으나 제대로 된 내신 시험은 구경조차 해보지 못했기 때문에 더욱 긴장되었다. 더구나 나는 1등급을 받겠다는 의지도 매우 컸다. 말할 것도 없이 나는 하루 종일 틀어박혀 공부만 했고, 마음속으로 기도를 하며 불안감을 없애려 노력했다. 첫 시험은 그렇게 나쁘진 않았다. 수학에서 어이없는 실수를 한 것만 빼면 그럭저럭 잘 나왔다.

하지만 문제는 다른 데에 있었다. 시험을 모두 치르고 점수가 나오는 족족 공개를 하는 한국 학교의 문화에 도저히 적응이 되지 않았다. 성적 확인의 이유로 내 점수가 다른 아이들에게 공공연하게 공개되는 것이 석연치 않은 마음도 있었고 프라이버시 침해라는 생각이 들어 화가 나기도 했지만 이것도 하나의 적응 과정이라고 생각하니 마음이 조금이나마 풀렸다. 아이들은 이미 중학교 때부터 이러한 시스템에 적응이라도 한 듯, 내 점수에 관심을 보이는 (내 착각일지도 모르겠지만..;) 몇몇 아이들 빼고는 무심한 태도를 보였다. 나도 시간이 흐를수록 그런 사소한 것들에 신경 쓰지 않게 되면서 안정적인 마음상태를 유지해갔다.

그렇게 영원히 지나가지 않을 것만 같았던 시간도 가고 어느새 나는 1학년의 막바지에 이르렀다. 나는 최선을 다해 마지막 기말고사를 치렀다. 물리 수행평가를 너무나 못 친 덕분에, 과학을 결국 2등급 맞긴 했지만, 나는 두루두루 우수한 성적으로 1학년의 성적을 마감할 수 있었다. - 물리는 이해하려고 설명을 열심히 들었는데도 불구하고 결국 한계를 뛰어넘지 못했다. 그래도 미국에서는 A학점을 받았었는데……. 하긴 우리가 실험보다는 이론에 더 많이 치중해서 시험을 치른 탓도 나의 2등급 성적에 톡톡히 한 몫 했다! 난 주입식은 역시 안 되나 보다 하고 생각하게 되었다. -

물리, 화학, 생물, 지구과학 중 유일하게 성적이 나빴던 물리 덕분에 마음고생을 며칠씩 하기도 했지만 나는 이미 나온 성적에 대한 집착 때문에 더 이상 괴로워하지 않기로 마음먹었다. 1학년 때 받은 과학 성적이 내 인생을 크게 좌우할 것도 아니었기에 좀 더 대담하게 마음을 먹기로 한 것이다.

내 나름대로 최선을 다했던 시험을 끝낸 나는 모의고사와 TEPS 공부에 주력했다. 좀처럼 오르지 않는 수리영역이 내 총 점수에는 커다란 걸림돌이 되었다. - 2학년 2학기가 된 지금까지도 정복하지 못한 수리영역이지만 나는 수능을 치는 그날까지 최선을 다해 볼 것이다. 억울할 때 억울하더라도 내가 온갖 힘을 다해서 싸운다면 그래도 할 변명이 있을 것 같기 때문이다. 이 죽일 놈의 수학!! -

어느덧 겨울방학이 되고 나는 보충수업이 끝나고도 몇몇 다른 아이들과 함께 자습실에 남아서 차가운 김밥으로 끼니를 때워 가며 어둑어둑해질 무렵의 저녁까지 학교에서 공부했다. 2학년이 된다는 부담감과 조바심에 무작정 시작했던 엉망진창 무대뽀(?) 방식의 공부였지만 그때 고생한 덕분에 나는 1학년 때 따라잡지 못한 계산력과 중학교 수학 실력, 그리고 예습과 복습 등을 더욱 단단히 할 수 있었고 2학년이 된 지금, 마침내는 내신에서 100점을 연달아 받는 결실을 이루게 되었다.

곧 다가올 2학년 겨울방학 때도 이런 공부를 계속할 계획이다. 수험생에 있어서 어쩌면 3학년 여름방학보다도 더 중요하다고 할 수 있는 2학년 겨울방학은 3학년 때 막판 뒤집기를 준비하기에 최적의 시간이다.

문득 돌이켜보면 1학년 때 친구들이 가장 순수했던 것 같다. 그때는 그저 같은 반이라 경쟁(굳이 이 말을 써야 한다면 그리 하겠지만 나는 이 말을 결코 좋아하지 않는다) 해야 한다는 이유 하나만으로 어쩔 때는 가슴 졸이기도 하고 내심 불안에 떨기도 했었지만, 결국 그 아이들은 하나같이 나를 응원해 주었고, 열심히 앞을 향해 달려가고 있는 나에게 위로와 칭찬으로 용기를 북돋워주었다.

내 첫 소설 '잃어버린 나의 별, 여우별을 찾아서'에 나오는 롤링 페이퍼 이야기는 나의 실제 경험담을 담았다. 소설 속의 '별아'처럼 친구들이 칭찬해준 말들에서 나의 진정한 꿈을 찾은 것은 아니었다. 하지만 정신적으로나 육체적으로나 여러모로 지쳐있는 상황에서 그 소설은 내가 새롭게 일어서서 도약할 수 있게 용기를 주었다.

지금은 다들 문과와 이과로 갈라져 각자 다른 환경에서 시험과 입시, 그리고 대학이라는 벽에 부딪쳐 고군분투하고 있지만, 언젠가 우리 모두가 사회로 나가서 오랜 시간이 흐른 뒤 다시 만날 기회가 주어진다면 분명 좋은 친구가 되어 서로를 격려해 주는 돈독한 사이가 되어 있지 않을까 상상해 본다. 비록 2009년에 유행처럼 번진 H1N1 때문에 야영이나 소풍, 축제 등 추억을 쌓을 수 있는 행사들은 많이 경험하지 못했지만 우리는 교실 안

에서 가족같이 함께 호흡하고 공부하며 지냈던 1년의 시간을 영원히 잊지
못할 것이다.

2학년 수학여행 때 친구와 함께 찍은 사진.
1학년 때도 이렇게 갔었더라면~.
아쉬움만 남는다.

여름방학, 체력과의 싸움

1학년에 갓 올라와 중간고사를 치른 지 얼마 되지 않은 2009년 5월 초순, 미국에서 방학을 맞은 언니가 한국으로 들어왔다. 언니를 못 본 지 1년이 다 되어서 그런지 무척 기대가 되었다. 오랜만에 인천공항 나들이를 한 나는 기분이 한껏 들떴다. 10여개월 전, 아무것도 모르는 철부지였던 내가 바로 그 입국장에서 서성이며 두리번거리고 있었다.

그리고 지금, 우리 언니가 편한 후드 티 차림에 야구 모자를 푹 눌러쓴 채 우리 가족을 발견하고는 활짝 웃음을 지으며 손을 흔들었다. 자아 정체성이 한창 확립될 무렵인 중학교 3년 동안 언니는 나의 온갖 짜증을 다 받아주며 훌륭한 정신적 지주 역할을 해냈다. 거기다 그 시절, 언니는 집안일과 학업을 병행했어야 하는 상황이어서 고생이 두 배로 심했지만 말없이 모든 걸 참아냈다. 결국 언니는 초등학교 때부터 키워온 저널리스트의 꿈을 위하여 그쪽 분야의 대학을 갔고 1학년을 무난한 성적으로 마치고 방학을 맞이해 한국에 돌아온 것이다.

감격적인 해후가 끝나고 우리는 그동안 못 다한 이야기들을 했다. 언니는 한국에 있을 동안 편안히 휴식을 취하되 모자란 영어공부를 할 것이라고 했다. 나는 매우 아쉽긴 했지만 언니와의 시간을 만끽할 수 없었다. 5월 초순이었던 터라 나는 당장 있을 기말고사를 대비해야 했다. 거기다가 방학을 시작하면 또다시 시작될 보충수업. 그리고 다시 개학. 언니는 9월 초에 다시 출국할 것이고, 그러면 우리는 나의 수능이 끝날 때까지는 이제 언제 다시 만날지도 기약이 없는 것이다.

푹 한숨을 내쉰 나는 언니와 함께 시간을 보내고 싶었지만 꾹 참고 전처럼 열심히 학교생활을 했다. (그때는 심야자율학습을 본격적으로 실시하기 전이라 야자 끝나고 마음껏 언니를 볼 수 있었다..^^) 언니는 항상 학교에서 지쳐 돌아와 어리광을 부리는 나를 다독이며 응원을 해 주었고, 언니가 기를 듬뿍 불어 넣어 줬기 때문인지 나는 기말고사를 다소 성공적으로 치를 수 있었다. (그 대신 수학을 엄청 망쳤다. 이제까지 친 시험 중 최악이었다. 충격을 많이 받았을 뿐만 아니라 나 자신마저 싫어하게 될 뻔 했다. 그때도 날 감싸준 사람은 오직 언니뿐이었다.)

우여곡절 끝에 기말고사를 치른 나는 다소 홀가분한 마음으로 방학을 맞았다. 언니가 온 기념으로 나의 보충수업이 끝나는 대로 우리 가족은 강원도로 가족여행을 떠나기로 했다. 보충수업은 약 20여일, 3주 가량 진행되었다. 미국에서는 보충수업은커녕 오히려 아이들에게 다양한 체험을 하라고 권장하는 분위기라서 처음엔 한국 학교에 대해 약간 불만이 있었다. 하지만 이곳은 미국이 아니라 한국이다. 로마에선 로마법을 따라야 한다는 말을 마음속에 굳게 새기고 있는 나로서는 무조건 적응해서 다른 아이들보다 방학을 더 알차게, 더 뜻 깊게 보내야만 했다. 항상 강조하는 것이지만 나를 제외한 모든 아이들이 내가 영어를 배운 3년 동안 한국에서 열심히 공부하여 고등학교 공부의 기초를 이미 다져놓은 상태이지만 난 아니다. 각골지통, 뼈를 깎는 아픔으로 3년의 공백을 이겨내고 정상에 우뚝 서야 한다. 혹자는 이런 나를 보고 미국에서 상도 받고 그렇게 열심히 살았다면서 그동안 대체 국, 영, 수 말고 무엇을 하며 허송세월을 보냈는지 따져 물어볼 수도 있을 것이다.

난 이 자리를 빌어서 분명히 말하고 싶다. 직접 외국에 나가서 유학생활을 해본 경험이 있는 사람은 알 것이다. 한국과 미국은 추구하는 목표도 다르고, 교육과정도 다르고, 교육방법도 다르다. 요즘 한국이 입학사정관제, 자율형 공·사립고, 교과교실제 등 선진국의 교육을 아무리 따라하려고 하지만 교육에 대한 본질적인 사고방식이 바뀌지 않고 있기 때문에 앞으로도 완전히 전인 교육이 확립되기에는 많은 시간이 걸릴 것이다.

어쨌든 나는 여름방학을 며칠 앞두고 첫 보충수업 시즌을 효율적으로 보내기 위하여 대대적인 계획표를 짰다. 처음엔 너무 욕심을 부려서 여러 가지 비현실적인 계획을 세우기도 했지만 심사숙고 끝에 완성한 나의 계획표는 다음과 같았다.

1. 언어 – 모의고사 기출문제 문제집 풀기
2. 수리 – 수학의 정석 책 3번 반복. 2학기 예습 및 1학기 복습 필수.
3. 외국어 – 특별한 대안 없음 (당시 TEPS의 중요성을 어리석게도 깨닫지 못했다. 9월 초가 돼서야 나는 본격적으로 TEPS 학원에 다니며 피 터지게 공부를 시작했다.)

탐구 영역은 별다른 준비를 할 수가 없었다. 그 당시 나를 비롯한 고1 학생들은 고작 5개월 남짓 학교에 다녔을 뿐이고, 모의고사에도 진짜 수능형 지식보다는 중학교에서 배운 지식을 문제에 주로 냈기 때문에 공부해도 별 능률이 오르지 않았다. 결국 나는 이미 1등급이 나오는 언어와 외국어보다는 수리의 기초를 다지는 데 전력을 기울이기로 했다.

그리고 나의 또 다른 목표. 체력 다지기! 하루 종일, 쉬는 시간 수업 시간 가리지 않고 오직 공부만을 고수해 왔던 나로서는 분명 한계가 있을 것이었다. 더구나 나의 체력은 그렇게 강한 편도 아니어서 더욱이 운동을 통한 체력 향상은 앞으로도 꼭 필요한 과제였다. 하지만 턱없이 부족한 시간. 나에게 주어진 시간은 턱없이 짧았지만 해야 할 일은 너무나 많았기에 주말에 등산을 가끔씩 하는 걸로 운동을 대신하기로 하고 보충수업과 오후자율학습을 마치고 5시 30분쯤에 집에 오면 저녁을 먹고 바로 독서실에 가서 11시 30분까지 자기주도 학습을 강행했다. 밤 늦게까지 공부를 하고 아침 일찍 학교에 감으로써 효율성을 최대한 극대화시켰지만 역시나 걸림돌은 단 한 가지. 체력이었다.

아침 6시 30분부터 시작되는 고단한 일상이 하루 이틀도 아니고 몇 주간 계속되자 내 정신력과 의지는 바닥을 드러내기 시작했고, 급기야 독서실에 가서 피곤함을 이기지 못해 30분 이상 쓰러져 잠을 자는 사태까지 벌어졌다. 상황이 이 정도쯤 되니 나는 헬스클럽을 단 몇 주일이라도 끊어서 다녀야겠다는 생각을 했다. 결국 집 바로 앞에 있는 헬스클럽에 등록하고 웨이트 트레이닝부터 가벼운 훌라후프까지 가능한 한 열심히 모든 운동을 소화하려 노력했다. 운동을 마치고 찬물로 샤워를 하니 그 동안 쌓였던 피로가 눈 녹듯 사라져버렸고, 학교생활에 자신감은 물론 활기까지 얻어 더욱 열심히 공부할 수 있었다.

그 덕분에 나는 방학 동안 세운 계획표 그대로 완벽하게 실천할 수 있었고, 보충수업이 끝난 달부터 개학날까지 일주일 정도를 활용하여 강원도 평창과 경상북도 울진 근방으로 가족끼리 즐거운 여행을 다녀올 수 있었다.

열과 성을 다해 공부하고, 재충전을 하러 여행을 떠나니 이보다 더 좋은 방학은 없었다. 내가 계획을 다 달성하지 못한 채 여행길에 올랐더라면 마음속에 무언가 찜찜한 구석이 있어 관광 도중에도 마음이 불편했겠지만, 나는 그 누구보다도 방학 동안 열심히 공부했고 내 소기의 목적을 이미 성취했기에 떳떳하고 자신감이 넘쳤다. 한국에 돌아와서 정식으로 처음 맞았던 방학을 어느 때보다 알차게 보낸 것 같아서 가슴 뿌듯했고, 앞으로도 이렇게만 지낼 수 있으면 얼마나 좋을까 싶었다.

여름방학 때 잠깐 휴식을 취했던
밀양 얼음골에서 한 컷.

슬럼프

  여름방학을 누구보다도 뜻 깊게 보냈지만 나에게도 어김없이 슬럼프는 찾아왔다. 9월 초순이 되고 언니가 캐나다로 편입해 떠나면서, 심적 부담이 컸던 나에게 엄청난 시련이 찾아온 것이다. 갑작스럽게 TEPS 공부를 시작하여 높은 점수를 받아야 한다는 부담감에 시달려야 했고 주중, 주말 가릴 것 없이 수학에다가 내신, 그리고 모의고사 공부를 하려니 많이 힘들었다. (사실 그때까지도 난 정말 행복에 겨운 소리를 계속 해대고 있었다.)

  막연하게 높은 점수를 목표로 TEPS 공부를 하던 어느 날, 나랑 같은 고1 학생 중 이미 934점을 받은 한 여자아이가 학원에 있다는 사실을 알게 되었다. 뒤통수를 한 대 세게 얻어맞은 느낌이었다고나 할까. 열등감도 아니고 절망감도 아닌 묘한 느낌이 나를 감쌌다.

  그 아이가 열심히 공부하여 고1 여름방학까지 내 목표치보다도 조금 더 높은 점수를 받을 동안에 나는 도대체 무엇을 하고 있었단 말인가. 단 몇 초의 시간도 낭비하지 않고 혼이 쏙 빠질 만큼 공부를 하여 조금씩이나마 쌓여가던 자신감은 단 한 번 만에 처참하게 무너졌다. 불확실한 미래를 위하여 지쳐가는 내 자신을 다독여가며 한 발짝씩 걸어왔지만 모두 허사였다. 나는 무엇을 위해 공부해 온 것일까? 운 좋게도 3년간 미국에서 유학생활을 했지만 결국 지금 나에게 남은 건 아무것도 없다. 영어 공인시험성적? 원어민 수준의 완벽한 영어 실력? 하버드의 저명한 박사들도 울고 갈 뛰어난 쓰기 실력? 아무것도 없었다.

3년간이나 살다 왔다는 아이가 기껏해야 좀 잘할 수 있다는 것이 고작 모의고사나 내신 시험. 그런 것들은 외국 한 번 가보지 않고도 한국에서만 열심히 공부해도 충분히 정복할 수 있었다. 원래 성격이 소심해서 그런지 비관적인 생각들은 긍정적인 생각과는 달리 꼬리에 꼬리를 물고 끊임없이 이어져 나왔고, 이런 생각들이 충분히 잘못된 건 알고 있었지만 생각을 바꾸기는 힘들었다.

2학기 중간고사를 1주 정도 앞두고 일찍이 시험을 쳤던 사회 수행평가 결과가 나왔다. 지도 그리기와 단순한 주관식 문제였는데 둘 다 90점. 수행평가가 지필평가보다 훨씬 쉽게 나온다는 점을 감안하면 성적이 기대했던 것보다는 약간 낮게 나온 편이었지만 나는 나름 최선을 다해 치른 시험이기 때문에 결과에 연연하지 않았다. 문제는 바로 다음 순간에 일어났다.

바로 그때, 공부를 꽤나 한다는 우리 반 아이가 무심코 내뱉는 한 마디에 이제껏 꾹꾹 눌러 참고 있었던 나의 감정적인 부분마저 폭발하면서 내 기분은 완전히 엉망이 되고야 말았다.

"아싸! 별아보다 잘 쳤네?…… 국."

지금 생각해 보니 정말 별 일 아니었지만, 중간고사 일주일을 앞둔 민감한 시기였던 데다가 속으로 한 말도 아니고 반 아이들 앞에서 공개적으로 한 말이었다. 뿐만 아니라, 그 아이는 나하고 농담을 주고받을 만큼 친한 사이도 아니었다. 그래도 내가 그나마 성격이 밝고 재미있는 아이라고 생각해 왔는데, 그 아이의 배신 아닌 배신(?)에 당황한 나는 야간자율학습을 마치는 종이 울리자마자 가방을 싸서 학교를 도망치듯 빠져나왔다. 그러고는 엄마 차에 올라타자마자 혼자 분에 못 이겨 아무 말도 못 하고 엉엉

울던 모습이 지금도 눈에 선하다.

떠올려보면 괜히 나 혼자 슬럼프에 빠졌었고 거기에 과대망상(?)까지 해서 감정의 기복을 이기지 못하고 신경질을 엉뚱한 사람한테 낸 것 같아서 많이 부끄럽다. 어쨌거나 눈물을 펑펑 흘리며 속에 있던 이야기를 숨김없이 털어놓고 나니 감정 정리도 더 잘 되고 하루 종일 왔다 갔다 했던 감정선도 회복세를 탔다.

얼핏 생각하면 별 것 아닌 이야기 같지만 그래도 나에게는 고등학교에 입학하고 나서 처음 겪은 큰 슬럼프였다. 처음이었기에 대처하는 데 더 미숙했고, 그만큼 시간 낭비는 물론 에너지 소모도 많이 하면서 손해를 많이 봤지만 그 대가로 내 마음은 한층 더 성숙해졌다.

영자신문 기사 작성을 위해
새로 오신 원어민 선생님 Ann과
열심히 대화 중.
가끔은 미국으로 돌아가고 싶다는
생각이 든 적이 종종 있었다.

또 다른 시작

그렇게 여름방학을 나름 알차게 보냈다고 여기며 자부심에 행복하게 살아가고 있던 한때도 잠시, 또다시 한 달 남짓 정도로 가깝게 다가와 있는 2학기의 첫 중간고사를 생각해내고 나는 다시 서늘해진 가슴을 쓸어내려야 했다. 1학기의 기말고사를 그렇게 허무하게 망쳐버린 (특히 수학) 후, 수학에 대한 부담감은 날로 커져만 갔고 두려움에 막연히 수익 책만 풀어대던 지난날. 이젠 새로운 벽이 나를 가로막고 있었다. 나는 중간고사를 3주일쯤 남겨둔 어느 날, 자기 최면을 걸기 시작했다.

'그래, 김별아. 지금까지 잘 해오고 있다. 기초가 하나도 없는데도. 넌 왜 그렇게 똑똑하니? 너 정말 미국에서 중학교 졸업하고 갓 입학한 귀국학생 맞니? 넌 최고야. 정말 대단해. 네가 짱이야! 무에서 유를 창조해내는 김별아, 파이팅. 네 앞날은 활짝 열려 있다.'

만약 이 모든 말들을 입 밖으로 소리 내어 말했다면 분명 다른 사람들이 잘난 척한다며 손가락질 할 것이 불을 보듯 뻔한 일이겠지만 나에겐 이게 오직 살 길이었다. 안 그래도 불안해 죽겠는데, 이렇게까지 하지 않으면 난 패닉상태에 빠져 또다시 어처구니없는 실수를 저지를 것이었다. 연이은 추락으로 자신감이 부족했던 나에게 홀로 눈을 감고 명상하듯 하는 자기 최면은 나에게 많은 용기를 주었다.

눈코 뜰 새 없이 시험공부를 하다 보면 문득 두려움이 엄습해 올 때가 종종 있다. 이렇게까지 열심히 준비했는데 혹시나 이번에도 시험을 망치진 않을까 무섭다. 정말 무섭다. 잠깐 동안이라도 이렇게 스치듯 찾아오는 불안감은 누구에게나 찾아오기 마련이다. 혹시 지금 이 글을 읽는 분들도 그런 경험이 있다면, 그럴 때는 고개를 한번 도리도리 저어 보라. 그리고 크지도 작지도 않은 목소리로 여러분 자신에게 말을 걸어보라.

"○○아, 넌 충분히 최선을 다했고 지금도 잘 하고 있어. 넌 이제부터 농부의 마음을 가지는 거야. 뿌린 대로 거둔다고 생각하고 그냥 집중하자. 넌 어차피 꿈을 이룰 거잖아," 하고.

내 간절한 바람과는 달리 불행히도 시간은 나를 기다려 주지 않았고 그렇게 나는 무심하게(사실 무심한 척 하며 ㅋㅋ) 중간고사를 치렀다. 첫날 1교시가 수학이라 은근히 긴장하고 있었던 나는 시험지를 받자마자 아무런 생각 없이 거의 기계적으로 문제를 풀기 시작했다. 얼마나 시간이 흘렀을까. 문제를 다 푼 내가 슬며시 고개를 들어 시간을 확인했을 땐, 시계는 정확히 아홉시를 가리키고 있었다. 20분이나 남았단 말이야?!

거의 완벽하게 계산 실수가 없다고 자부할 수 있게 문제를 풀었는데도 20분이나 남았다. 그래, 여기서 방심하면 안 되지. 벅차오르는 환희에 한껏 들떠 소리를 지를 뻔한 나는 다시 정신을 가다듬고 문제를 다시 풀어보기로 했다. 1번부터 25번까지 한 문제 한 문제 찬찬히 살펴본 나는 만족한 듯 마킹을 끝냈다. 남은 시간은 이제 3분. 보람찬 기분으로 아무 표정 없이 시험지를 보던 나는 소스라치게 놀랐다.

마지막 문제였다. 100점을 방지하기 위한 문제였을까? 문제를 계속 읽어보니 내가 조건 하나를 빠뜨리고 계산을 한 것이다. 나는 한 치의 망설임도 없이 손을 번쩍 들었다. 선생님은 시간이 얼마 남지 않아 곤란하다는 표정을 짓긴 하셨지만 나는 선생님과 눈을 맞추며 고개를 끄덕였다. 선생님이 새 OMR 카드를 건네주시고 나의 원래 답안지를 찢으려는 순간, 거짓말처럼 종이 울렸다.

이것 한 개만 맞으면 틀림없이 100점인데. 나는 상심하여 눈물이 나올 뻔 했지만 곧 마음을 가다듬었다. 4.5점이라는 점수는 날렸지만 나는 이번 시험을 통해서 무한한 자신감을 얻었다. 첫술에 배부른 사람은 아무도 없다고, 지난 시험에서 죽을 쑤었다 이번 시험을 100점 맞는다는 것은 지나친 무리수라고 판단한 나는 깨끗하게 마음을 접고 다음 시간 공부를 위해 정리해둔 요약공책을 폈다.

지난 1학기 기말고사의 여파 때문인지 나에겐 유난히 중간고사가 짧게 느껴졌다. 시험의 결과는 매우 좋았다. 국어 96.5점, 수학 95.5점, 사회 100점, 영어 96.9점 등. 내가 3년을 미국에서 보낸 만큼 어처구니없게 벌어진 실수에 영어를 100점 맞지 못한 것이 한스러웠지만, 평균을 봐도 과목별 석차를 봐도 모든 과목을 골고루 잘한 경우여서 만족스러웠다.

그 후, 뿌린 만큼 고스란히 거두고 난 뒤에 얻는 풍요의 기쁨은 오래 갔다. 여느 때보다도 편안한 마음으로 그간 보지 못했던 책들과 영화들을 실컷 볼 수 있었다. 마치 큰일을 마치고 좋은 영양주사를 한 대 맞은 느낌이랄까?

언니가 이미 캐나다에 가버린 후라 이 기쁨을 함께할 수 없다는 것이 안타까웠지만 그래도 화상통화로 오랫동안 이야기를 하며 스트레스를 실컷 풀었다. 36년간의 식민지 생활 끝에 해방을 맞은 우리네 할머니, 할아버지들의 마음이 이러하셨을까? 그때 그분들이 맛보셨을 해방감은 나의 그것과 비교도 안 될 정도로 크셨겠지만, 17년 평생 친구들 사이에 이러한 팽팽한 긴장감을 경험해 보지 못한 나는 그분들 못지않은 기쁨을 누렸다.

하지만 여기서 멈추면 안 되었다. 중간고사가 끝나자 또다시 3주 이내로 다가오는 모의고사가 나의 발목을 잡았다. 평소의 나 같았더라면 정말 지굿지굿하다며 성질을 부렸을 테지만, 이것 역시 결국 내가 선택한 길이구나 하며 책임감으로 나 자신을 다독이니 다시 의지가 솟구쳤다.

나는 자기 계발서, 그 중에서도 성공한 사람들의 이야기를 많이 읽는 편이다. 무력감에 빠진 나를 다잡고 동기 부여를 시키려는 의도도 있지만, 공부 잘하는 수재들의 책일 경우에는 그들이 공부했던 방식이나 가졌던 마음들이 책 속에 고스란히 녹아 있기 때문에 유용한 정보를 많이 얻을 수 있다. 수많은 공부 비법들 중에 내가 습득한 것이 있다면 바로 '기반 학습'이었다.

내신 준비는 3주일 전부터 하고 나머지 시간에는 모의고사 연습, 주로 영어와 수학 위주로 하는 학습 방법인데, 아무래도 TEPS 말고는 별로 준비할 것이 없었던 나는 영어가 아닌 수학에 모든 시간을 다 바쳤다. 내가 수학적 감각이 없어 그런지, 머리가 나빠서 그런 건지는 몰라도 많은 양의 수학을 한 번에 공부하다 보면 항상 그 중 일부는 잊어버리기 일쑤였다. 분명히 풀 수 있는 문제인데도 방법을 잊어버리고, 모의고사 수리영역만 보면 반타작만 줄줄이 해내던 나 자신이 (그래도 이건 많이 나아진 것이다. 솔직하게 터놓고 말해서 난 1학년 첫 3월 모의고사에서 27점을 받았다.) 내 생애 처음 받은 최악의 점수에 충격이 극심했던 나는 수학에 모든 것을 걸었다. 하지만 수학은 그런 나를 약 올리듯 섣불리 내 손을 잡아주지 않았다. 지금도 내신은 그런대로 잘 받고 있지만 수리영역은 항상 2~3등급의 한계를 벗어나지 못하고 있다. 하지만 천재는 노력하는 자를 이기지 못하고, 노력하는 자는 즐기는 자를 따라가지 못하는 법. 난 이제까지 있는 힘껏 노력해 왔기에 이제 서서히 수학을 즐겨보려고 한다. 그러다보면 어느새 나도 모르는 사이에 정상에 올라와 있지 않을까.

제주 여미지 식물원에서 한 컷.
나도 언젠가 한 송이의 연꽃처럼
활짝 피어나게 될 날이 오지 않을까?

Chapter 3

Fly High

폭풍우

1학년 생활을 그럭저럭 무난히 마친 나는 시간을 흘러 2학년이 되었고, 경북여자고등학교 2학년 7반의 일원이자 실장을 도와 반을 이끄는 부실장으로서의 역할을 맡게 되었다. 하지만, 내가 1학년 내내 꿈꿔왔던 2학년 생활의 로망은 곧 깨져버리고 말았다.

한 학년이 올라가고 수능 날짜가 가까워올수록 나는 물론 다른 아이들도 모두 예민해졌고, 그만큼 서로를 의식하다 보니 스트레스를 더 많이 받게 된 것이다. 나도 더욱 더 열심히 노력하여 좋은 성적을 받고 싶다는 욕심 (사실 서울대 외교학과에 다니는 헌진오빠를 만나고 나서 서울대를 향한 내 목표가 조금이나마 더 확고해졌기에)를 가지고 스트레스를 받는 등 여러 가지로 힘들었다. 하지만 내 개인적인 스트레스 때문에 다른 주변 사람들까지 힘들게 하고 피해를 끼칠 수는 없는 법.

나는 내 최대한으로 평상심을 유지하려고 애썼고 (특히 반 친구들에게) 가급적이면 별다른 일이 없는데도 먼저 인사하고 웃는 등 친절한 태도를 보이려고 했다. 이렇게 타인을 대하면 당연히 나에게도 그 상냥함이 돌아오겠구나 하고 생각했다.

그러나 그건 큰, 그것도 아주 큰 오산이었다. 나를 만만하게 보고 막 대하는 그들을 보면서 나는 참을 수 없는 분노를 느꼈다. 주변인들은 그것들이 시기와 질투라고 말했다. 겉으로는 그런가보다 하고 고개를 끄덕였지만 나는 이해할 수 없었다. 사람들은 모두 성향이 다르고 개성이 뚜렷하다. 각자 가야 할 길이 다르기 때문에 앞만 보고 나아가기도 벅찰 텐데, 언제 다른 사람까지 바라보고 질투심을 느낄 수 있단 말인가?

물론 나도 사람이기에 나보다 훨씬 더 좋은 환경에서 자라서 공부하고 있는 아이들을 보면 어느새 주눅이 들곤 한다. 하지만 그건 어디까지나 나 자신만의 문제이다. 그런 생산적이지 못한 감정들로 다른 사람들에게까지 피해를 준다는 것은 적어도 내 기준에서는 용납되지 못할 행위였다.

설상가상으로 2학년이 되고 심야자율학습반을 새로 꾸미면서 나의 중압감은 한층 더 심화되었다.

자율형 공립고가 되어서 그런지, 담당 선생님으로 새로운 분이 오셔서 그랬는지는 잘 모르겠지만 심자실에 들어서자 1학년 때의 가족 같은 분위기는 온데간데없이 성적순으로 번호를 매겨 전교 등수와 이름을 적어놓은 책상들만이 떡하니 버티고 서서 나를 비웃고 있었다.

그 당시에 겨우 성적을 학급 인원에게 공개하는 한국 학교의 풍습에 적응해 나가기 시작하던 나는 1970~80년대의 엄격한 고등학교에서나 볼 수 있을법한 이러한 행태에 놀라움을 금치 못했다. 이게 바로 말로만 듣던 성적순으로 책상 배열하기인가.

먼 옛날이야기로만 들었던 구시대의 산물을 예고도 없이 내가 직접 경험하게 될 지는 꿈에도 몰랐다. 당황스럽기도 하고 얼떨떨했지만 신청해놓은 심야자율학습반을 마음대로 나가기도 쉽지 않았다. 내 자리는 3번, 구석책상에서 세 번째로 나와 있는 책상이었다. 적나라하게 나와 있는 등수에 나는 그만 얼굴이 빨개졌지만, 끝끝내 원인 모를 굴욕감을 숨긴 채 배정을 받고 도망치듯 그 교실을 빠져나왔다.

자율학습이 시작되고 나서도 내 마음은 편치 않았다. 혼잣말로 이것도 새로운 경험이라고, 좋은 경험 하는 거라고 내 자신을 다독였지만 역시나 무의식 안에서는 아직 받아들이지 못한 탓일까. 나는 1학기 중간고사를 크게 망치고야 말았다.

그때의 기억은 너무나 생생하다. 첫날 1교시에 친 수학 시험지를 넘겨받고 몇 문제를 풀자마자 한 문제가 막혔다. 순간 내 머릿속은 하얘졌고, 손발은 차가워졌으며 연필을 쥔 손가락은 파들파들 떨리기 시작했다. 나는 마음속으로 간절하게 기도를 올렸고, 몇 분이 지나서야 간신히 마음을 추슬러 가까스로 시험을 치를 수가 있었다.

결과는 69점. 분명히 알고 있었던 문제도 계산실수 탓에 절반을 틀려버린 것이다. 이제는 수학을 극복했으리라 믿고 있었기에 나는 하늘이 무너지는 것 같은 느낌을 받았고 (정말 눈앞이 깜깜해졌다) 집에 도착하자마자 눈물은 비 오듯 쏟아졌다.

내가 그날 바보같이 자포자기를 해서 그런지, 이후에도 나머지 과목의 성적은 내가 공부한 만큼 만족스럽게 나오지 않았고, 나는 크나큰 절망에 빠진 나머지 자퇴를 결심하게 되었다. 그때만큼은 정말 학교에 나가기가 싫었고 선생님이나 아이들을 대하기도 무척 껄끄러웠다. 무엇보다 내가 목표한 국제공무원이라는 꿈을 이루기가 힘들 것이라는 절망감이 나를 제일 괴롭혔다.

다른 사람이 무모하다고 생각할 만큼 아무런 준비가 되지 않은 채 갑작스럽게 한국으로 귀국한 나는 미래에 대한 엄청난 불안에 시달렸지만 그만큼 열심히 살려고 누구보다 노력해 왔고 주위로부터 '무(無)에서 유(有)를 창조해낸 아이' 라는 과분한 별명까지 얻어가며 모든 걸 내던지고 달려왔다.

하지만 이렇게 중간고사에서 어이없이 무너졌다고 생각하니 너무나도 내 자신이 싫어졌다. 가슴이 답답해져 왔다. 시도 때도 없이 눈물이 나고 극도로 예민해져서 가족과 대화조차 제대로 되지 않을 지경이었다. 내신 성적에 들어가는 중간고사를 완전히 망쳐버렸으니 이제 명문대학은커녕 대구에 있는 대학이나 제대로 갈 수 있을지 의심스러워져서 두려움에 떨었다.

인내.
하루하루가 갈수록 내 마음은 더 조급해지지만
언젠가는 희망이 찾아 올 날을 기다리며!
저녁놀 베란다에서 한 컷.

끝없는 도전

2학년의 첫 중간고사를 허무하게 망쳐버리고 나서 처음 한 달간은 강박증과 조울증에 시달려 살아갈 정도로 내 상태는 좋지 않았다. 이미 극도로 예민해져버린 나는 누가 조금이라도 나에게 견제의 에너지를 보내거나 옆에서 장난조로 시비를 걸어도 화를 쉽게 냈고, 모든 일에 의욕이 사라져 아무것도 할 수가 없었다. 지금은 참 어리석은 행동이었다고 생각하지만 그때는 내 자신이 1학년 내내 줄곧 고수해 왔던 '흠 잡을 곳 하나 없는 모범생' 이미지라는 틀에 갇혀 비효율적인 공부를 했었다.

그때만큼은 공부에 흥미나 열정이 느껴져서 열심히 공부 했다기보다는 기계적으로 그저 해야 한다는 생각에 필기구를 손에 쥐었지만 정작 집중이 잘 되지 않을 때가 많았다. - 그런데 이상하게도 수업 시간에는 선생님들의 수업에 마치 빨려 들어갈 것처럼(?) 집중이 잘 되었다. -

귀한 시간을 허망하게 낭비한다는 생각을 하니 내 마음은 점점 더 무거워졌고 그만큼 나는 혼란의 소용돌이 속으로 더욱 빠져들었다. 지금까지 수차례 시련을 겪어보았지만 이때만큼 울어본 적이 없었다. (거의 매일 눈물을 매달고 살았으니까) 안타까운 마음에 가족들은 나를 어떻게든 달래보려 했

118

지만, 나는 번번이 방문을 잠그고 침대에 누워 있기만 했다.

그렇게 2주일 정도가 무심하게 흘렀다. 여전히 학교생활은 짜증스러웠고, 친구들도 보기 싫어서 심각하게 자퇴를 고민했다. 중간고사 성적은 충분히 기말고사 때 만회할 수 있고, 또 자퇴만은 절대 안 된다는 담임선생님의 만류를 듣고 한숨을 푹푹 쉬며 교무실을 나왔다.

'내가 어쩌다 이 지경까지 오게 되었을까. 난 그저 열심히 하려던 것뿐인데.'

여느 때처럼 시험을 치르고, 시험이 끝났다며 까르르 웃으며 장난을 치는 다른 아이들을 바라보고 있자니 내 자신이 한심했다.

그러던 어느 날 점심시간에 1학년 때 담임이셨던 김소연 선생님이 상담실로 나를 잠깐 부르셨다. 쭈뼛거리며 상담실 문을 열고 들어가니 선생님은 맛있는 점심을 준비해놓고 기다리고 계셨다. 내가 자리에 앉자 선생님은 옆에 두었던 서류봉투를 내게 건네셨다. 나는 의아했지만 잠자코 그 봉투를 열어보았다. 대학교 입학 전형. 선생님께서는 내가 너무나도 가고 싶은 대학교의 요강을 손수 프린트해서 갖고 오신 것이다. 무관심한 듯, 아직 내가 모르고 있는 정보가 있나 이것저것 뒤적거리는 나에게 선생님은 말씀하셨다.

"이번 중간고사 하나만으로 모든 것이 결정되는 게 절대 아니다. 내가 보았을 때 너는 충분히 승산이 있다. 용기 잃지 말고 끝까지 최선을 다해라."

용기 잃지 말라는 조언은 선생님뿐만이 아니라 내 주위의 많은 사람들이 해준 고마운 말이다. 하지만 내가 가고 싶어 하는 대학의 입시요강까지 프린트하셔서 열심히 설명해 주시는 선생님을 대하니 가슴이 뭉클해졌다. 부모님이나 언니 같은 가족들 말고도 나를 이렇게 생각해 주는 사람이 또 있다고 생각하니 마음이 든든하기도 하고 한편으로는 너무나 기뻤다. (하지만 뭔가 쑥스럽기도 해서 표현은 못했다 ^^;)

지쳐버린 나에게 새로운 힘을 불어넣어주었던 그 날 점심시간 이후, 선생님은 또다시 시간을 내서서 나에게 책 한 권을 선물로 주셨다. 제목부터가 심상치 않았다. 「감사의 힘」. 미국 방송국의 앵커인 데보라 노빌이 쓴 이 책의 내용은 비교적 단순했다.

"어떤 시련이 찾아오든 간에 절대 기죽지 말고 감사하다는 마음을 가지고 하루하루를 살아가라. 그렇다면 이것 또한 지나가리라."

이 단 두 문장이 책의 요지였다. 갑자기 닥쳐 온 모든 일들에 대해서 미처 대응할 준비를 하지 못하고 그대로 슬럼프에 빠져버린 나에게 아주 감명 깊은 이야기들이었다. 그뿐만이 아니었다. 나를 더욱 「감사의 힘」에 매료되게 만든 것은 책에 딸려 있는 '감사 노트'였다.

마치 하나의 포켓북처럼 아기자기하게 꾸며져 있는데, 매일 자신에게 일어난 감사한 일들과 그 이유를 서술하는 방식이었다. 또한 항상 그 옆에는 명사들의 명언이 적혀 있었다. 나는 가끔씩 마음이 조급해지고 습관처럼 불안해질 때마다 감사 노트에 적혀 있는 글귀들을 보며 위안을 얻곤 했다.

'모든 시련은 결국 축복이 되기 마련이다. -리처드 바흐'와 '불행한 하루의 시작은 불평 가득한 마음에서부터 시작되는 것이니 가능한 한 멀리하라' 라는 글이 특히 눈길을 끌었다.

생각해 보니 나는 불평하는 횟수가 중간고사를 치르고 나서 더 많아졌었다. 성적순으로 자리를 앉히는 학교도 미웠고, 은근히 나를 경계하며 비웃는 다른 아이들도 미웠다. 부정적인 쪽으로만 생각하고 돌아갈 수 없는 과거에만 매달려서 살았으니 오늘의 시련은 어쩌면 당연한 결과가 아니었을까 하는 의구심이 들기도 했다. 결국은 내 마음이 너무 나약해서 모든 일을 그르친 셈이었다.

*　　　*　　　*

감사 노트를 쓰면서부터 힘들기만 했던 나의 학교생활은 180도 바뀌었다. 우선 나에게 가장 심적 부담을 주는 심야자율학습을 과감하게 그만둔 나는 대신 집에서 혼자 외로운 싸움에 도전장을 내밀었다. 내 주위의 다른 아이들과 벌이는 싸움이 아니라, 순전히 자신과의 싸움이었다. 물론 하루 만에 성격을 고치기가 불가능인지라 중간중간 내가 정말 잘 하고 있는 건지 괜한 의심이 들기도 하고 불안했지만, 밑져야 본전이라는 마음으로 최선을 다해서 매일을 살았다.

심야자율학습을 하지 않는 대신 그간 작성해 왔던 하루 계획표를 더욱 알차게 꾸며 시간 관리의 효율성을 잃지 않으려 노력했으며 집에서도 최대한 집중할 수 있도록 책상을 깨끗이 치우고 스탠드의 조명을 더욱 밝게 하는 등 노력을 기울였다. 뿐만 아니라 어떻게 하면 이해된 지식들을 쉽게 암기할 수 있을까 늘 고민했던 나는 생각 끝에 피아노 위에 있는 인형들을 마치 학생인 것처럼 그것들을 향하여 내가 선생님이라도 된 듯 혼자 가르치며 암기하기도 했다.

어느덧 시간이 흐르고 기말고사 날짜가 점점 다가올수록 의연한 척 했지만 내심 마음이 조급해졌다. 가끔 공부가 안 될 만큼 패닉 상태에 잠깐씩 빠져들 때도 있었는데, 그럴 때는 미국에서 늘 해오던 명상을 하며 마음을 가라앉혔다. 눈을 살며시 감은 채 호흡에 집중하며 하나 둘씩 숫자를 세다 보면 어느 새 편안한 상태로 돌아와 있었기 때문이다.

기말고사 첫날, 1교시에 친 문학은 그다지 만족할 만한 점수가 나오지 않았다. 중요한 과목이라서 공부를 열심히 했음은 물론 내가 평소 좋아하고 자신 있었던 분야였기에 썩 기분이 좋지 않았지만 기왕 열심히 달려온 거, 나머지 과목들이라도 잘 쳐야겠다 싶어 편안한 마음으로 시험을 치렀다.

결과는 상상 이상이었다. 항상 긴장하는 시험 불안증 때문에 만점은커녕 항상 1개나 2개씩은 꼭 틀리던 내가 만점을 6과목이나 받은 것이다. ─ 중간고사 점수 때문에 100점을 맞았는데도 아쉽게 2등급에 머무른 과목도

있었다. -

　최종 등급이 어떻게 나왔는가를 떠나서 나는 내 자신이 너무나 대견했다. 고등학교 시절 내내 빠져나올 수 없을 것만 같던 슬럼프를 한 달 남짓하는 사이에 너끈히 이겨 내버렸고, 고질병처럼 늘 따라다니며 나를 족쇄로 가둬버렸던 여러 부담감도 털어버렸기 때문이다.

　비록 처음에 약간 비틀거렸지만 끝끝내 혼자서 문제를 해결하고 괄목할 만한 결실을 거두었다는 것이 내게는 너무 감사한 일이었다. 한번 이렇게 시련을 이기고 홀로 우뚝 서고 나면 다음에 어떤 고난이 닥쳐도 쉽게 좌절하지는 않을 것이라는 사실을 나는 잘 알고 있었다. 나는 성적표를 떨리는 손으로 부여잡고 행복한 웃음을 지으며 내 머리를 쓰다듬어 주었다. 아직 갈 길이 멀다는 건 알고 있었지만 그래도 왠지 격려해 주고 싶었다.

　'잘 했어. 넌 아직 실패한 게 아니야. 이제 희망을 가져도 된다고. 이제까지 충분히 열심히 해 줘서 고맙고, 앞으로는 더 열심히 해서 훌륭한 국제공무원이 되는 거야. 그날까지 파이팅이야!'

*　　　*　　　*

　여담을 덧붙이자면, 개인적으로 나는 최고의 아이돌그룹이었던 '동방신기'를 좋아한다. 처음 'Hug' 뮤직비디오를 보고 호감을 가졌을 때가 초등학교 5학년 초반이었으니 그들과 함께한지도 벌써 7년이 다 되어가고 있다. 내 인생의 1/3이라는 길고도 긴 시간을 좋아하면서 의지도 많이 되었다.

　미국에 가기 전 철없었을 때는 그저 잘생겼는데 노래까지 잘 한다는 이유로 아무런 생각 없이 맹목적으로 좋아했지만 미국으로 건너가고 나서 일어난 갖가지 시련들로 인해 당시 정신적으로 극심한 스트레스를 받으면서 생각이 바뀌게 되었다.

내가 미국에 있었던 3년의 시간 동안 동방신기는 남자 아이돌 가수들에 겐 아직까지 미개척지였던 일본에 진출한 지 얼마 되지 않아 밑바닥부터 다시 시작하여 정상까지의 길을 차근히 밟고 있었다. 미국에서는 워낙 내 자신의 삶이 바빠서 부모님이 가끔 택배로 보내주시던 일본 라이센스 앨범 으로 그들이 어떤 길을 가고 있는지 파악할 수 있었으나 그들이 일본에서 활동하면서 1년여의 시간 동안을 무명 가수처럼 살아왔다는 사실은 까맣 게 몰랐다. 비로소 한국에 돌아와 외고 시험을 준비하고 새로운 시련들을 겪는 동안 동방신기는 이미 상반기 오리콘 차트에서 1위를 몇 번이나 기록 하고는 4집 앨범 '주문-Mirotic' 을 한국과 일본에서 동시에 발매했다.

나중에 안 사실이었지만 2006년 여름까지 동방신기는 한국에서는 상상 도 할 수 없는 정도의 대우를 일본 대중들에게 받았었다. 가게 비상계단에 서 다 허물어져가는 노래방에서나 볼 만한 유선 마이크로 자신들의 노래를 열창하고, 이름을 알리기 위해 직접 악수회와 명함 교환회를 열기도 했다. 하지만 생각보다 힘든 시간은 길었다. 몇 장의 싱글 앨범을 더 내긴 했지만 아이돌 그룹 (특히 남자 아이돌)의 원조 생산국인 일본은 별다른 관심을 보이 지 않았다.

한편, 3집 앨범 '오! 정반합' 으로 한국 방송 3사의 대상을 모두 석권한 동방신기는 바로 다음날 일본으로 건너가 무대라고는 장판 한 징이 다인 이름 모를 불교대학 강당에서 소규모 공연을 연다.

2004년 초 데뷔 때부터 워낙 인기가 많아서 무명의 고통은 상상조차 하 지 않았던 동방신기는 과연 무슨 생각을 했을까. 말도 통하지 않는 나라 일 본에서, 겪어보지도 않은 위기에 직면하게 되어 아마 몇 갑절의 어려움을 느꼈을 것이다. 이쯤 되면 대부분의 가수들은 슬그머니 고국으로 돌아오기 마련이다.

하지만 동방신기는 달랐다. 일본어를 더 열심히 공부하고 노래와 춤 실력을 향상시키며 기회가 오기를 기다리는 도중에도 끊임없이 버라이어티 쇼 등에 나갔다. 시간이 지나자 그들은 원어민 수준의 유창한 일본어를 구사하며 외국 가수 치고는 제법 친숙한 얼굴로 알려지기 시작했다.

2006년 여름에 'Sky'로 오리콘 차트 6위를 차지하는 것을 터닝 포인트로 해서 동방신기의 인지도는 눈에 띄게 좋아지기 시작했고, 그해 열린 콘서트에서 동방신기 멤버들은 수많은 일본 팬들에 둘러싸여 자신들이 무명 시절 비상계단에서 부른 노래를 불렀다. 지난날의 안 좋았던 기억을 청산하고 감회에 젖어 기쁨의 눈물을 흘리며 노래를 부르는 그들을 보고 나는 팬이 아닌 한 인간으로서 형언할 수 없는 깊은 감동을 느꼈다.

그 후로도 동방신기는 오리콘 데일리, 위클리 차트 1위 질주를 멈추지 않고 마침내는 일본 최대의 야구장이자 공연장이기도 한 도쿄돔에서 콘서트를 열었다. 2일 연속 50,000개의 좌석이 몇 분 만에 매진되는 것도 모자라 암표상들이 높은 가격에 좌석을 파는 등 큰 성과를 거두었다.

이러한 그들의 결실은 지난날 흘렸던 인고의 눈물과 땀이 없었다면 결코 이루어내지 못했을 성과였다. 성공까지 꽤나 오랜 시간이 걸렸지만 동방신기는 도중에 포기하지 않았고, 결국에는 한국에 이어 또 한 번의 신화를 만들어냈다.

이들의 도쿄돔 콘서트 DVD를 보면서 나도 최고의 자리에 언젠가 올라서게 되면 저런 행복한 미소가 지어질까 생각했다. 아직 나는 정상에 올라보지 못해서 그런지 쉽게 상상이 되지 않았다. 뚜렷하게 이루어진 결실이 없어서 많이 두렵기도 하고 보상을 받지 못할까 봐 전전긍긍하기도 하지만 나는 그럴 때마다 동방신기의 성공 과정을 떠올리면서 마지막에 웃는 사람은 바로 내가 될 것이라고 자신을 다독인다.

지금의 나와 비슷한 나이에 데뷔하여 혹독한 현실을 겪은 동방신기 멤버들도 이겨냈는데, 나도 못할 것이 없다고 생각한다. 이미 반 이상의 길을 걸어왔고, 나는 나 자신에게 누구보다 떳떳하기 때문이다. (떳떳해서 더 억울할 때도 있다. 하하!)

　죽은 사람의 소원도 들어준다던데, 간절하게 꿈이 이루어지기를 염원하며 마음을 다잡고 열심히 노력하고 있는 나에게도 소정의 성과가 있었으면 하고 바라본다.

학교 홈페이지에 올리려
실장과 함께 익살스럽게 찍은 설정 사진.

Eternal Victory

어느덧 2학년도 벌써 반이 지나가버리고 여름방학을 맞았다. 처음 여름방학을 한국에서 맞게 된 작년에, 나는 심통을 부리며 투덜거렸다.

"쳇, 어차피 계속 학교 나오게 할 거면서 종업식은 무슨. 그냥 빨리 집에나 보내주든가, 독서실에나 가게. 진짜 한국은 쓸데없는 것들 투성이라니까."

귀국학생이라면 누구나 고개를 끄덕일 일이다. 미국을 비롯한 대부분의 국가에서는 '방학'을 정말 '방학'처럼 보내도록 해주기 때문이다. 물론 학교에는 계속 다닐 것이고 공부도 다음 학기에 지속적으로 해야 하기에 약간의 숙제는 내준다. 바로 Summer reading assignment가 그것이다.

학교에서 다음 학기에 공부할 책 3~4권 정도를 정해 준 후 그것들을 방학동안 읽힌 뒤, 개학하고 바로 시험을 치르게 한다. 일종의 우리가 흔히 치르는 독서수행평가 같은 거다. 하지만, 중요한 사실을 간과해서는 안 된다. 시험의 깊이는 그야말로 천지차이기 때문이다. 우리는 단순히 주관식 문항 5개가 아닌, 즉석에서 독서논술을 했다. 주어진 1시간 30분 동안 자신의 생각을 정리하여 5 paragraph-essay를 쓰게 하는 학교가 지긋지긋해 처음에는 머리카락을 쥐어뜯을 정도였다.

하지만 시간이 흐른 지금, 그 시절이 너무나도 그립다. 학교에서 누구보다도 빨리 생각을 정립하여 글쓰기를 할 수 있고, 그에 따라 언변도 함께 늘어 조리 있게 나의 주장을 상대방에게 잘 전달시키게 된 지금은 3년 동안이나마 나를 이끌어준 미국의 학교와 그곳 선생님들께 무척 감사드린다.

토론과 글쓰기는 배움에 있어서 암기보다도 훨씬 중요한 요소들이다. 물론 이해만 하고 암기를 하지 않으면 더 큰 문제가 발생하겠지만 자신의 생각을 올바른 언어로 표현함으로써 다른 사람들과 소통하고, 그러면서 하나둘씩 배우는 것들이 더 기억도 오래 남고 유용한 것들이라는 사실을 나는 믿어 의심치 않는다.

우리나라 아이들은 다른 나라의 아이들보다 훨씬 공부를 많이 하고, 또 열심히 하는 편이다. 초등학생, 심지어 유치원생 때부터 사교육에 발을 들여놓고 수능 끝날 때까지 (논술을 공부하는 사람이라면 수능이 끝나고 논술 시험 전까지) 들들 볶여 다닌다. 그것도 모자라 요즘은 취업 준비한다고 대학생들도 바쁘게 영어 학원을 다니고 있는 실정이다.

그래, 배우는 건 좋다. 배워서 남 주지 않는다는 것은 자명한 사실이고, 무언가를 배운다는 것은 그만큼 자신의 세계를 넓혀가는 일임도 확실하다. 그런데 왜, 우리는 배운 만큼 써먹지 못하는 것일까?

일류 대학 나와도 실업자가 수두룩하고 심지어 환경미화원 뽑는 시험에 대학원 졸업자가 응시할 징도니 이 정도면 말 다했다고 생각한다. – 그렇다고 오해는 하지 마시길. 거리를 아름답게 만들어 주시는 고마운 환경미화원 분들을 비하할 마음은 전혀 없다. 오히려 공부한답시고 근거 없는 자신감에 우쭐대는 사람들보다는 공공의 이익에 직접적으로 기여하시는 그분들이 훨씬 멋지다. –

우리나라에서 그토록 중시되고 있는 학벌. 그런데 왜 그렇게 다른 나라 아이들은 '쉽게' 사는데도 우리가 원하는 것들은 다 가지고 있을까?

미국은 당장 눈에 보이는 시험점수로 학생의 능력을 파악하지는 않는다.

그 학생의 수업태도, 잠재력, 인성, 특기사항 같은 것들을 많이 본다. 보충수업이나 야간자율학습? 상상할 수도 없는 것들이다. — 아마도 밤 11시까지 아이들을 학교에서 공부하게 만든다면 그 아이들은 인권침해로 국가를 상대로 소송을 제기하거나 수업 거부를 할지도 모르겠다. — 수업이 끝나면 아이들은 일제히 각자의 길을 간다. 아르바이트 하는 아이, 동아리활동 하러 가는 아이, 그리고 집에서 인터넷을 하거나 한가롭게 산책을 하며 일광욕을 즐기는 아이 등. 하지만 대부분의 아이들은 동아리활동을 한다. 여러 종류의 동아리들 중에는 운동 같은 학구적이지 않은 것들도 있고 분명 그것들을 빌미로 학교생활을 소홀히 하고자 하는 아이들도 있다. 이런 상황들을 대비해 학교에서는 성적이 C 이하로 내려가면 동아리활동을 못하도록 규제한다. — 쓰고 보니 어쩌면 미국의 교육 제도가 더 엄격할 수도 있겠다는 생각이 든다.^^; —

오후까지 수업을 들은 후 늦은 저녁까지 동아리 활동을 신나게 하고, 밤에는 엄청난 양의 숙제로 눈코 뜰 새 없지만 그 아이들의 표정은 밝다. 그렇게 9, 10학년을 풍부한 경험들로 재미나게 보낸 아이들은 틈틈이 공부한 11학년에 2번 가량 SAT를 치르고 그 중 최고점으로 12학년 때 원하는 대학에 원서를 넣는다.

고등학교 1학년부터 3학년 끝까지 학원, 과외, 성적, 경쟁에 시달리고, 0.1점에 등급이 달라지고 미래가 판가름 나는 이곳과는 완전히 다른 모습이다. 그런데도 그들은 꿈의 아이비리그를 간다. 당시 일반 공립학교였던 CRLS에서만 하버드를 10명 이상 보내고, 이 밖에 세계적인 명문대를 간 아이들까지 합친다면 아마 50명은 될 것이라 짐작한다. 내가 객관적으로 봐도 우리나라 아이들이 더 머리가 좋은데, 인재들이 그냥 입시제도 속에 묻히는 것 같아 가슴이 아프다.

이제 대한민국도 입학사정관제를 도입하여 교내 활동이나 동아리 활동을 대폭 늘리고 잠재력 위주로 학생들을 뽑는 제도들이 많이 발달하고 있다. 학생이 얼마나 학교생활에 충실한가를 단적으로 보여주지만 자칫 피상적일 수 있는 학업성적 이외에 자신만의 꿈을 가지고 특기를 살리는 유망주들을 선발하는 제도가 한국에 정착되었다고 생각하니 마음이 뿌듯하다.

나는 이제까지 숱한 시련을 이겨내고 이 자리까지 왔다. 가끔씩은 교환학생 다녀와서 명문 외고에 합격하거나 명문대에 입학했다는 소식을 기사 등을 통하여 접할 때면, 내 머리가 혹시나 특별히 나쁜 건 아닐까 (아무리 생각해 봐도 내 노력이 부족하지는 않은 것 같기 때문에) 생각도 들고 또 다시 자괴감 비슷한 감정에 빠져 맥이 풀리기도 한다.

교환 학생 다녀왔기 때문에 영어 걱정 없이 수학만 줄곧 공부 했다고? 그럴 때면 나는 괜한 심통이 생긴다. 이건 분명 약간 과장된 기사일 거야. 일종의 자기 합리화라고 해야 할까? 하긴, 1년 교환 학생 갔다 왔으니 그 정도 수학은 금방 따라잡을 수 있겠지. 이런 식으로 생각하고 나서 또 기운을 차리곤 한다.

나는 다른 사람에 비하면 그렇게 자아 존중감이 높은 편이 아니어서 남이 하는 말에 쉽게 주눅 드는 편이다. 나한테 하는 소리도 아닌데 괜히 시무룩해지고, 그럴 때면 내가 정말 성공이나 할 수 있을까, 이렇게 열심히 하는데 결실은 맺을 수나 있을까 의심이 든다. 이런 소심한 성격을 고쳐보려고 나름대로 심리 치유서도 열심히 읽고 되도록 중용의 길을 가려고 – 겸손하게, 하지만 너무 소심하진 않게 – 자신을 되돌아보려고 하는데 생각보다 쉽진 않다.

"너는 무에서 유를 창조해내는 사람이야."

주위사람들은 내게 말했다. 이제까지 혼신의 힘을 다해 밑바닥에서 이정도까지 올라왔으니 놀랍기도 하고 대견하기도 해서 하는 말들일 것이다. 물론 칭찬을 들으면 자연스레 기분이 좋아지고 어깨가 으쓱거려지기도 하지만 나는 현실에 안주하지는 않을 것이다. 계속해서 달려 나가다 보면 언젠가 고지가 눈앞에 보이겠지?

모의 유네스코 총회 놀이시간 중.
오랜만에 비로소 활짝 웃어보았다.

Chapter **4**

여행기

Asia Youth Parliament 2010

우리나라에 중고등학생을 상대로 모의 UN이나 모의법정을 연다는 사실은 인터넷 블로그 등에서 보아 익히 알고 있었다. 하지만 그것들은 모두 수도권 학생이나 특목고 학생들의 전유물이라 느껴져 처음에는 별다른 흥미가 없었다. 하지만 나의 꿈이 UN 기구에서 근무하는 것이므로 궁금하기도 하고 참가해 보고도 싶었지만 지방에 사는 나에게는 서울에서 며칠씩 열리는 그 행사들이 너무나 먼 이야기처럼만 느껴졌다.

그러던 어느 날, 신문 교육 란에 크게 나 있는 미국 ABC 방송국의 한국 지부장인 조주희 기자 인터뷰를 읽고는 경험이 정말 중요하다는 생각을 갖게 되었다. 실패를 두려워하지 않고 끊임없이 부딪쳐보는 도전정신! 성공한 사람들의 공통점이지만 쉽사리 실천되지 않는 부분이었다. 그래도 나는 욕심이 생겼다.

세상에 이왕 태어나서 그깟 두려움 하나 때문에 하고 싶은 일들을 마음껏 해보지도 못하고 죽는다면 너무나 안타깝지 않을까? 때마침 겨울방학이 다가오고 있었고 나는 신문에 흔히 소개되어 있는 체험활동이 있나 기사들을 뒤적거렸다. 아나나 다를까, 조선일보에서 주최하는 모의국회가 있었다.

이름하야 'Asia Youth Parliament 2010'. 곧장 인터넷으로 사이트를 검색해서 들어가니 과연 이 모의국회 말고도 다른 여러 가지 활동들이 있었다. 당당히 자신들의 꿈을 키워가는 다른 아이들의 모습을 보고 자극을 받은 나는 무슨 용기에선지 부모님께 모의국회에 대해서 말씀드렸고, 날짜를 확인해 보신 어머니는 이 행사가 3일간 치러지는 것이니 당신이 나와 함께 서울까지 가주시겠다고 하셨다.

협의 끝! 하지만 단순히 신청만 하는 게 아니라 선발되는 형식이었기 때문에 약간 걱정되었다. 미국에 3년 유학생활 한 경험 말고는 변변히 내세울 것도 없었던 나였던지라 (그 당시에는 따놓은 TEPS 점수도 없었다.) 불안했지만 귀국학생의 위엄(?) 덕분인지 결국 나는 합격되었다. 내가 배정받은 UN 산하기관은 ESCAP이었고 수많은 나라들 중 몰디브라는 관광자원이 풍부한 작은 나라를 맡게 되었다.

모의국회가 열리기 전 몰디브에 대해 조사하고 국제 협정에 대한 기본적인 지식을 알아야 했기에 나는 기말고사 후 외교사에 관련된 책들을 찾아보고 그 밖에 정치나 경제에 관련된 신문기사를 읽고 국제관계가 대강 어떤 상황인지 익혔다.

모의국회에 참가하기 일주일 전, 이제 법안을 슬슬 써야 하는데 막상 쓰려니 생각이 잘 나지 않았다. 책을 몇 권이나 섭렵하고도 아무것도 거둔 것이 없는 채 멍하니 컴퓨터 앞에 앉아만 있는 나를 자책해 보기도 했지만 별로 달라지는 것은 없었다. 미리 보내준 다른 자료들을 참고하여 처음이니까 그렇다며 내 자신을 다독이고는 그렇게 법안을 서투르게나마 완성했다.

까만 정장을 차려입고 우여곡절 끝에 COEX Conference Center에 도착하자, 나는 수많은 사람들에 압도당했고 너무나도 화려한 시설들에 주눅이 들었다. 원어민보다도 더 유창한 말소리에 순간 미국에 다시 돌아온 것만 같은 착각을 느끼며, 나는 얼떨떨하게 회의장으로 들어섰다.

첫날이라서 출석 확인을 하고는 다시 세부 주세별로 모여서 간단한 토론과 함께 서로의 준비된 임시 결의안들을 모아 최종 결의안을 작성하는 작업을 이틀 내내 했다.

영어 speaking이라면 나도 어느 정도 자신이 있었기에 떨지는 않았지만, 정작 팀원들이랑 친해지고 나서 그 아이들이 어떤 환경에서 왔는지 안 이후에는 살짝 동경심과 거리감이 생겼다. 청심국제중, 대원외고, 외대부속외고, 강남 대치동, 압구정동 아이들이 전체 인원의 95% 정도였다. 나도 뒤처지지 않고자 유창(?)한 표준어를 구사하며 그들 사이에 끼어들었지만 역시 뭔지 모를 장벽이 있었다. - 기적적이게도 우리 그룹에 딱 한명, 대구 경일여고에서 온 언니가 있었다. 하지만 우리 둘 빼고는 다른 지방 아이들은 아무도 없었다. 슬픈 현실이 아닐 수 없다. -

토론 중에 나는 무심코 그 친구들의 토의 내용과 내가 사전에 생각해 온 내용들까지 합쳐 필기하고 있었는데, 끝나고 아이들이 내가 적은 필기 내용을 보고는 감탄했다.

"이것들을 정말 네가 다 작성했냐. 그냥 바로 컴퓨터에 입력만 하면 결의안이 되겠다"며 격려를 해 주었다. 그렇게나마 우리 그룹에 도움이 되는 큰일을 한 것 같아 나는 마음이 괜히 뿌듯해졌다.

셋째 날은 완성된 법안을 제출하고 ESCAP에 소속된 모두가 모여 토론을 했다. 여느 국회처럼 podium 앞에 나와서 법안 소개와 함께 타 그룹의 사람들이랑 열띤 논쟁을 펼치고 나서 의결하여 가·부결을 결정하는 방식이었다.

모의국회라는 것 자체가 처음이었기에 어떤 방식으로 진행되는지 전혀 몰랐던 나는 처음엔 듣고만 있다가 나중에 토론의 열기가 달구어졌을 때 podium에 올라가서 다른 아이들과 함께 논쟁을 벌였다. 그 결과, 우리 그룹의 결의안이 유일하게 만장일치로 의결되어 마지막 날 있을 전체 토론에 ESCAP 대표로 참가하게 되었다. 열심히는 했지만 예상치 못했던 성과에 우리는 다 같이 하이파이브를 하며 기분 좋게 토론을 끝낼 수 있었다.

마지막 날은 모든 committee가 모이는 전체 행사가 진행될 예정이어서 자리를 옮겨 COEX Ballroom으로 갔다. World Bank, ESCAP, UNDP, UNICEF, UNESCO 등. 몇백 명의 아이들이 한 자리에 모이니 그 규모는 실로 엄청났다. 이윽고 토론이 시작되었다. Ballroom 자체가 너무나 컸던 지라 우리 그룹 모두가 단상에 올라갈 수는 없어서 하는 수 없이 모의국회 경험이 많고 대표이기도 한 Russian Federation과 India가 올라가 유창한 영어와 노련한 화술로 법안을 소개하며 사람들을 설득했다.

하지만 가결될 수 있는 결의안은 단 하나였기 때문에 그 아이들의 발표가 끝나자마자 엄청난 반발이 쏟아졌고, 결국 우리 그룹은 그들에 반박하느라 한 명씩 돌아가며 설득을 해야만 했다. 역시 만만하지 않은 학교에서 온 내로라는 아이들이라 그런지 순순히 먹혀들진 않았지만 나는 최선을 다했다. 이 정도는 아무것도 아니겠지.

내가 UN에 입성하고 회의를 하는 매 순간마다 이번보다 훨씬 팽팽한 신경전이 벌어질 테니까. 장차 세계를 상대로 설득을 하고 협정을 맡아야 할 내가 물러설 순 없지.

의결 결과 4개의 대표 결의안들 중 아쉽게도 ESCAP이 2위를 차지하여 법안은 가결되지 못했다. 모두들 너무나도 아쉬워했지만 이번 기회를 통하여 제대로 된 토론이나 국회의 의결 과정을 몸소 체험해 본 것 같아서 만족스러웠다. 또 지방에서 올라온 일반고 출신의 내가 당당히 수도권의 여러 특목고 아이들과 어깨를 나란히 한 것 같아서 자랑스럽기도 했다.

KTX 시간이 촉박해서 아쉽게도 시상식이나 폐회식은 지켜보지 못했지만 미래의 국제 외교관을 꿈꾸는 나에겐 참으로 소중한 경험이 되었다. 그간 위축되어 있던 '김별아'에서 잠깐 동안이나마 씩씩했던 'Caitlin Kim'으로 되돌아간 것 같기도 될 필수적 기술이 발견되었다. 소중했던 3일간의 새로웠던 모습은 나뿐만아니라 주변의 가족들이나 친구들까지 느낄 수 있었다고 했다. 한번쯤은 더 참여해 볼만한 모의국회, 다음에는 모의국회 뿐 아니라 모의재판에도 참가하여 나의 기량을 좀 더 갈고닦을 수 있는 기회가 마음껏 주어졌으면 한다. (근데 의욕은 충만한데 기회가 적어서……ㅜㅜ)

AYP 결의안 작성 중.
러시아 연방 대표의 말을 경청하고 있는
몰디브 대표 김별아! ^^

모의 유네스코 총회에서 보고관으로
활약한 나!

Plan Korea

고등학교에 입학하기 1달쯤 전, 엄마 앞으로 한 통의 편지가 도착했다. Plan Korea? 여긴 뭐하는 데지? 궁금함을 이기지 못한 내가 살짝 편지 봉투를 뜯어보자 그 안에는 조그만 엽서 한 장이 들어 있었다. Sponsored Child, Sumita? 엄마가 또 누군가를 후원하고 계시는구나. 엽서에는 아이의 사진 한 장이 붙어 있고, 서툰 영어로 보내주신 선물은 잘 받았다고 적혀 있었다.

사실 그 전까지는 어떤 사람을 후원한다고 하면 단순히 한 달에 몇 만 원씩 지원금을 보내주는 것으로만 알았었는데, 먼 나라의 어린이와 이렇게 직접 연락도 할 수 있다는 점이 상당히 흥미로웠다.

퇴근하시는 엄마께 나도 가능하면 이런 후원을 해 봤으면 좋겠다고 말씀드렸더니 그렇지 않아도 이런 뿌듯한 일을 나에게도 한번 권해주고 싶었다며 강력 추천하셨다.

그렇게 해서 후원하게 된 아이가 네팔의 Susan Darji이다. 처음에 나는 이름만 보고 여자아이라고 생각했는데 알고 보니 남자아이이여서 살짝 미안한 마음이 들었다. 그 후 한 달쯤 지났을까, 나에게도 한 장의 엽서가 도착했다. Susan이 색연필로 수줍게 그렸을 꽃 한 송이. 별다른 인사말 같은 건 없었지만 그 아이의 진심이 느껴지는 순간이었다.

죄책감이 들었다. 나는 단순히 재미있겠다는 호기심에서 시작한 일이었는데, 이 아이는 이렇게 고마워하고 있구나. 내가 참으로 생각이 짧았다는 느낌이 들었다. 나는 곧바로 답장을 썼다. A4 한 장을 그득 채우고 나서 나도 답례의 표시로 정성을 다하여 꽃 한 송이를 그려주었다.

선물도 같이 보내고 싶었지만 그즈음부터 선물 발송은 아쉽게도 규제되었다. 비록 한 달에 3만 원이라는 후원금으로 용돈을 쪼개 아이에게 지원을 해 주고 있지만 Susan의 진심처럼 나의 진심도 전해지기를 간절히 빌면서, 나는 편지를 Plan Korea로 발송했다.

Susan 덕분에 네팔이라는 나라에 관심이 더 많아져 답장을 기다리는 동안 겨울방학을 이용해 네팔에 다녀왔다. 처음 자원봉사에 지원을 했을 때도 굳이 몽골 같은 다른 나라 대신 네팔을 선택한 것도 그 아이 때문이었다. Susan이 살고 있는 나라가 어떤 상황인지, 그리고 어떤 모습으로 살아가고 있는지 궁금했었다.

역시나 열악한 환경에 나는 혀를 내둘렀고, 온갖 쓰레기와 악취가 동물 시체들로 덮여버린 천변을 청소하면서도 그 아이가 이런 환경에서 태어나 여태껏 살고 있었다는 생각을 하니 저절로 코가 시큰해졌다.

한국에서는 절대 얻지 못할 많은 것들을 네팔에서 느끼고 돌아와 보니 Susan의 답장이 거짓말처럼 나를 기다리고 있었다. 이번에는 그림이 아닌 긴 편지였다. 네팔어로 쓰인 삐뚤빼뚤한 글씨는 나로 하여금 미소를 짓게 만들었다.

그냥 보기만 해도 아이가 얼마나 기쁜 마음으로 글을 썼을지 짐작이 가능했다. 그 아이가 들려준 소소한 가족 이야기나 종교 이야기, 그리고 자신의 학교 이야기는 내가 다녀온 네팔의 향수를 다시 불러일으켰다.

어려운 생활환경 속에서 고생하고 있지만 바쁜 시간을 쪼개어 긴 편지를 써진 Susan이 매우 고맙고 자랑스러웠다. 1년 후 수능이 끝나고 기회가 주어진다면 꼭 네팔에 다시 돌아가서 Susan과 그의 가족들을 방문해 보고 싶다는 마음이 들었다.

그때쯤이면 그 아이는 9살이 되어 있을 것이다. 나는 Susan에게 영어도 가르쳐주고, 선물도 많이 사주고, 무엇보다도 미래에 대한 꿈을 가질 수 있게 열심히 격려해 줄 것이다. 그렇게라도 아직 어린 그 아이가 희망을 가지고 앞으로 멋지게 펼쳐질 자신의 삶을 스스로 개척할 수만 있다면 나는 더 이상 바랄 것이 없을 것이다.

다른 사람에게 희망을 주기란 어떤 측면에서는 굉장히 쉬운 일이다. 어떠한 방식을 취하든 간에 자신의 진심이 고스란히 담겨질 수만 있다면. 나도 희망을 주고 싶었다. 사소한 일에서 기쁨을 느끼고 다시 살아갈 힘을 얻듯이, 나는 Susan에게 그런 사람이 되고 싶었다.

아직 어리기에, 세상의 힘겨움을 모르고 천진난만하게 놀아야 할 8살 아이기에 더더욱 보호해 주고 싶었다. 부디 그 아이의 장래에는 찬란한 빛만이 존재하기를 나는 오늘도 마음속으로 기도하며 하루를 살아가고 있다.

내가 어린 나이에 여러 유형의 사람들을 만나보았고 세상의 혹독함을 조금이나마 느껴본 결과, 여린 가슴 속은 크고 작은 상처로 얼룩진 흔적뿐이었다. 온 세상 아이들이 모두 행복해질 수는 없겠지만 그런 평화로운 세상을 만들기 위해 고군분투하는 국제 외교관이 되기 위하여 나는 오늘도 끊임없이 앞을 보며 달려가고 있다.

＊Plan Korea는 70여 년의 전통을 자랑하
는 UN소속 국제자선기관이다. 현재 아
이티, 인도, 인도네시아, 네팔, 몽골 등
의 제 3세계 어린이들을 후원하고 있으
며, 아프리카 등지에 양 보내기, 우물 파
기 프로젝트 등을 통해 왕성한 활동을
펼치고 있다.

나마스떼! 한국 · 네팔 청소년 희망프로젝트

나마스떼! 한국 · 네팔 청소년 희망프로젝트

들어가기 전에

사실 처음엔 많이 망설였다. 보충수업을 빠지고 네팔까지 봉사활동을 다니러 간다는 것도 아이들에게 뒤처질 수 있다는 생각에 내심 많이 부담스러웠고, 또 한 번도 단체에서 운영하는 봉사활동 프로그램에 참여해 보지 않은 내가 해외까지 나가서 일주일이라는 시간 동안이나 보낸다는 것은 결코 흔하지는 않은 일이었기 때문이다. 하지만, 우선 내가 2009년 초부터 후원해 온 아이 Susan이 네팔에 거주하고 있었고 나 또한 종교적인 이유 등으로 네팔에 관심이 많았었기 때문에 이번 기회를 놓친다면 분명 후회할 것 같았다. 그리하여 나는 이제까지 생각해 온 모든 생각들을 정리하고 이번 프로젝트에 참가하기로 마음먹었다.

*　　　*　　　*

다른 날보다 유난히 쌀쌀하게만 느껴졌던 1월 28일 오전 10시, 체험학습이라는 명목으로 보충학습을 빠지고 짐을 꾸려 천안·아산 역에 도착한 아버지와 나. 네팔로 떠나기 전 여러 가지 유념해야 할 사항들이 있어 나는 사전 교육을 받으러 목천에 있는 국립중앙청소년수련원에 가야 했다.

사정상 아버지가 수련원까지 따라가지는 못하신 채로 나는 혼자 수련원 셔틀 버스를 타야만 했다. 무거운 캐리어를 끌고 혈혈단신으로 이제부터 일주일간 다른 아이들과 지내야 한다고 생각하니 가슴이 두근거리고 등골에서는 식은땀이 흘렀다. 하지만 그렇게 느끼는 사람은 나뿐이 아닐 터.

특유의 적응력으로 긴장감을 이겨낸 나는 나름 여유(?)있게 미리 준비해 간 MP3를 들으며 수련원에 도착했다. 버스에는 전주, 광주, 부산 등 여러 다른 지역에서 온 아이들 몇 명이 타고 있었다. 다들 멍하거나 서로 데면데면한 상태라 나도 결코 기죽지 않았다. 그런데 이게 웬걸! 버스에 내리고 캐리어를 끌려고 손잡이를 잡아당기자 갑자기 무슨 고장이라도 났는지 거짓말처럼 손잡이가 당겨지지 않는 것이었다. 다른 아이들은 이미 캐리어를 끌고 수련원 안으로 유유히 발걸음을 옮기고 있었고, 다급해진 나는 엉겁결에 그 무거운 캐리어를 직접 들고(ㅜ.ㅜ) 아무렇지 않은 척, 내 손 힘이 엄청 세기라도 한 것처럼 위장을 한 채 당당히 수련원 안 2층까지 걸어 들어갔다. 나중에 방 안으로 들어가서 짐을 내려놓았을 때 어찌나 손이 빨갛게 부어올라 있던지. 다른 아이들이 그런 나를 멀뚱히 쳐다보았지만 나는 애써 모른 척하며 썩은 미소(?)를 살며시 지어야 했다.

땀을 뻘뻘 흘리며 내 이름을 확인하고 명찰을 배부 받은 후 테이블 2개가 놓여 있는 커다란 방에 들어서자 10명 남짓 되는 아이들이 한 테이블에 빙 둘러앉아 이야기를 나누고 있었다. 순간 여러 가지 생각들이 내 머릿속을 빠르게 회전하며 스쳐 지나갔다. 헉, 얘네들 대체 정체가 뭐야?! 분명 명단을 봤을 땐 각기 다른 지역, 다른 학교라서 안심했었는데. 서로 왜 이렇게 친한 거지? 혹시 나 일주일 동안 혼자 밥 먹어야 되는 거 아니야?

기세등등하던 나는 금세 풀이 죽었고, 친구 한 명이라도 만들어보자는 심산으로 잽싸게 나랑 버스타고 같이 온 아이들 등 뒤에 붙어 바로 옆 테이블 자리를 차지하는 데 성공했다. 나중에 명찰을 보니 그룹이 2개로 나뉘어져 있었고, 나는 Group 2에 속해 있었다.

무슨 이야기를 하는지 시끌벅적한 Group 1과는 달리 우리 그룹 아이들은 대체로 조용한 편이었다. 어색한 침묵이 얼마나 흘렀을까. 달리 할 일이 없어 사전 교육 자료만 물끄러미 들여다보고 있던 나를 보다 못한 담당 선생님이 먼저 말을 거셨다. 그렇게 서로 수줍어하며 이야기를 나누다 보니, 언제 서먹했는지도 기억나지 않을 정도로 하루 만에 우리는 금세 친해질 수 있었다.

설레는 마음을 가득 안고 오리엔테이션에 참석한 다음날, 우리는 새벽녘에 졸린 눈을 비비며 네팔로 길고도 짧은 대장정을 떠났다.

센터 이야기

2010년 1월 29일 금요일

이른 아침에 국립 청소년 수련원에서 인천공항에 도착해 늦은 오후가 되어서야 간신히 네팔에 있을 동안 숙소가 될 달마스딸리의 센터에 도착했다. 미국 왔다 갔다 했을 때처럼 장거리 비행은 아니었지만 그래도 긴장을 잔뜩 한 탓에 막상 짐을 푸니까 온몸이 쑤셨다. 버스를 타고 왔을 때 본 광경들보다는 센터 주변은 훨씬 깨끗해 보였다. 하지만 밤이 되자 상황이 심각해진 듯하다. 전기가 들어오지 않는다. 지금도 손전등으로 불을 비춰서 간신히 일기를 쓰고 있을 정도니……. 우리 생활을 항상 밝게 비추어 주었던 전등의 소중함이 몸소 느껴질 지경이다.

P.S. 하지만 네팔의 밤은 예쁘다. 겨울이라 그런지 낮과 밤 사이 온도차가 좀 심한 것 같긴 하지만. 마치 한국 시골에 놀러온 듯 묘한 기분이 든다.

'한국-네팔 청소년 프로젝트'에 참가한 스무 명 남짓의 우리들은 졸린 눈을 비비며 꼭두새벽에 비행기를 타고 네팔로 출발, 따가운 햇살이 비치는 오후가 되어서야 카트만두 공항에 도착했다. 공항에 내렸을 때부터 너무나도 열악한 환경에 눈이 동그랗게 떠졌다. 그래도 명색이 국제공항인데 건물이 1층짜리 하나밖에 없었고, 안은 대구공항보다도 훨씬 썰렁했다. 항상 선진국에만 여행을 돌아다녔던 나는 그때에 비로소 네팔이 어떤 상황의 나라인지 실감할 수 있었다.

그리고 장차 비슷한 상황의 개발도상국들을 도와주는 일을 직업으로 삼으려면 이러한 광경들을 한시라도 놓쳐서는 안 된다는 생각에 버스를 타고 달마스딸리로 향하면서도 계속해서 사람 사는 풍경을 관찰했다.

수도를 벗어나자 비포장도로가 나타났고, 덜컹거리는 버스 밖에서는 마스크를 쓴 사람들이 우리를 지켜보고 있었다. 변변한 신호등이나 차선, 그리고 횡단보도 등은 꿈도 꿀 수 없기에 버스는 위험천만한 질주를 계속했고 그 안에서 우리는 복잡한 시장 한 구석에 산을 이루고 있는 쓰레기들과 차에 치여 내장이 다 터져버린 채 한쪽 길에 버려져 있는 야생 개들의 시체를 보고 얼굴을 찌푸렸다.

매캐한 흙먼지 때문에 날씨가 더운데도 창문조차 열지 못한 채 한 시간쯤 달렸을까. 우리는 드디어 사회복지센터에 도착했다. 방에 들어가 짐을 풀며 깨끗해 보이는 시설과 맛있는 식사에 감탄한 나는 네팔에서의 생활이 그리 고생스럽지는 않겠다는 생각을 했다. 하지만 강당에 모이기 전 씻으러 들어갔던 나는 당황하고야 말았다. 샤워기에서는 차가운 물이 줄줄 떨어졌고, 초저녁에 흐릿하게나마 들어오던 전기도 깜깜해지자 바로 나가버려서 사방을 분간할 수가 없었다. 하는 수 없이 손전등으로 불을 밝히고는 얼음장 같은 차가운 물로 머리를 대충 감고 샤워도 했다.

네팔은 풍부한 자원에도 불구하고 기반 시설들이 부족해 물과 전기 공급이 제대로 되지 않는다. 그렇지 않아도 열악한 현실에 나까지 물을 써버린다면 네팔 사람들이 쓸 물이 더 줄어드는 건 아닌지 걱정이 된 나는 일주일도 안 되는 시간 동안 최대한 물을 아끼기로 마음속에 맹세했다. 강당으로 올라가는 아이들이 손전등을 들고 모여서 무엇인가를 만들고 있었다. 오리피리였다.

연한 나무토막을 원기둥 모양으로 잘라서 중간에 홈을 약간 파고 불어보면 피리소리가 나는데, 네팔 아이들이 아주 좋아하는 장난감이라고 했다. 만들기에 재주가 없는 나도 옆에 앉아서 만들어진 오리피리에 색칠을 하고 여러 가지 문양들을 그려 넣는 것에 참여했는데, 다음 날 방문할 고카르나 고아원 아이들에게 줄 선물이라고 하니까 희미한 불빛에 의지하며 어렵게 오리피리를 손수 만드는 일도 재미있고 보람차게 느껴졌다.

이 밖에도 센터에는 재미있는 일들이 많았다. 센터에서 키우는 강아지들도 처음엔 서먹했는데 떠날 때쯤에는 우리와 너무 잘 놀았고, 센터 부설 어린이집에 다니는 귀여운 네팔 아이들도 우리들과 노는 것을 아주 좋아했다. 또한, 현지 네팔 분들이 손수 만들어 주신 음식들은 정말 맛있었다. 한국 음식부터 처음 먹어보는 네팔 음식까지 다양하게 만들어 주셨는데, 그중에서도 식사 후에 끓여주신 밀크 티는 일품이었다. 네팔 인들도 식사와 함께 많이 마신다고 했다.

다소 지친 몸을 겨우 이끌고 식당으로 내려와 아침 식사를 마치고 김이 모락모락 나는 달콤한 밀크 티를 마시고 있자면, 쌓인 피로까지 한 번에 사라지곤 했다. 나와 마음이 맞는 친구들은 따로 티타임을 갖고자 식사 설거지를 마치고도 식당에 계속 남아 한 잔이고 두 잔이고 차를 마시며 짧은 쉬는 시간 동안 수다를 떨곤 했는데, 그 모습이 인상 깊었던지 인솔 선생님들께서 나중에 말씀하시기를 나만 보면 밀크 티만 떠오른다고 하셨다.

센터는 봉사활동을 마친 우리가 힘든 몸을 잠시나마 쉬게 해준 휴식의 공간이자 추억의 공간이었다. 그곳에서 함께 생활하며 각기 다른 지역에서 온 새로운 친구들과 정을 나누기도 하고, 네팔에 대해 느꼈던 진솔한 생각들도 터놓고 이야기할 수 있었다.

멀리서나마 히말라야 산맥을 찍을 수 있었다.
사진기의 한계가 있었지만
육안으로 본 히말라야 산맥은
그야말로 UNBELIEVABLE!

고카르나 고아원

2010년 1월 30일 토요일

이번이 도시락 배달 이후 첫 공식적인 자원봉사였다! 처음 들어가 보는 고아원이 신기하기도 했지만 사실 두렵기도 했다. 우리가 그들이 생활하는 모습을 구경하고, 놀랍다는 듯이 바라보는 것에 이 아이들 기분이라도 상하면 어떡할까? 이런저런 많은 생각이 복잡하게 들었지만 다행스럽게도 아이들은 모두 해맑고 착했다.

먼 타지에서 온 우리들을 보고 처음엔 수줍은 듯이 바라보기만 하더니, 나중에 피구 시합을 하고 나서는 거리낌 없이 다가왔다. 좋지 않은 환경에서도 용기를 잃지 않고 열심히 살아가는 모습들이 참으로 아름다웠다. 이제 성인이 되면 고아원을 떠나 독립해서 인생을 새로이 시작해야 될 아이들. 현실은 험난하고 어둡기만 하지만 그래도 희망을 놓지 않는 밝은 모습을 나도 닮고 싶었다. 첫 번째 봉사인 만큼 내게는 신선한 충격이었다. 아마 오랫동안 잊지 못할 것이다!! ^^

첫 봉사활동으로 나마스떼 봉사단원들은 고카르나 고아원에 도착했다. 이른 아침, 설레는 마음으로 문 안에 들어서자마자 갑자기 벌어진 태권도 시범에 우리는 놀랐지만 그 아이들의 열정과 환호에 마음이 훈훈해졌다. 허름한 침실과 넉넉지 않은 살림. 고아원이라서 조금 더 그러한 면이 있겠다 싶었지만 그래도 너무나 열악한 환경에 나는 속으로 눈물을 삼켜야만 했다.

방에 둘러앉은 우리 봉사단을 위하여 고아원 아이들이 기타 연주를 하며 환영 노래를 불러주었다. 해맑게 웃으며 신나게 기타를 연주하는 아이와 박수치고 노래하는 다른 아이들. 이 아이들은 이런 환경에서도 행복감을 느끼며 잘 살고 있는데 나는 도대체 이제까지 어떻게 살아 온 것일까? 함께 박수치며 아이들의 노랠 듣고 있자니 아까와는 또 다른 감동이 밀려왔다.

노래가 끝난 후 우리는 선물 증정식을 가졌다. 내 차례가 되어 앞으로 다가가 내 또래쯤 되어 보이는 한 소년에게 가서 전날 밤 희미한 랜턴 불 아래 정성스레 만든 오리피리와 은행알을 건네고 악수를 했다. 내가 활짝 웃으며 "나마스떼~" 하고는 그 아이의 손을 덥석 잡자 그 아이는 수줍은 미소를 지으며 고개를 끄덕거렸다. 비록 작은 물건들이었지만 진심으로 고마워하는 아이의 마음이 느껴져서 참 좋았다. 모든 행사 후에 약간 남는 시간을 이용해 한국 팀과 네팔 팀으로 나눠서 피구를 했다.

사실 처음에는 우리가 이길 가능성이 많다고 생각했었는데 그랬던 내 예상은 완전히 빗나가고 말았다. 고카르나 아이들, 운동신경이 장난 아니게 좋았다. 당황한 우리 한국 팀이 열심히 경기에 임했는데도 불구, 결국 네팔 팀이 이기는 것으로 경기는 종료되고 말았다. 드디어 헤어질 시간. 아쉬워하는 아이들을 뒤로하고 버스에 올라타려니 차마 발걸음이 떨어지지 않았다. 섭섭해 하기는 다른 아이들도 마찬가지였다. 서로의 메일주소를 교환하고 절대 잊지 않겠다고 굳게 약속까지 했는데도 떠나려니 마음이 썩 내키지 않았다.

그래도 어쩌겠는가. 우리는 고아원이 첫 봉사활동이었고, 아직 할 일이 산더미처럼 많이 남아 있었다. 한 나절도 안 되는 짧은 시간이었지만 그만큼 소중한 추억을 공유했으니 오래도록 잊혀지지 않을 것이다.

고카르나 고아원에서 한 귀여운 소년과 함께.
(이 아이는 자라서 훈남이 될 것 같다 ㅋㅋ)

천변 청소

2010년 1월 30일 토요일

오늘 오전, 오후 두 차례에 걸쳐서 근처(사실 근처라고 할 수가 없다. 오며 가며 걷는 데만 1시간 넘게 걸리는데?ㅠㅠ) 에 위치한 천변의 청소를 했다. 청소는 자신 있다며 의기양양하게 갔던 나였지만, 웬걸. 생각보다 상태가 좀 많이 심각했다. 대체 네팔 사람들은 무슨 생각으로 사는 거지? 자신들의 생활쓰레기들을 마구잡이로 아무데나 버려버리는 그들을 이해할 수가 없었다. 거기다가 청소하는 우리들을 동물원안 원숭이 구경하듯 손가락질하며 보는 태도란. 이봐요!! 당신들 쓰레기라구!! 이렇게 외쳐주고 싶었지만 소심한 나는 묵묵히 쓰레기만 줍고 있었다. 그래도 나중에 어린이들 몇 명이 우리를 도우려고 쓰레기를 같이 주워서 기분은 좋았다. 청소를 다 끝내고 보니 정말 before&after 사진을 찍어 놓았어야 했는데 라는 생각이 자꾸 들었다. 오늘 따라 할 말이 좀 많았다. 휴우!!!

일기를 다시 읽어보니 그때의 답답했던 심경이 다시 살아나는 듯하다. 천변청소를 하면서 내내 들었던 생각. '교육을 통해서 사람들이 주변 환경에 대해서 좀 더 자각할 수 있으면 좋을 텐데.' 쓰레기 봉지를 강가에다 휙휙 아무렇게나 던져도 대수롭지 않게 생각하지 않는 그들은 public awareness를 좀 더 기를 필요가 있었다. - 내가 네팔을 다녀오고 나서 모의국회를 갔다면 법안을 작성하는 데 정말 많은 도움을 주었을 텐데, 약간 아쉽기도 했다. -

솔직히 어지럽게 널려 있는 쓰레기 봉지들과 동물 시체를 태우면서도 눈도 뜨기 어려운 매캐한 연기 속에서 든 감정은 네팔 사람들에 대한 분노가 아니라 안타까움이었다. 아무것도 모르고 청소를 하고 있는 우리를 멀뚱히 구경하고 있다는 현실도 기가 막히기보다는 그저 안타깝고 슬펐다.

기꺼이 이 한 몸 던져 먼 타국까지 봉사활동을 하러 나온 입장에서 현지인들의 협조를 기대한 것은 전혀 아니었지만 그래도 천변이 그 지경이 되도록 방치하고 오히려 더럽혔다는 사실이 나를 더 씁쓸하게 만들었다. 이 문제를 개선하려는 생각은 않고 자신들의 배만 불려왔을 네팔 당국도 한심했다. 달마스딸리를 가로지르는 강이 이렇게 더러운데 주민들이 먹는 식수는 어떤 환경에 처해 있을지 직접 보지 않아도 눈에 선했다.

그래, 이렇게 우리가 하지 않으면 누가 직접 나서서 하겠는가? 나는 마음을 고쳐먹고 사람들이 우리를 보고 무언가 깨달을 수 있기를 바라면서 더욱 힘을 내어 천변의 쓰레기들을 모았다. 그렇게 한나절이 지나가고 센터로 부르튼 발을 질질 끌고 들어가서 늦은 점심을 먹고 다시 나와서 일을 계속 하고 있으려니 오전부터 유독 열심히 우리를 응시하고 있던 한 꼬마가 웃으면서 쓰레기 하나를 주워서 우리에게 주었다.

예상치 못한 호의에 깜짝 놀란 우리가 영어로 고맙다고 깍듯이 인사하자 그 작은 소녀는 함박웃음을 짓더니 이윽고 자신의 친구들을 서너 명 정도 더 데리고 왔다. 그 아이들은 네팔어로 자기네들끼리 수군대더니 나뭇가지를 주워서 우리가 들고 있던 집게와 똑같은 모양을 만들었다. 그러고 나서 쓰레기를 줍기 시작했다.

마치 재미있는 놀이라도 하는 것처럼 서로 쓰레기를 먼저 주우려고 폴짝거리는 아이들을 보니 나도 모르게 입가에 옅은 미소가 지어졌다. 이제 조금은 안심이 되었다. 우리를 보고 나서 분명히 어떤 생각이라도 들었기에 분명히 아이들이 돕는 것이 아닐까. 그 아이들의 속마음까지는 잘 모르겠지만 나는 일단 그렇게 확신이 들었다.

온종일 쓰레기 태우는 냄새를 맡으며 힘들게 작업에 임했지만 센터에 돌아와서 대충 씻고 (최대한 물을 절약하며 씻었다. 이번만큼은 온몸이 땀에 절어서 샤워가 불가피한 상황이었다. ㅋㅋ) 다 같이 강당에 모아 하루 동안 한 봉사활동에 대한 소감을 나누는 시간을 가졌다.

다른 아이들도 나처럼 천변 청소를 하면서 충격을 많이 받은 것 같았다. 울먹거리는 아이들도 있었고, 어떤 아이들은 네팔 사람들을 이해할 수 없다며 화를 내는 등 반응이 제각각이었다. 나는 천변 청소에 대해서 그렇게 감정적으로 접근을 하지는 않았지만 그래도 현지인들의 의식 수준 높이기가 시급하다는 결론을 내렸다. 봉사활동 하면서 여러 가지 절망적인 상황들을 계속 목격했지만 그래도 네팔의 미래는 밝을 것이다. 우리들의 청소를 고사리 손으로나마 도와주던 작은 소년, 소녀들을 보았기에, 그리고 그들의 큰 눈 속에 담겨 있는 별빛을 보았기에, 나는 이상할 정도로 이 나라에 대해 희망과 믿음이 생겼다.

쓰레기더미에서 놀고 있는 아이들.
네팔 환경오염의 열악한 실태를
다시금 느낄 수 있었다.

어린이집 봉사

2010년 1월 31일 일요일

꺄악! 네팔 어린이들은 Graham&Parks ESL class에 있을 때부터 많이 봐왔지만 이번에 만난 아이들은 정말 '아기'들이라 그런지는 몰라도 훨씬 귀엽다!! 그 작은 아이들이 가부좌를 틀고 무엇인가에 대해 고뇌하는 듯 비장한 얼굴로 명상을 하고, 열심히 수업을 듣는 모습은 정말 천사들이 이 땅에 축복을 내려주러 내려온 것처럼 내 마음을 괜히 설레게 했다. 이 아이들, 언젠가 또 만났으면 좋겠는데. 기회가 있을지 없을지 아직은 잘 모르겠다. 아이들이 수업 들으러 센터에 도착했을 땐 우리는 이미 봉사활동 하러 밖에 나가있겠지? 분명히 다시 보고 싶어 질 것이다. 짧은 시간이었지만 인상 깊은 추억으로 남겨졌다. 며칠 있음 열릴 무지개 축제에 이 아이들을 초대하고 싶다. 그렇게라도 다시 보고 싶은데……. 내 욕심일 뿐일까? 히히.

꺼마로 전 네팔 법무부 장관님의 네팔의 정치 상황에 대한 강의를 듣고 밖으로 나오는데 마당에서 떠들썩한 소리가 안까지 들려왔다. 사회교육센터 부설 어린이집에 다니는 아이들이 도착한 것이다.

센터는 총 3층으로 구성되어 있는데 그 중 1층이 어린이집, 2층이 숙박공간, 3층이 대강당이었다. 월요일부터 금요일까지 아이들은 매일매일ㄹ 나오고 있었지만 우리가 아침 일찍부터 봉사활동을 나가는 바람에 한 번도 보지 못했던 것이다. 어리둥절해진 우리가 밖에 나가 보니 어린이집 선생님께서 4~5세쯤 되어 보이는 조그만 아이들을 병아리 떼를 몰듯 줄을 나란히 세우고 계셨다.

그 모습이 너무나 귀여웠던 탓에 몇몇 여자 아이들이 탄성을 내지르자 한창 줄을 서고 있던 꼬마들은 너 나 할 것 없이 하얀 이를 드러내며 해맑게 웃어주었다. 자홍색 어린이집복을 입고 가슴팍에는 때가 꼬질꼬질한 손수건을 하나씩 달고 다니는 아이들. (처음에는 무슨 손수건인지 몰랐는데 나중에 알고 보니 콧물이 흐를 때를 대비한 수건이란다.)

처음에는 다들 수줍음을 많이 타서 내가 먼저 인사를 하고 어서 오라고 손을 내밀어도 도망을 가서 살짝 무안하기도 했다. 하지만 약간의 어색함도 잠시 뿐, 본격적으로 수업이 시작되자 아이들을 동그랗게 둘러앉아 다소곳이 자기 소개를 했다. 그러고 나서 잠깐 동안 명상을 했는데 그 모습이 어찌나 깜찍하던지!

아침 일찍 일어나 피곤했던지 몇 명은 꾸벅꾸벅 졸고 있었고 또 눈을 계속 감고 있기 힘든 몇 명은 선생님 몰래 슬그머니 실눈을 뜨고 우리를 바라보았다. 이윽고 명상이 끝나자 우리 봉사단은 전날 미리 짜놓은 그룹별로 분주히 움직였다. 나는 페이스페인팅 그룹에 있었기 때문에 물통에 물을 받고 팔레트와 포스터칼라, 그리고 붓을 준비했다.

요술풍선 불어주기, 고리던지기 게임하기, 책 읽어주기 등 다른 활동도 있었지만 나는 그 중에서 그림에 특별히 더 소질이 있었기 때문에 한 번도 페이스페인팅을 해본적은 없지만 자원해서 그룹에 합류하게 되었다. 새, 네팔 국기, 태극기, 집, 꽃, 하트.... 아이들은 예쁘게 꾸며진 자신들의 얼굴을 거울에 비춰 보고는 수줍게 웃었다.

사실 망친 것들도 많았는데 보잘것없는 그림이라도 진심으로 기뻐하고 고맙다고 말해 줘서 오히려 내가 더 고마웠다. 시간이 충분했더라면 더 많은 것들을 해 줄 수 있었을 텐데. 나는 신나게 마당으로 달려 나가는 아이들의 뒷모습을 바라보며 또다시 가슴이 뭉클해졌다.

작은 행사가 끝난 후 이번에는 목욕봉사를 했다. 사실 전혀 예상도 못했고 준비도 안 되어 있어서 당황했지만 그래도 신선한 경험이 될 것이라고 생각했다. 이번 기회가 아니면 내가 또 언제 어린아이를 씻겨 보겠는가. (물론 결혼하고 나면 내 자식을 씻겨야 하겠지만. ^^) 따뜻한 물로 아이들의 얼굴을 조심스레 씻기고 비누로 세수를 시켰다. 예상보다 아이들의 상태는 심각했다.

팔과 다리 곳곳이 허옇게 갈라져 있어서 무척이나 아파 보였고 아무렇게나 콧물을 닦아내서 그런지 코 밑의 인중이 벌겋게 헐어 있었다. 처음엔 그것도 모르고 그냥 손 가는 대로 깨끗하게 하겠다고 박박 씻겼는데. 분명히 아팠을 텐데, 아이는 좋다고 함박웃음을 짓고 있었다. 마음이 너무 아파서 한 번 꼭 안아주고 싶었지만 뒤에 기다리는 아이들이 많았기에 애써 웃음을 지으며 손과 발도 정성스레 씻겨주었다. 말끔히 목욕을 끝낸 아이들은 너무너무 예뻤다.

그런 아이들을 손수 안아다 손톱도 깎고 로션도 발라주는 그룹이 있는 방 안으로 직접 인수인계(?) 시키고 나니 내 마음의 때가 모두 씻겨 내려간 듯 후련하고 상쾌했다. 그렇게 보람된 마음으로 대략 5명은 더 씻겨준 것 같다. 한 번도 그런 경험을 한 적이 없어 많이 부족했지만, 꿋꿋하게 참아주고 귀엽게 미소 지어준 아이들에게 진심으로 감사했다.

자동차 소음과 매연으로 하루도 조용한 날이 없었던 카트만두 거리, 마음껏 뛰어 놀아야 할 나이에 길거리에서 구걸을 하고 있는 아이늘과 다른 수많은 가난한 사람들. 같은 사람으로서 겪어야 하는 고통의 양이 그들과 우리를 비교했을 때 너무나도 달랐기에 삶에 대한 회의감도 잠깐 들었지만 나는 결국 긍정적으로 생각하기로 마음먹었다. 내가 몇 년 후 사회에 나왔을 때 그들에게 도움을 줄 수 있을 만큼 훌륭한 사람이 되어야겠다고.

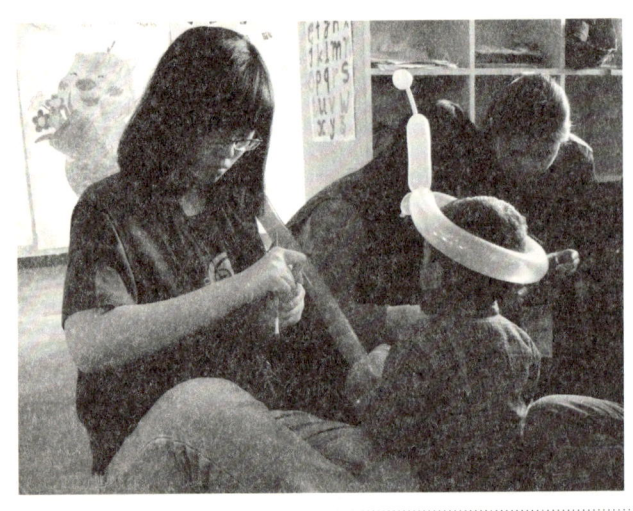

페이스페인팅을 열심히 해주고 있는 나!
재료도 실력도 모자랐지만
나름 열심히 노력했다.

무지개 축제

2010년 2월 2일 화요일

무지개 축제!!! 오늘 너무 재미있었다. 수련원에 있을 때부터 조금씩 준비한 거라 기대도 되고 설레었는데, 성황리에 잘 끝난 것 같다. 멀리서 온 Malpi 아이들의 공연부터 시작해서 우리들의 'I will follow him' 공연까지 그간 잘 지내왔던 달마스딸리 주민들과 드디어 하나가 된 것 같은 느낌이다. 무엇인가 달성한 듯 뿌듯하고 후련한 이 느낌! 난 이런 느낌을 느끼려고 네팔에 온 것일까?

네팔 사람들이 행복했으면 좋겠다. 아니, 전 세계의 모든 사람들이 행복했으면 한다. 어찌 생각해보면 너무 이상적이고 비현실적인 이야기일 수도 있겠지만, 지구촌이 하나가 되어가는 이 상황에서 언젠가는 그런 날이 올 수도 있지 않을까 감히 바래본다.

'무지개 축제'는 네팔에 청소년 봉사단들이 왔을 때마다 달마스딸리 마을 주민들과 함께 벌이는 축제이다. 따라서 우리는 우리대로 수련원에서 교육을 받을 때부터 네팔 주민들에게 무엇을 보여줄 것인지 나름대로 의논도 많이 하고 네팔에 와서는 봉사활동 간간이 있는 자유 시간에 모여 함께 연습도 했다.

한편, 달마스딸리 공립학교 아이들과 인근 다른 지역의 사립학교 학생들도 찾아와 전통 의상을 입고 춤을 선보이거나 악기를 연주하기도 한다.

우리는 두 그룹으로 나뉘어져, 그 중 내가 속한 모둠은 차력 쇼를 하기로 하고 나머지 다른 모둠은 티아라의 'Bo Peep Bo Peep' 댄스를 추기로 했다. 나는 이제껏 장기자랑에 나가면 춤이나 추는 것이 고작이었지 차력 쇼같은 것은 한 번도 해본 적도, 실제로 다른 사람이 하는 걸 본 적도 없었기에 열의가 불타올랐다.

서로 다른 지역에서 왔고 첫날이라 어색했던 차에 우리는 차력 쇼 역할 분담과 연습을 하며 친해졌다. 처음에는 TV에서 많이 보던 대로 엉덩이 사이에 젓가락을 끼워 넣고 부수기 등등 여러 가지 아이디어가 오갔으나, 네팔 사정상 화려한 아이템들은 준비하기가 힘들어서 간단하게 여자 애들은 찌그러진 페트병을 콧바람으로 다시 원상복귀 시키기, 남자 애들은 고무줄로 팔과 다리를 묶은 뒤 네팔 관중으로 하여금 직접 튕기게 해서 고통주기 등으로 합의를 보았다.

다른 모둠은 망가지기는커녕 귀엽게 춤을 추는데 우리만 이미지 구기는 건 아닌가 싶어 살짝 걱정이 되기도 했지만 그래도 이것도 하나의 좋은 추억이라는 생각이 들었다.

그렇게 봉사단 모두 친해져서 연습을 하다 보니 어느새 무지개 축제 날짜는 다가왔고, 오십여 명이 모일 그 자리에서 공연을 펼치는 것이 부담도 되었지만 한편으로는 너무 설레서 잠도 제대로 이룰 수가 없었다. 이튿날 아침, 계속된 봉사활동으로 지칠 법도 했으나 아이들은 모두 들떠 다들 입이 귀에 걸려 있었다.

무지개 축제 무대 준비가 서서히 되고 있는 사이, 우리들은 먼저 도착한 센터 어린이집 아이들과 함께 즐거운 시간을 보냈다. 다음날이면 센터를 떠나 다른 곳으로 이동해야 했던 우리였기에 가슴이 더 먹먹해진 나는 아이들에게 먼저 다가가 안아주기도 하고, 간지럼을 태우는 등 재미있게 놀아 주었다. 내가 이제껏 한 번도 보지 못했던, 너무나도 순수했던 아이들.

일일이 포옹도 하고 뽀뽀도 하는 동안에 마을 사람들은 모두 도착했고 이윽고 축제는 시작되었다. 간단한 센터장님의 소개와 이야기를 마치고 한국 대 네팔 친선 림보경기까지 모두 끝낸 다음, 드디어 기다리고 또 기다렸던 공연 순서가 다가왔다.

순서가 더 빠른 우리 모둠이 먼저 무대 위로 올라가 웃긴 음악에 맞춰 차력 시범을 보이고 막춤까지 추자, 의외로 사람들의 반응이 너무 좋았다. 고무줄을 당겨서 튕길 사람을 찾는 데도 서로가 하겠다고 나서는 등 참여율도 높아서 내심 차력 쇼하기를 잘했다는 생각이 들었다.

우리가 뿌듯한 마음으로 쇼를 끝내자, 이에 질세라 다른 모둠도 음악에 맞춰 깜찍한 춤을 선보였다. 그 와중에도 나름 중독성 있는 한국 노래를 따라하고 좋아하며 함께 춤추었던 달마스딸리 공립학교 아이들이 인상적이었다. —공립학교 환경이 열악하긴 했지만 잘생긴 아이들도 꽤 있었다. 이메일 주소라도 따 놓을 걸 하는 후회가 가끔 든다. ㅋㅋ—

말도 많고 탈도 많아서 제대로 성공시킬 수 있을지 조차 의심스러웠던 우리의 공연이 잠시나마 네팔 사람들에게 즐거움을 주었다고 생각하니 기분이 날아갈 듯했다. 공립학교에 다니는 아이들을 보면서 문득문득 내가 후원하는 Susan도 떠올랐다. 언제쯤이나 만나볼 수 있을지 아직 확실하지는 않지만 언젠가 Susan을 포함한 더 많은 사람들에게 비록 보잘 것 없지만 이런 기쁨을 줄 수 있었으면 좋겠다고 나는 마음속으로 속삭였다.

네팔 공립학교 여자 아이들과 한 컷.
교복도 예쁘고 아이들도 착했던
좋은 기억이 있다.

화장터

처음 본 화장터는 일단 충격적이었다. 어렸을 때부터 집안 종교였던 불교 때문에 관련 책들을 많이 읽은 나는 '화장'이 무엇인지 일찍이 알고 있었고, 첨단식으로 깔끔하게 되어 있는 우리나라의 화장 시설과는 달리 인도나 그 근방 국가에서의 화장은 어떻게 이루어지는지 벌써부터 알고 있었다. 하지만 결국 내가 내린 결론은 책 속에서의 간접 경험도 중요하지만 역시 직접 겪어보는 것보다는 못하다는 것이다. 화장터는 힌두교 사원 안에 있었는데, 그 안에는 세계문화기행 책에서나 보던 수많은 부도 탑들이 있었다. 수행자들은 옛날 인도 전통의상만 걸친 채 꾀죄죄한 얼굴을 하고 얼굴 위에 하얗고 빨간, 기이한(?) 분을 덕지덕지 칠한 모습이었는데, 처음 보는 광경에 사진을 찍고 싶었지만 사진을 찍은 뒤 돈을 줘야 한다는 교무님의 말씀을 듣고는 이내 고개를 설레설레 젓고 말았다.

가파른 계단을 몇 십 분이나 올라간 후에야 우리는 비교적 가까이 있는 다리에서 화장하는 풍경을 처음부터 끝까지 지켜볼 수 있었다. 시체는 보지 못했지만 (지금 생각해 보니 못 본 것이 천만다행이다) 관에다 엄청난 양의 향유를 부은 뒤, 나무를 쌓고 불을 지르는 절차를 직접 눈으로 확인하니 비로소 마음이 텅 비는 것만 같았다.

'저게 바로 인간의 마지막 모습이구나.'

조그맣던 불씨가 활활 타올라 마침내는 역한 살타는 냄새를 풍겼다. 시커먼 연기 속에서, 처음으로 살타는 냄새를 코로 맡으니 자조적인 한숨이

절로 나왔다.

'한평생 서로를 시기하고, 질투하고, 미워하고 아등바등 살다가 결국은 모두 똑같이 가는구나.'

문득 나는 이제껏 어떻게 살아왔나 의구심이 들었다. 미국 가기 전에는 호기부리고 살다가 미국 갔다 와서는 부랴부랴 시간이 어떻게 가는지도 모르는 채 앞만보고 달려왔다. 나는 중도의 길을 전혀 걷고 있지 않았다. 이렇게 빠듯하게 살다가 어느 순간 내가 죽는다면? 아마도 한이 많이 남을 것 같다. 못 해본 것도 많고, 후회할 것도 너무 많기 때문에 지금으로서는 나는 편안히 눈을 감지 못할 것이 뻔했다.

나는 활활 타올라 한 줌의 재로 변해가고 있는 이름 모를 시신의 주인에게 조용히 눈을 감고 기도를 올렸다.

'당신이 어떤 삶을 살았는지 잘 모릅니다. 하지만, 이생에서의 인연은 이미 끝났고 당신은 이제 자유로운 몸입니다. 부디 모든 번뇌를 이생에서 끊으시고 당신이 원하는 어느 곳이든 아름답게 환생하시길……'

인간사의 무상함과 허무함, 그리고 서러움에 코끝이 시큰거려왔지만 이상하게 나의 불필요한 집착은 모두 사라지고 어느새 희망만이 남았다. 어리석음과 탐욕에 빠져 슬퍼하고, 괴로워하고, 아파하기엔 너무나도 짧은 인생. 이미 18년의 길을 걸어왔지만 앞으로 갈 길이 훨씬 더 많이 남아있기에 내가 진정으로 좋아하는 일을 하면서, 다른 사람에게 기쁨을 주며 후회 없는 보람찬 삶을 꾸려나가고 싶다. 난 꼭 그렇게 될 수 있기를 마음속으로 빌고 또 빌었다.

여러모로 네팔은 나에게 친숙한 나라였다.
그리고 많은 여운을 남겼다.

Chapter 5

인간 김별아

나의 꿈

　내 욕심은 아주 큰 편이어서 어렸을 때부터 장래희망이 아주 많았다. 아주 어렸을 때 내 첫 꿈은 특이하게도 '우방 타워랜드에서 놀이기구 작동시키는 언니' 였다. - 우방 타워랜드는 대구에서 가장 큰 놀이공원이다. - 항상 어린이날 때마다 어머니, 아버지께서는 언니와 날 놀이공원에 데리고 가셨는데 겁이 없는 언니와는 달리 나는 회전목마 같은 다소 무난한 놀이기구를 타는 양순한 아이였다. 5살 즈음, 그러니까 96년 무렵의 어린이날, 언니는 아버지와 씩씩하게 바이킹을 타러 가고 나는 맞은편 벤치에서 어머니 무릎에 앉아 아이스크림을 먹고 있었다. 나는 입을 '헤' 하고 벌리고는 커다란 바이킹이 움직이는 모습을 구경하고 있었는데, 그 모습이 무척 멋있게 보인 모양이었다. 느닷없이 나는 '커서 놀이기구 많이 탈 수 있는, 기계 돌리는 언니야' 가 되겠다고 어머니께 말씀드렸고 어머니는 웃으면서 그러라고, 만약 그렇게 되면 엄마도 놀이기구 많이 태워 달라고 대답하셨다고 한다. -_-;;

　초등학교에 입학하고 조금이나마 철이 들었을 때 나의 꿈은 치과의사로 바뀌었다. - 내가 미국에 가지 않았더라면 지금쯤 이과에서 치과의사를 꿈

꾸며 열심히 공부를 하고 있었을 것이다. - 이가 가지런하지 못했던 내가 치아교정을 받으면서 했던 생각은 참 여느 아이답지 않았다. 아니, 오히려 지극히 아이다운 생각이었나?

"뭐? 이거 하는 데 500만 원 가까이 든단 말이야? 말도 안 돼. 철사 하나 다는 데 뭐가 이렇게 비싸? 내가 나중에 꼭 치과의사가 되어서 가난한 사람들이랑 노인 분들에게는 무료로 서비스해야겠군."

그렇게 막연하게 의사를 꿈꾸던 순수한 아이는 미국으로 우연하게 유학을 떠났고, 그곳에서 한 미술 선생님을 만나면서 다시 한 번 꿈이 바뀌게 된다. 워낙 어렸을 때부터 혼자 스케치북에 그림을 그렸고 짧게나마 미술학원에도 다녔었던 터라 남는 시간에 내가 선택해 들은 기초미술 시간은 그야말로 수업이 아닌 휴식과도 같은 시간이었다. 작업할 때마다 그림에 푹 빠져 있는 나를 눈여겨보신 선생님께서는 내가 만든 포토 몽타쥬나 스케치를 좋아하셨고, 일부는 학교 복도에 전시를 해두기도 하셨다. 그러던 어느 날, 여름방학을 며칠 앞둔 그때 선생님이 나를 잠깐 부르셨다. 영문도 모르고 고개를 갸우뚱하며 서 있는 나에게 그분은 미대생들이나 쓸 법한 큰 박스를 하나 주셨다.

뜻밖의 선물에 당황한 내가 이게 뭐냐며 박스를 열어보자, 그 안에는 에보니 펜슬, 색연필, 파스텔, 물감, 포스터칼라, 지우개 등의 여러 가지 전문가용 미술용품들이 들어 있었다. 선생님은 인자하게 웃으시며 이번 해를 끝으로 당신이 정년퇴임을 하는데 꼭 나한테 이것들을 주고 싶었다는 것이었다. 용품들이 들어 있는 박스는 선생님이 처녀 때부터 사용해 오신 귀중한 박스이니, 여기다가 미술 도구들을 담아서 계속 그림을 그려보라는 것이었다. 끝으로 선생님은 시간 날 때마다 구상하라며 작은 스케치북도 하나 주셨다. 선생님의 큰 사랑에 감동을 받은 나는 평생 미술을 놓지 말아야겠다는 결심을 했고, 한국에 돌아가기 전까지 여름방학 동안 스케치를 하고 그림을 그렸다. 그렇게 해서 갖게 된 꿈이 일러스트레이터였다. 하지만 막상 이 직업에 대해서 구체적으로 검색해 보니 미대입시를 거쳐 시각디자인을 전공해야만 하는 분야라서 결국은 눈물을 머금고 포기해야 했다. 제대로 미술을 배워본 적도 없는 내가, 갑자기 한국으로 돌아가서 늘 미술을 해왔던 아이들과 경쟁해야 한다는 점이 우선 가장 자신이 없었다. 그렇다고 해서 이 꿈을 완전 접은 것은 아니다. 요즘은 multi-tasking이 대세라서 한 사람이 여러 개의 직업으로 사회적 활동을 펼치고 있는 경우도 많다. 나도 이러한 추세를 따라 국제기구에서 일하면서 간간히 미술사를 공부하거나 그림을 그려서 작품 활동을 해보고 싶다. 어떻게 생각하면 너무 욕심이 지나친 것이라고 할 수도 있겠지만 두 분야 모두 내가 정말 열정이 있기 때문에 잘 해낼 자신이 있다.

내 첫 번째, 가장 우선적인 목표는 UN에 들어가서 일하는 것이지만 그 밖에도 PD, 영화계통 마케팅, 광고 등 배우고 싶고 하고 싶은 일들은 너무나 많다. 한 번 뿐인 인생은 그리 길지도 않다. 몸이 좀 고달프더라도 평생 내가 좋아하는 일들을 하면서 바쁘게 살아간다면 나중에 내가 이 세상을 떠날 때 후회는 전혀 없을 것 같다. 미래의 그 순간이 오면 나는 아마 함박웃음을 지으며 이런 혼잣말을 할 것이다.

"야, 김별아. 너 정말 바쁘게, 활기차게, 잘 살았어. 그동안 수고했어."

앞으로 내게 어떤 일이 닥칠지는 아직 모르겠지만 미래에 대한 당찬 포부를 가지고 계속 열심히 내 자신을 갈고 닦는다면 언젠가 내게도 기회가 주어지지 않을까?

이렇게 많은 꿈을 가지고 있는데도 불구, 나의 한 가지 꼭 이루고 싶은 장래희망은 따로 있다. 바로 국제공무원! 1학년 때까지만 해도 외무고시에 합격하고 외교관이 되는 것이 미래에 대한 내 바람이었지만 나의 첫 번째 소설인 '잃어버린 나의 별, 여우별을 찾아서'를 집필하면서부터 다른 방향으로 틀게 되었다. 처음에는 대한민국의 유구한 역사와 아름다운 문화를 사랑하는 한 사람의 국민으로서 세계에 우리나라의 위상을 떨치고 싶었지만, 점차 제 3세계 국가들을 접하고 계속되는 기후변화에 잇따른 자연재해까지 일어나자 나는 국제 연합이나 기후 관련 NGO에서 일하며 세계평화에 이바지하고 싶다는 마음이 생겼다.

일단 정치외교학과에 진학 후 사회학을 부전공으로 삼아볼까 고심하고 있다. 평소 환경학에 관심이 많았던 나는 (특히 캐나다의 무분별한 하프물범 포획에 반감을 가지고 모피 반대 카페에 가입해서 실정을 알아보는 중이다!) 처음에 환경외교학 쪽으로 진로를 정하고 싶었지만 환경학이 이과 쪽 분야라서 차선책으로 사회학을 선택한 것이다. – 사실 지금까지도 문·이과를 굳이 나누어 진로를 한정적으로 제한해 놓는다는 건 큰 의미가 없다고 생각한다. 막상 계열별로 나누어 수업을 들어도 별 차이가 없었기 때문이다. –

대학에 입학하는 즉시 나는 학교생활을 충실히 하는 동시에 제 2외국어인 프랑스어를 본격적으로 계속할 생각이다. 그리고 새로운 언어로 스페인어를 배워볼 마음도 먹고 있다. 사실 난 일본어에 관심이 많지만 상대적으로 스페인어를 쓰는 인구가 점점 증가하고 있고 프랑스어와 영어, 그리고 스페인어는 같은 뿌리에서 나왔기 때문에 Baldwin Middle School에서 2달이나마 배웠던 스페인어를 선택하게 되었다.

방학 때는 아르바이트를 하는 동시에 대사관이나 국제기구에서 인턴을 해 보고 싶다. 가능한 한 다양한 경험을 쌓아 끊임없이 도전한다면 국제공무원이라는 목적지에 점점 가까워지지 않을까? 나는 내가 가진 것에 비해 욕심이 좀 큰 편이라 때로는 한계에 부딪혀 징징대기도 하지만 결국 다시 일어서서 또 나 자신을 한계에 부딪쳐 본다.

외교관과 국제공무원이 되려면 일단 '멀티 플레이어'가 되어야 한다. (존경하는 김효은 과장님의 말을 빌리자면!) 정치, 경제, 사회, 문화에 해박한 지식을 겸비하는 것은 물론 다양한 언어로 세계 곳곳의 사람들과 소통하는 직업이 바로 내가 되고 싶어 하는 국제기구 직원이다. 나는 부유한 집안의 딸도 아니고 비상한 두뇌를 가진 수재도 아니며, 그렇다고 서울이나 수도권에 살아서 급격하게 변화하는 사회 흐름을 온몸으로 생생하게 느낄 수 있는 처지도 아니다. 인간 김별아는 3년 동안 미국이라는 새로운 세상을 경험했다는 것을 빼면 내세울 스펙도 별로 없는, 지극히 평범한 지방의 한 고등학생일 뿐이다. 그런 내가 이름만 대면 다 아는 국제기구에 들어가 세상을 누비며 훨훨 난다는 것은 어쩌면 현실적으로 불가능한 일인지도 모르겠다. 내가 다른 상황들은 생각지도 않고 무조건 이상만 좇다 보니 이런 큰 꿈을 가지게 되었는지도 모르겠다.

하지만, 난 변화를 꿈꾸고 있다. 모든 면에서 수도권보다 낙후된 지방 출신이라는 점, 그리고 요즘 세상은 옛날과 달리 개천에서 용이 날 수 없다는 현실적인 벽을 모두 뛰어 넘고 세계 속으로 한 걸음 도약하려고 한다. 내가 능동적으로 조금씩이나마 이 꿈들을 이루어 내서 나처럼 평범하지만 큰 이상을 가진 새싹들에게 용기를 주고 싶다. 이 희망이 나를 이렇게 달리게 하고 있다. 불확실한 미래, 그리고 턱없이 부족한 시간 속에서도 한 가지 열망만을 바라보고 있다. 때로는 냉혹한 현실에 상처받고 나 자신의 한계를 깨닫고 주저앉을 때도 있다. 그러나 난 결코 이 마라톤을 멈추지 않았고 앞으로도 멈추지 않을 것이다.

시간이 얼마나 걸리든 (좀 더 빠르면 좋겠지만) 난 개의치 않는다. 달려가다 지쳐 주저앉아 울고 싶을 때도 분명히 찾아오겠지만 난 최선을 다할 것이다. 다른 생물들에 비해서 무궁무진한 잠재력과 가능성을 가지고 있는 인간으로 태어난 이상, 최대한 열심히 노력해 볼 계획이다, 모든 게 마음에 달렸다는 말을 이미 몸소 체득해 본 나로서는 슬럼프에 빠져 다른 사람을 탓하거나 우울해 할 시간조차 없다. 그렇게 멋지게 내 어린 시절의 목표를 모두 성취하고 나면 나는 이렇게 외칠 것이다.

'꿈은 이루어진다, 반드시.'

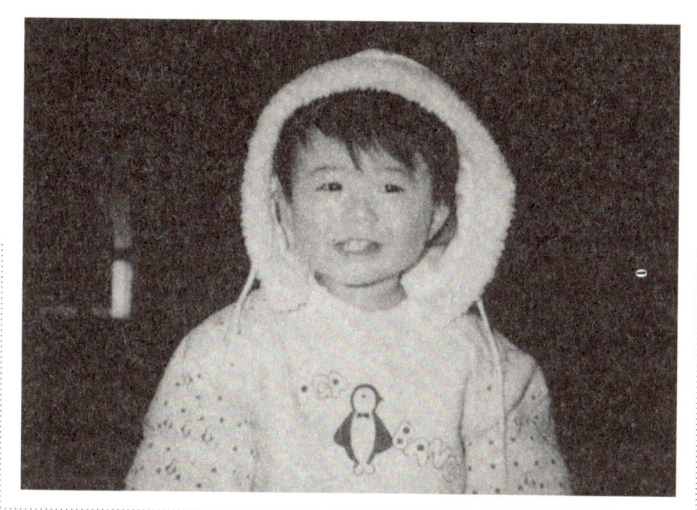

아기 때 나의 모습.
금방 이가 돋아나기 시작한 이 어린 아이는
어떤 삶을 살고 싶었을까?

나의 롤 모델

앞부분에서도 내가 이미 언급했듯이 나는 지치고 의욕이 사라질 때마다 각자의 분야에서 나름대로 성공을 거둔 사람들의 자서전을 주로 읽는다. 그들 중 시험을 망치고 한창 슬럼프에 빠져 있던 나에게 충격을 던져 준 나의 롤 모델은 바로 '멈추지 마, 다시 꿈부터 써 봐'의 저자 김수영이다. 김수영은 여수의 어느 시골에서 술을 좋아하는 아버지와 폐품을 줍고 다니며 근근이 생계를 유지하는 어머니 사이에서 태어났다. 그녀는 초등학교 때부터 줄곧 왕따를 당했고, 중학교 때는 그 후유증으로 방황의 세월을 보내며 결국 자퇴까지 하게 되었다. 가출 후 아르바이트로 생활을 이어가던 어느 날, 평소 우상이었던 서태지의 음악을 듣고 다시 집으로 돌아온 김수영은 다른 아이들보다 한 학년 늦게 상고에 입학하게 된다. 마음을 다잡고 제대로 된 4년제 대학에 가리라 마음을 다잡은 김수영은 첫 중간고사에서 전교 1등을 하게 되고, 이에 힘을 얻은 그녀는 다른 사람들의 우려에도 불구, 연세대를 목표로 공부를 시작한다.

문제집 살 돈이 없어 누가 버린 문제집을 구해다 지우개로 정답을 지워가며 공부했고, 얼음물에 발을 담그고 잠을 깨워가며 독하게 공부한 결과,

김수영은 수능에서 좋은 성적을 거두고 실업계 고교 최초로 골든벨을 울리며 장학금과 함께 당당히 연세대에 입학한다. 대학에 들어간 뒤에도 그녀 특유의 생존의지와 자신감으로 노력하여 졸업 후 유명한 금융증권회사 골드만 삭스에 입사한 김수영은 그 기쁨도 잠시, 25살이라는 꽃다운 나이에 위암 진단을 받지만 그녀는 굴하지 않고 자신의 꿈들을 적어나가기 시작했다. 병을 이겨낸 후 그녀는 영국으로 떠나 자신이 적어놓은 목표를 한 가지씩 실현해 나가기 시작했는데, 지금은 영국 쉘 본사에서 근무하며 행복한 나날을 보내며 남은 꿈들을 이루고 있다고 한다.

단번에 눈에 띄는 화려한 스펙들보다도 내가 주목했던 점은 바로 김수영의 '끈기와 자신감'이었다. 나보다 훨씬 더 열악한 조건에서 그녀는 어떻게 견뎌낼 수 있었을까? 씩씩하고 자신감이 넘치는 김수영의 이면에도 분명 미래에 대한 막연한 부담감이 매우 컸을 것이다. 그녀도 나처럼 고등학교에 편입했고, 앞으로 살 나날들에 대한 야망이 매우 컸을 테니까. 책에다 적지는 못했겠지만 울기도 많이 울었을 테고 외로움도 탔을 것이다. 하지만 그녀는 이 모든 것들을 이겨냈다. 그것도 아주 유연하게! 수업 분위기를 흐리는 다른 아이들에게 호소도 해봤지만 잘 먹혀들지 않자 혼자 옥상 위로 올라가 공부를 했고, 독서실에서 공부하며 찐 고구마로 주린 배를 채웠다. 김수영에 비하면 분명 나는 복 받은 사람이 틀림없었다. 나는 그녀만큼의 배짱이 있지도 않고 자신감도 부족한 편이라 지금도 어려움을 많이 겪고 있지만, 세상에게 한 번 도전장을 내보려고 한다. 어차피 한 번뿐인 인생이고, 지금 사춘기 시절의 매일은 지나가버리면 다시 오지 않는 귀중한 순간들이다. 어떤 관점에서 보면 10대의 마지막 황금기를 책과 문제집에 파묻혀 우울하게 보낸다고 느낄 수 있겠지만, 이 시기가 지나고 나면 이제 내 인생은 내 자신이 책임져야 한다. 그 누구도 나에게 공부를 하라고 강요를 하지 않을 것이고, 주어진 삶을 내 방식대로 홀로 꾸려나가야 할 것이다. 피하지 못할 거면 즐기는 편이 낫지 않을까? 나는 평화로운 미국에서의 학교생활 대신 이 험한 길을 선택했고 – 그 당시 현실을 완벽히 파악하지 못하고 쉽게 선택했지만 – 이제 다시는 돌이킬 수가 없다. 나름 미국에서 산전수전 다 겪었다고 자부해 왔던 나였지만 지금 이 시간들은 아직까지의 내 인생에서 가장 정신적으로 힘든 시기이다. 그래도 이왕 공부 해야 하는 거 남들보다 더 열심히, 즐겁게 해서 원하는 대학에 간 이후에 마음이 이끄는 대로, 열정이 있는 일을 하는 것도 나쁘지 않다고 생각한다.

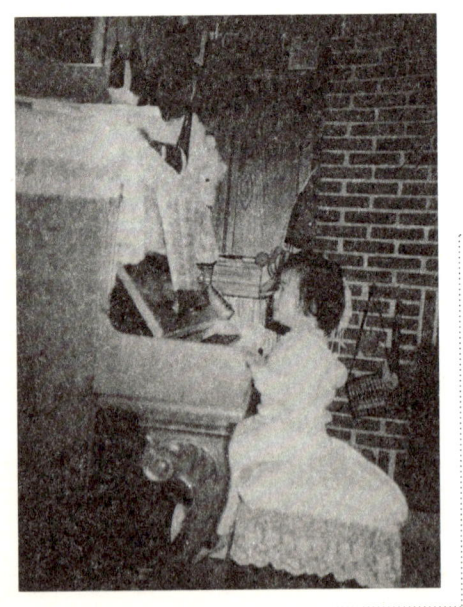

아까 피아노 앞에서 처절한 표정으로 카메라를 쳐다보던 아이를 기억하는가? 조금 전만 해도 피아노가 잘 다뤄지지 않아 끙끙대던 아이는 결국 피아노를 치는 데 성공했다.

나의 추억

막상 '나의 추억' 이라는 소제목으로 짧게나마 글을 시작하려니 쑥스럽기도 하고 머릿속이 복잡하다. 내 뇌리 속에 선명하게 박혀 있는 기억의 조각들은 그렇게 좋지만은 않은 것들이 많다. 솔직히 말해서, 한국 고딩들 중 누가 몇 가지씩 열거해 놓을 정도로 많은 추억들을 가질 수 있을까? 평범하게 살기란 참 힘들다고도 많이 말하는데 좋은 기억만 가지고 있는 사람을 찾기란 더더욱 어려울 것이다. 하지만 꼭 행복한 기억이 아니더라도 내가 개인적으로 참 인상 깊었던 일들 세 가지를 되짚어 보겠다.

첫 번째, 조등학교 6학년의 마지막 날에 겪었던 집단절교. 초등학교 6학년 때부터 '바르게 살아가는 것' 에 따분함을 느꼈던 나는 때마침 찾아온 사춘기와 함께 소위 '노시는 분들' 과 친해졌다. 그때 1년 동안은 정말 내가 왜 그렇게 살았나 싶을 정도로 암흑기였던 것 같다. 공부하기 불편하다고 앞머리를 넘겨서 훤히 이마를 드러내고, 질끈 머리를 묶어버리는 등 용기 있는(?) 행동을 서슴지 않는 내가, 지금으로서는 상상도 할 수 없지만 그 시절 유행하던 보아의 'My Name' 춤을 수련회 장기자랑 때 추는 등 나름대로 활약을 했다. (나도 숨겨진 끼가 있는 건 분명하다. 그저 3년간 나이기를 포기한 것일 뿐.) 두서없는 이야기는 이제 그만 각설하고. 어쨌든 나는 그들과 어울려 다니며 비행은 저지르지 않았으나 수업시간에 딴 생각도 많이 하고 인터넷 소설에 푹 빠져 한동안 나도 작가가 되어 볼 심산으로 소설을 써보기도 했다 (그 당시, 동방신기 팬 카페에 연재되었던 내 소설은 조회 수 200을 훨씬 넘어가며 알려졌다. 어떤 독자는 나에게 가상 책 표지를 만들어 주기도 했다.) 그때는 뭐가 그렇게 다른 고민이 많았는지 쟤가 나를 좋아하니 너를 좋아하니 싸워본 적도 있는 듯하다. 그렇게 혼란스러운 시기를 청산할 졸업식 무렵, 방과 후에 '노시는 분들'과 이야기를 하며 가고 있는데 그 아이들은 갑자기 엉뚱한 말을 꺼냈다.

"김별아, 그냥 우리 절교하자."

이유인 즉슨, 내가 자기네들이랑 너무 맞지 않는다나? 그리고 내가 좋아했던 아이랑 그 아이들 중 한 명이 좋아한 아이가 동일인물이기도 했기 때문이었다. 음, 그렇게 자신감이 없어서야. 분명 초등학생들의 유치한 장난에 불과한 사건이지만 이렇게 한 번에 끊는 경우는 처음이어서 그랬는지 나는 특별히 잘못한 것도 없음에도 불구하고 말까지 더듬으며 사과를 하고는 도망치듯 서둘러 그 자리를 빠져나왔다. 그 후, 중학교 배정을 받기 전까지 나는 두고두고 그 아이들을 떠올리며 복수(?)할 계획을 세웠다. 시간이 흐르고 흘러 내가 미국에 간 뒤, 그 아이들 중 일부는 다시 연락을 걸어왔고, 나머지는 소식이 영영 끊겨버렸다. 지금은 어떤 삶을 살고 있는지, 뭐 하고 지내는지 모를 일이지만 다시 만난다면 웃으면서 그때 이야기를 마저 할 수 있을 것 같다. 그래도 그때 나름 재미있었던 사건들도 많았었는데……. 얘들아, 혹시 이 책을 보게 된다면 나중에라도 괜찮으니까 꼭 연락하자.

그리고 두 번째, 네팔에서의 잊을 수 없는 어린 아이들. 순진한 얼굴로 올망졸망 걸어 다녔던 아이들은 눈도 옆으로 찢어지고, 코도 낮고, 둥글넓적한 우리의 낯선 얼굴이 신기하기도 하고 무섭기도 했는지 꽤나 오랜 시간 동안 우리와 거리를 두고 빤히 관찰만 했다. 얼른 이 귀여운 아이들이랑 놀아주고 싶은데. 안아주고, 업어주고, 같이 장난감을 가지고 놀고 싶은데 용기가 나지 않았다. 나를 포함한 다른 한국 아이들도 똑같은 감정이었을 것이다. 그 중 가장 성격이 급한 내가 'Come on, baby' 하고 깨방정(?)을 떨며 장난 끼 많아 보이는 한 아이를 잡자 그 아기는 잡기놀이라도 하려는 듯 분홍빛 혀를 살짝 내밀며 재빨리 도망쳤다. 순간, 다른 네팔 어린이들은 경계의 눈초리를 거두었고 우리는 곧 그 아기들과 친해졌다. 너무 어려서 영어도 통하지 않고, 그렇다고 네팔어를 구사할 수도 없었던 내가 선택한 방법은 바로 간지럼 태우기. 어떻게 하면 아이들에게 친숙하게 다가갈 수 있을까 고민하던 끝에 생각해낸 방법이었다. 어렸을 때 유난히 장난을 좋아했던 나는 낯선 아이들과 친해져야할 때 줄곧 이런 행동을 하곤 했다. 조심스레 다가가 짓궂게 간질이니 그제서야 다른 아이들도 하나 둘씩 모여들기 시작했다. 나는 순식간에 모여드는 수많은 아이들이 한 편으로는 부담스럽기도 했지만 드디어 마음을 열고 마구 달려드는 아이들이 사랑스러웠다. 그 틈을 타 나머지 쭈뼛거리던 다른 한국 애들도 아이들에게 다가가기 시작했고 우리는 그렇게 하나가 되어 몇 시간을 놀았다. 그 날 우리에게 주어진 임무는 네팔 아이들을 하나씩 맡아 집까지 바래다주고 가족들에게 각자 자신이 준비한 선물을 전달하는 것 까지였다. 나는 어느 코흘리개 남자 아이를 맡게 되었는데 흙먼지 가득한 가파른 비포장노로를 몇 십 분을 걷자니 다 떨어진 샌들로 자박자박 걷고 있는 그 아이가 측은해졌다. 내가 아이의 손을 더욱 꼬옥 잡자 그 아이는 의아스러운 눈길로 나를 쳐다보았지만 나는 사슴같이 큰 눈망울을 깜짝거리는 모습이 슬퍼 보여서 눈시울이 뜨거워지려는 것을 참느라 혼났다. 고작해야 네다섯 살 밖에 되지 않는 어린 아이가 매일 오르락내리락 했을 가파른 산길. 그래서 아까 많은 아이들이 명상 중에 졸았구나. 그런 사연이 있었구나. 나는 문득 우리나라 아이들의 소아비만을 떠올렸다. 요즘 아이들은 놀이터를 뛰어다닐 시간에 학원을 다닌다고 한다. 학원에서 또 다른 학원을 오가는 그 시간도 아낀다고 부모가 태워주는 자가용을 타고 이동하는 아이들. (나도 물론 예외는 아니지만 말이다.) 그때마다 나는 또 회의감을 느낀다. 같은 우주, 같은 지구에서, 같은 인간으로 태어난 우리들이 어떻게 이렇게 판이하게 다른 삶을 살 수 있을까?

이런 저런 복잡한 생각 끝에 그 아이 집에 도착했을 땐, 나는 놀라움을 금치 못 했다. 사람이 이렇게 열악한 환경에서 살 수 있는지는 정말 몰랐다. 집은 존재했다. 집은 분명히 존재했지만 다 허물어진 초가집 비슷한 것뿐이었다. 그 안에는 아무것도 없었다. 그저 이불 비슷한 시트 한 장과 깨어진 가재도구들. 그게 살림의 전부였다. TV에서 한 번씩 방영해 주는 '기아체험 24시간'의 아프리카 움막정도까지는 아니었지만 이건 너무 심했다. 빈부 격차가 이렇게까지 심할 수는 없었다. 집안까지 어찌어찌해서 들어가 보았는데 천정이 너무 낮아 허리를 펼 수가 없어 그냥 바닥에 앉아버렸다. 오래되고 좀먹은 시트 위에는 벌레들이 뽈뽈뽈 줄 지어 기어 다녔고, 이미 쓰지 않는 지 좀 된 것 같은 가스레인지들도 충격적이었다. 한 눈에 보아도 아이의 누나로밖에 보이지 않는 나와 비슷한 연배의 소녀는 아이의 엄마라고 했다. 아이의 아버지는 불과 한 시간 떨어진 수도 카트만두에서 막일을 하고 있고, 엄마는 이 산골짜기 마을에서 아이를 돌본다고 그녀가 네팔어로 조곤조곤 얘기하는 것을 현지인 교무님이 통역해주셨다. 그 애달픈 사연을 듣고 고개를 끄덕이며 느낀 심정. 너무나 참담해서 차마 말로 표현할 수가 없는 지경이었다.

며칠 뒤에 초대되어 간 Malpi 학교는 네팔의 또 다른 모습을 보여주었다. 네팔에서 가장 좋은 사립학교라고 교장이 직접 나와 호들갑을 떨고는 학교 구경을 시켜주었는데 흡사 그곳은 미국 공립학교 같았다. 영어로 수업하고, 영어 교과서를 사용하고, 미국식 아침식사를 즐기는 - 내가 이제껏 보아왔던 네팔 아이들은 감히 상상할 수도 없는 - 그런 삶을 살고 있었다, 그네들이. 그 학교에 다니는 학생들은 해리포터 시리즈에서나 존재할 법한 그런 교복을 입고, 세상에서 가장 자신만만한 표정을 지으며 당당히 교정을 거닐었다. 마치 네팔의 '신화고등학교' 같았다. (드라마 '꽃보다 남자'를 기억하신다면.) 이 비유가 가장 적절한 것 같다. 나의 모든 느낌들이 '신화고등학교,' 한 단어에 모두 함축이 되어 있다. 최대의 빈부 격차를 뼈저리게 실감하게 된 그 날, 나는 잠을 이룰 수가 없었다.

잊을 수 없는 엄마와 그녀의 아이.
나는 이제까지 너무도 배부른 투정을 하며
살아온 것 같다.

나의 이상형

한 번에 봐도 나는 그저 학교에서 공부를 착실히 하고, 집에서도 공부를 착실히 하고, 그리고 심지어 주말에도 착실히 공부하는, 모범생을 넘어선 공부벌레처럼 느껴질 때가 많다. 하지만 나도 분명히 자유분방한 기질과 풍부한 감성을 지닌 소녀임에 틀림없고, 시간이 날 때면 드라마와 로맨스 소설들을 읽으며 행복한 상상에 흠뻑 빠져있을 때도 많다.

외모는 외모대로, 성격은 성격대로, 능력은 능력대로 까다롭게 점수를 매기는 내가 최고의 이상형으로 선택한 사람은 바로 드라마 '신데렐라 언니'의 남자주인공 '홍기훈'이다. - 이건 결코 내가 천정명이라는 배우를 좋아하는 사심에서 나온 생각이 아니다. 홍기훈을 통해서 천정명에게 새로운 매력을 느꼈을 뿐이다.ㅎㅎ -

기훈은 국내 술 제조 기업 중 1위에 당당히 랭크되어 있는 '홍주가'의 숨겨진 막내아들이다. 잘생긴 외모, 훤칠한 키, 그리고 부유한 집안 환경으로 따져 보았을 때는 영락없는 백마 탄 왕자님이지만 그에게는 치명적인 상처가 있다. 바로 배다른 형제들의 견제와 서자인 그가 홍주가의 재산을 물려받을까 전전긍긍하는 양어머니, 그리고 그들로 인해 시름시름 앓다가 마침

내 쓸쓸히 죽어간 그의 친어머니. 어렸을 때 어머니의 품을 떠나 온갖 핍박을 받아온 기훈은 명문대를 졸업하고 미국 유학까지 가지만 정작 그의 내면은 갖가지 상처들로 심하게 곪아 있었다. 더 이상 참을 수 없어 집을 뛰쳐나온 어느 날, 그는 조그만 술도가의 사장 구대성을 만나게 되고, 대성도가의 아르바이트생이 되어 그 집에서 머물며 따뜻한 집안 분위기 속에서 진정한 자신을 되찾게 된다. 그때, 구대성의 새 딸이자 효선의 새언니로 들어온 은조를 만나게 되고, 상처로 가득했던 자신의 모습을 그대로 닮은 은조에게 연민을 넘어선 사랑을 느끼게 된다.

웬만한 드라마는 눈에 차지도 않는 내가 극중 기훈이라는 인물에 그토록 호감을 가진 이유는 무엇일까. 바로 항상 뒤에서 은조를 기다리며 그녀의 상처를 감싸주고 보듬어주는 그의 사려 깊은 행동 때문이었다. 자신도 어머니를 잃은 아픔이 있기에, 은조의 어머니가 말도 없이 사라져버렸을 때 그는 울며 발버둥치는 은조를 안고 어린아이처럼 다독였다. 세상에 대한 불신으로 가득 찬 모난 성격의 은조가 그런 기훈에게 아무리 상처 주는 말을 하고 뺨을 때리고 손을 뿌리쳐도 그는 늘 한결같다. 고된 삶에 지쳐 숨을 헐떡이는 여린 은조를 위로하고 다시 일으켜 세우는 것은 기훈의 몫이었다.

2회에서 은조의 스페인어, 수학 과외를 해 주는 기훈을 보면서 는 내 첫 소설 '잃어버린 나의 별, 여우별을 찾아서'의 준수를 떠올렸다. "나한테서 뭐 뜯어먹을 게 있냐"고 앙칼지게 쏘아붙이는 은조의 마음도 녹작지근하게 만들어버리는 기훈의 따뜻한 미소부터 수학경시대회에서 1등을 한 은조의 머리를 잘했다며 연신 쓰다듬는 큰 손까지. 그의 행동 하나하나는 나에게 마치 책 속의 준수가 ─비록 내가 그리던 동방신기 시아준수의 모습은 아니지만 ─ 매력이 넘치는 배우 천정명의 모습으로 살아 움직이는 느낌을 가져다주었다.

'신데렐라 언니' 속의 인물들과 내 성격을 하나하나 비교해보면 나는 은조보다는 효선의 모습을 더 닮아있다. 누구에게나 사랑받지만 어렸을 때

잃은 엄마의 빈자리가 너무 커서 항상 애정 결핍에 시달리는 아이. 그러나 한번 독기를 품으면 기어이 지구 끝까지 쫓아가서 응징을 하고 마는 이중성을 갖고 있는, 나는 영락없는 구효선이었다. 하지만, 드라마를 보았을 때 막상 더 공감이 갔던 인물은 은조였다. 누구보다 여린 마음을 가지고 있지만 상처받기 싫어 일부러 남에게 상처를 주며 자신을 방어하고, 힘들어도 힘들다는 말 한 마디 하지 않고 자신의 속만 썩인다. 나는 이런 내 성격을 언니와의 대화로 많이 고치게 되었지만, 아직도 남아 있는 몇몇 오래된 습관들 때문에 힘들 때가 참 많다.

나도 홍기훈 같은 사람을 만났으면 한다. 내가 굳이 힘들다고 말하지 않아도 눈빛만으로 알아차리고 슬며시 내 어깨를 잡아주는, 그리고 혼자 우울감에 빠져 어두컴컴한 나만의 공간 안에서 혼자 무릎 사이에 얼굴을 파묻고 있을 때, 웃음 섞인 한숨을 내쉬며 가만히 내 옆에 앉아 힘든 감정을 함께 나누는 사람을 만났으면 한다. 지금은 만날 기회가 없을 것이지만 대학교 때는 과연 그런 사람을 만날 수 있을까?

물론 기훈이 항상 은조를 감싸주지는 않는다. 그도 이따금씩 찾아오는 배다른 가족들, 그리고 자신의 기구한 운명 때문에 괴로워하고 8년 동안의 짧지 않은 시간동안 은조를 떠나 있기도 한다. - 헉, 그러고 보니 정말 내 첫 번째 책 속의 준수랑 비슷한 점이 많다. - 그럴 때 기훈을 보듬는 사람은 은조다. 너무나 힘들어 기대고 싶지만 섣불리 다가서지 못하는 기훈에게 용기 내어 다가간 은조는 기훈을 안고 속삭인다.

"이젠 그쪽이 나한테 기대. 나한테 기대도 돼……."

서로에게 기댄다는 것. 어떻게 보면 아무것도 아닌 일 같지만, 결코 쉬운 것이 아니다. 서로를 배려하면서 아껴줄 수 있다는 것. 아무나 할 수 있는 일이 아니지만 적어도 나와 내 미래의 사람(^^)은 그럴 수 있었으면 좋겠다. 너무 비현실적인 꿈일까? 하지만, 지금 이때만큼은 행복한 상상의 나래를 마음껏 펼치고 싶다. 그게 풋풋한 열여덟 여고생의 특권이기도 하니까!

저 웹사이트 이름처럼 말 그대로 심심해서
한번 해본 연예인 궁합.
왕비호가 뭐냐고 왕비호기!!! ㅠ.ㅠ

TIPS for 귀국학생, BEST 5!

1. 해외에서의 학교생활은 잊어라, 그리고 적응하라.

추억까지 잊으란 이야기가 아니다. 다른 나라 학교에 비하면 한국 학교 생활은 너무나도 힘들기 때문에 비교해 가면서 불평불만 해봤자 득이 될 것이 없다는 소리다. 나도 초반엔 여느 학생 못지않게 교실에는 사람들이 왜 이렇게 많니, 왜 야자를 해야 하니, 성적은 왜 공개하니 등등 불만사 항이 많았지만 결국 적응해야 살아남을 수 있다는 것을 깨달았다. 로마에 서는 로마법을 따르라는 말도 있지 않은가.

2. 친구들을 많이 사귀어라.

그렇다고 무분별하게 아무나 막 사귀어서는 안 된다. 정말로 자신과 말 이 통하는 사람, 그리고 마음을 털어놓을 수 있는 사람이어야 한다. 혼자서 학교생활에 적응해 나가기는 아무래도 쉽지 않다. 친구들 사이에서 소통을 하며 자연스럽게 동화되면서 적응한다면 훨씬 수월할 것이다.

3. 부족한 과목은 기초부터 꼼꼼히 공부하라.

소수의 수학에 감각이 있는 학생들을 제외하고는 대부분의 평범한 학생들은 수학이 가장 힘들다고 한다. 수학은 피라미드처럼 단계별 학습이기 때문에 기초가 단단하지 않으면 반드시 무너진다. 자신이, 취약한 단원을 찾고, 끊임없이 연습하라. 혹자들은 국어가 어렵다고 말하기도 하는데 이 역시 평소에 책을 읽는 습관을 들이고 참고서들을 통해 간단한 문법이나 맞춤법 등을 숙지해 놓는다면 큰 난관은 없을 것이다.

4. 영어 공부는 꾸준히 하라.

대부분의 귀국학생들이 영어권 나라들이나 다른 나라의 국제학교에 다니다가 귀국했을 것이라고 생각이 든다. 늘 쓰던 영어라 아무 문제는 없겠지만 그렇다고 해서 학교 시험이나 모의고사 외국어 영역이 쉽다고 절대 방심해서는 안 된다. 언어는 귀국한 지 오래될수록, 그리고 눈과 귀에서 멀어진 지 오래될수록 감을 잃기 쉽다. 잊어버리기 전에 자신의 레벨에 맞는 공부를 따로 하는 것이 중요하다. (나 같은 경우에는 TEPS 준비가 효과가 컸다.) 영어가 아니라 다른 언어라도 마찬가지다. 세계화 시대인 만큼 언어를 많이 알면 많이 알수록 그것들이 자신의 경쟁력과 재산이 된다. 시간 없다며 현재 실력에 안주하는 것보다는 짬짬이 공부를 해 놓는 편이 장기적으로 보았을 때 훨씬 이득이다.

5. 자신만의 스트레스 해소법을 만들어라.

그렇지 않아도 학생들은 입시 스트레스가 심한데 귀국학생들은 학교생활에 적응하랴, 교과 과목들 따라가랴 고생이 이만저만이 아니다. 경험한 바에 의하면 힘들고 지칠수록 과거의 행복했던 해외 생활이 그리워지며, 감당하기 벅찬 현실에 힘이 들어 눈물이 나기도 한다. 하지만 현실이 냉정하다. 자신의 상황이 고달픈지 행복하든지 간에 시간은 우리를 기다려주지 않으며, 과거에 매달려 있다가는 부족한 시간이 더 부족해져 결국은 또 다른 스트레스를 초래한다. 옛날 해외 친구와 메일을 주고받든지, 드라마를 시청하든지, 만화책을 보든지, TV를 보면서 깔깔 웃든지 상관없다. 너무 빠져들지만 않는다면 그런 방법들로 스트레스가 쌓이는 족족 풀어버려라. 절대 스트레스를 무시해서는 안 된다. 어떻게든 자신의 공부에 영향을 미치기 때문이다.

* 위의 다섯 가지 TIP들은 100% 작가의 경험에서 우러나온 조언들이다. 물론 사람마다 다 다르기에 이런 점들이 자신의 문제와는 별 상관이 없을 수도 있고 도움이 안 될 수도 있다. 하지만 나는 '대부분' (모든 사람이라고는 장담을 못하겠지만)의 귀국학생들이 나와 같은 어려움을 겪는다는 것을 알기에, 조금이라도 희망을 줄 수 있을까 싶어 몇 자 적어본 것이다. 여러분은 나보다 더 잘할 수 있으리라 확신한다. 대한민국 귀국학생들이여, 힘내라!

맺는 글

'드디어' 끝이다. 끝이 나고 만 것이다. 지난 3월부터 줄곧 나를 채찍질해 온 책 쓰기 원고를 마감하는 감격적인 순간이다. 바쁜 순간에도 거의 하루도 거르지 않고 글을 썼고, 또 주말에는 다시 빠듯한 시간을 쪼개어 타자를 쳤던 열정을 가지고 있었다. 하지만 어느 시점에서는 손 놓고 있고 싶었던 적도 있었고 갈등할 때도 많았다. 막상 6개월 간 쉬지 않고 달려온 마라톤을 완주하고 테이프를 끊을 시점이 오니, 시원섭섭하다. 기쁜 것도 아니지만 그렇다고 슬픈 것도 아닌 싱숭생숭한 기분이다.

첫 번째 책과는 장르가 달랐고, 스케일도 달랐다. 내가 첫 번째 책을 혼자만의 행복한 상상의 나래 속에서 물 흐르듯 술술 써내려갔다면, 이번 두 번째 책은 깊이 생각에 잠겨 과거의 희미해져가는 무의식 밑바닥의 감정이나 상처까지 더듬어가며 쓴 이야기이다. 그래서일까, 내겐 첫 번째 자식보다 두 번째 자식인 이 작품이 유독 더 아프게 느껴진다.

문득 돌이켜 생각해 보니 지난 일들에 괜히 쑥스러움을 느끼게 된다. 화가 나고 억울한 이야기를 쓸 때는 다시 그때를 회상하며 씩씩거리며 글을 썼고, 행복했던 이야기를 쓸 때는 다시 그 시점으로 되돌아간 듯 기분 좋은 마음으로 연필을 들었다. 실제로 나에게는 이것이 치유의 과정이었고, 이 책을 읽는 독자 분들은 읽다 보면 당시의 내 감정이 어땠는지 그 순간순간의 김별아와 함께 생생하게 느낄 수 있을 것이다.

항상 미안하고 고맙다. 주변 사람들뿐만 아니라 온 세상의 모든 것들에게. 조그만 어려움이 닥쳐도 금방 의기소침해지고 투정을 부리는 나에게 암묵적인 충고를 하듯 세월은 빠르게 흘렀고, 그때마다 나는 조용히 눈물을 삼키고 세상의 순리에 따랐다.

저에게 항상 힘을 불어넣어 주시는 주위의 모든 분들! 여러분들이 없었다면 지금의 김별아는 없었을 것입니다. 어려움이 닥쳐오고 도움을 구할 때마다 마치 약속이라도 한 듯 소중한 말씀을 해 주셨습니다. 제가 있을 수 있게 해 주셔서 진심으로 고맙습니다.

그리고 이 책을 읽어주시는 독자 분들께도 무한한 행복이 깃드시기를 바란다. 모든 것들은 결국 마음에 달려 있기 마련이다. 단순한 논리이지만 실천한다는 게 생각보다 어렵기에 더더욱 강조하고 싶다. 내가 김수영 씨의 책을 읽고 힘을 내서 노력했듯이, 여러분들께서도 빈약한 내용의 책이지만 아무쪼록 나의 경험을 통하여 용기를 잃지 않으셨으면 한다.

마지막으로 귀국학생들이여, 현실은 냉정하고 지나온 세월은 달콤했기에 적응하는 데 조금은 힘이 들지도 모른다. 하지만 불변의 진리를 잊지 않으셨으면 한다. 노력하는 자에게는 반드시 결실이 있게 마련이다. 그러니 뭐든지 후회하지만 않을 만큼 매사를 열심히 사셨으면 한다.

아마도 나의 세 번째 책은 내가 원하는 대학에 들어간 후 오래 지나지 않아 발간될지도 모르겠다. ^^

세상의 모든 생명들이 부디 행복해지기를 빌면서,
2010년 10월 김별아 드림

186

나의 못 다한 이야기 : Photo Special

책의 내용이 주로 귀국 후부터 현재까지의 내용이다 보니 나의 성장 과정을 많이 담아 내지는 못한 것 같다. 이제 임팩트 있는 사진 몇 장으로 내가 어떻게 자라온 아이인지 회상해볼까 한다. 그럼 다 같이 김별아의 어린 시절로 함께 Go Go!!

태어난 지 겨우 1년, 돌이 갓 지났을 때이다.
아무것도 모르는 내가 책을 뚫어지게 들여다보고 있다. 그런 데 문제는…… 바로 내가 책을 거꾸로 들고 있다는 사실!

도대체 어쩔 셈인지……
아무것도 모르는 어린 나는 책으로 온 방바닥을 열심히 어지럽히고 있다. 생각해 보면 내가 이때부터 독서를 좋 아했던 게 아닐까?

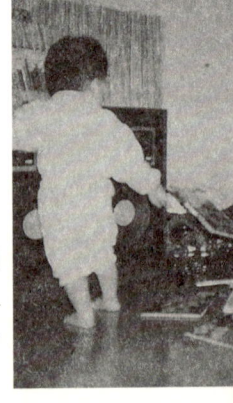

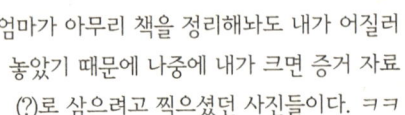
엄마가 아무리 책을 정리해놔도 내가 어질러 놓았기 때문에 나중에 내가 크면 증거 자료 (?)로 삼으려고 찍으셨던 사진들이다. ㅋㅋ

93년 대전 엑스포에서 찍은 사진.
나는 사진이 찍히는 지도 모르고
언니의 머리카락을 만지작대고 있다. ^^

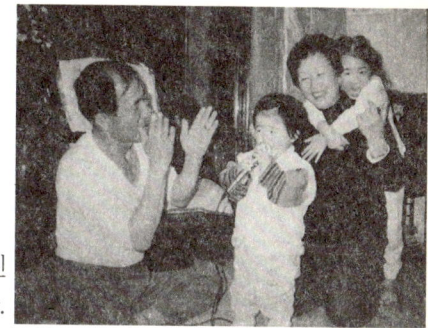

언니와 나는 고등학교 교사이신 부모님 대신
할아버지와 할머니의 사랑을 듬뿍 받으며 자랄 수 있었다.

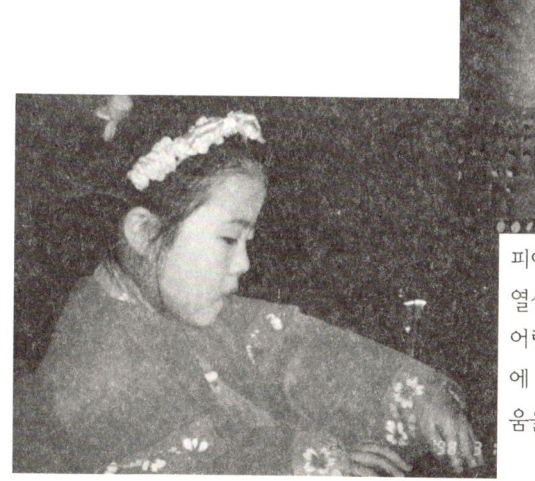

피아노 학원 연주회 때. 6살 때 고사리 손으로
열심히 '고양이 춤'을 연주하는 모습이다.
어릴 때 배워두었던 피아노는 고스란히 내 안
에 남아 미국에서 바이올린을 배우는 데 큰 도
움을 주었다.

4살 때 앞산공원에서 핫도그를 먹는 모습.
무엇에 심통이 났는지 표정이 좋지 않다. ㅋㅋ

할아버지 생신에 온 친척이 모였다.
우리 언니와 사촌은 할아버지를 보며 노래하고 있는데
정작 나의 시선은 오직 케이크에 꽂혀 있다.

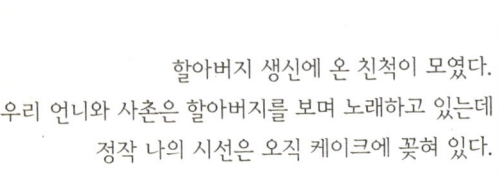

유치원에 들어가면서부터
나는 본격적으로 독서에 푹 빠졌다.

그림이 많고 큼지막한 글씨의 동화책이었지만
여러 가지 책들은 나의 상상력과 창의력을
쑥쑥 자라게 해주었다.

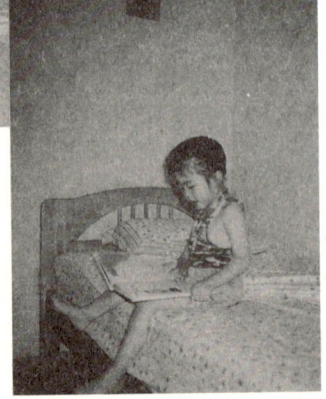

시간 가는 지도 모르고
독서삼매에 빠진 나!

190

초등학교 1학년 겨울,
처음 미국이란 낯선 곳에 가보았다.
작고 어린 나에게 크게만 보였던 그곳에서
내가 나중에 공부하게 될 줄은
꿈에도 생각을 못 했었다.

미국을 경험하고 나서
한층 더 성숙해진 나는
주말마다 식사 후
설거지를 도맡아 했다.

초등학교 2학년짜리가 씻은
그릇은 위생 상태를
보장할 순 없지만,
그래도 작은 키 때문에
의자에 올라가면서까지
집안일을 도운 사실에
내심 뿌듯했다.

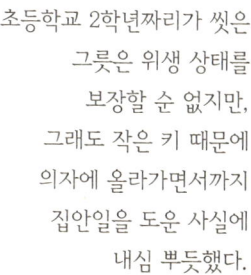

3학년 여름방학 때는 특기적성 교육으로
사물놀이를 신청하여 꽹과리를 배웠다.

당시 우리 학교는 가을 운동회마다
차전놀이를 했으므로
내가 풍물패의 리더가 되어
팀을 이끌곤 했다.

그해 겨울, 언니와 단둘이 대구MBC에서 주최하는 중국탐방에 동참했다.
부모님 없이 한 첫 여행이라 무척 떨렸지만
주위 대학생 언니, 오빠들이 잘 이끌어주셔서 재미있었다.

바람이 무척 불었고 올라가는 길이 너무 가팔라서
행여 떨어질까 무서웠던 만리장성.

벌써 십 년이 다 되었지만 아직 그때의 신선한 충격은
내 뇌리에서 지워지지 않고 있다.
(마스크가 얼굴을 다 가렸다 ㅋㅋ)

천안문 광장에서.
내가 꿈이 큰 것은 아마도 어렸을 때부터
여행을 많이 다녔기 때문인 듯?!

5학년 여름방학. 나는 다시 미국을 방문하고
이모 댁에서 스포츠 캠프를 다녔다.
Cambridge의 집 가까이 있는 하버드 대학교에서
John Harvard 동상의 발을 만지며 찍은 사진.
(발을 만지면 하버드에 합격한다는 속설 때문에
발등 부분만 반질반질 하다. ㅋㅋ)
본격적으로 이곳에서 공부를 시작한 후
등하굣길마다 동상을 지나다녔는데,
그때마다 그 앞에는 아시아인 관광객들의 발길이 끊이질 않았다.
(금나나도 본 적 있다!! 아주 우연히...)

주어진 기회를 놓치지 않고 공부하러 떠난 미국. 중학교 졸업 사진이다.
여기서 악수를 나누고 있는 사람은
오랫동안 Cambridge 시장을 역임해온 Kenneth E. Reeves이다.
Cambridge의 공립 중학교가 10개밖에 되지 않는 탓에
각 학교의 졸업식마다 참석한 세심한(?) 시장님!!
일일이 졸업장을 수여하고 손을 잡아 주시며 축하해 주셨다.
이날 나는 Cambridge시 교사 협회에서 수여하는 상장을 받았다.

그리고 곧 고3이 될 내 모습. 이제까지 힘든 시간도 많았고 그만큼 아픈 눈물도 흘렸지만
이제 나는 새롭게 마음을 다잡고 도전을 계속할 일만 남았다.

국제공무원이 되어 세계 인류, 그리고 동·식물까지 모두가 행복해지는 그날을 위하여.
무소의 뿔처럼 혼자서 나는 지금도 앞을 향해 달려가고 있다.

변비 걸린
말들에게

이현정

책 쓰기 동아리, 만만하게 보고 덤벼들었다가 무시무시한 대가를 치렀습니다. 처음 몇 달 간은 머릿속에서 내용 구상만 했고, 다음 몇 달 간은 목차 구성하느라 허송세월 보내고, 그 다음 몇 달은 포기하고 잊어버렸죠. 그리고 지금 진짜 지옥을 맛보고 있습니다.

어지간히도 게으름을 부렸는지 분량은 턱없이 부족하고, 내용은 엉성하네요. 사흘 내내 컴퓨터를 동반자로 삼아 새벽을 달렸습니다. 그런데도 어떻게 할 수 없는 건 제 능력 부족인가 보죠.

어찌되었든 마무리는 지어야겠고, 하고 싶은 이야기도 다 밀어 넣어야겠습니다. 얼마나 자기 멋대로인 책이 될지는 완성되고 나서야 알 수 있겠죠.

이 책은 할아버지에 관한 이야기이고, 또 가족들에 관한 이야기입니다. 할아버지들은 보통 엄하죠. 고지식하고 농담도 안 하고 무뚝뚝하고. 다른 할아버지는 어떤지 몰라도 이 책의 할아버지는 그렇네요.

저희 할아버지도 그랬어요. 엄하고 무심하고, 그렇다고 나쁜 분은 아니셨죠. 상처를 많이 남기시긴 했지만 악의가 있으셨던 것도 아니었어요. 덕분에 힘들었던 건 가족들이었죠.

그래서 책을 쓰면서 누구보다 할아버지 생각을 많이 했어요. ‘어쩌면’ 할아버지는 그랬을지도 모른다. ‘어쩌면’ 할아버지도 그렇게 했을지 모른다.’ 이렇게 말이죠.

그러면서 나온 게 이 책이랍니다. 제 안의 할아버지를 몽땅 끄집어내 버무린 것. 어쩌면 좀 불편한 내용인지도 모르지만, 즐겁게 읽어주시기 바라요.

이현정

1

변비로 죽는다

세상 사람들이 죽어가는 이유 중 하나는 변비일 것이라고 생각한다. 우리 할아버지도 마찬가지다. 치매와 당뇨 뿐 아니라 변비도 할아버지를 죽이고 있는 것이다. 나가지 못한 온갖 노폐물들은 대장에서 부패하다가 다시 흡수되어 피 속에 녹아든다. 그리고 그 찌꺼기들은 혈관을 돌며 몸을 병들게 한다. 할아버지의 변비는 우리 집의 수맥을 틀어막았다. 흐르지 못하고 쿰쿰한 냄새를 풍기며 썩은 말들이 가족들 전체를 흔들고 있다.

1

세상의 모든 징글징글한 일이 나에게만 일어나는 것은 아니다. 어이없이 1지망에서 떨어져 듣도 보도 못한 학교에 가는 것도 흔한 일이고, 생면부지의 시끄러운 여자애들과 친해져야 하는 것도 학기 초라면 누구나 겪는 일이다. 시험이 가까워지면 고개를 드는 과민성 대장 증후군도 학생들에게 자주 발견되는 증상이고, 잘못 체크한 답안을 종이 울리기 약 30초 전에 발견하는 것도 드물지는 않다. 물론 답안지를 바꿔야 할까 고민하다 그 30초를 홀랑 날려먹는 것도.

그러니 징글징글한 할아버지를 가지고 있다는 것도 나에게만 해당되는 일은 아닐 것이다.

그래. 징글징글한 할아버지, 산타 할아버지가 아니라 내 할아버지 이야기를 해 보자. 목욕탕에서 어떤 할머니의 다리를 빤히 바라본 적이 있다. 부끄러움이나 멋쩍음도 없이, 저렇게 가늘어 빠진 다리도 있을 수 있구나, 하고. 그러다 주위를 둘러보자 눈에 들어온 또 다른 다리가 있었다. 형편없이 부어버린, 검버섯이 듬성듬성 피어난 늙은 다리였다. 사람은 부풀거나 쪼그라들어 죽는 것일까. 그렇다면 할아버지는 전자가 틀림없다. 어린 마음에 그렇게 생각했다.

할아버지는 밀가루를 가득 채워 넣은 자루 같았다. 찌르면 가득 들어찬 무언가가 폭발하듯 뿜어져 나올 것 같은 복부. 전체적으로 풍만한 곡선을 그리는, 거대한 몸뚱이에 머리털이 거의 없는 쭈글쭈글한 두부. 몸통 옆에 무기력하게 달린 팔다리는 짤막했고 손가락은 살이 올라 통통했다. 물에 삶은 소시지마냥 마디 하나하나가 볼록한 것이, 주름만 빼면 아기 손이라고 해도 믿을 만했다. 손만이 아니라 전부 다 아기와 닮았었다. 발을 질질 끌며, 엉덩이를 흐느적거리며 물을 헤치고 나아가듯 걸어가는 모양새도, 말하고는 있지만 제대로 알아들을 수 없는 다 뭉개진 언어도, 그리고 그 질긴 고집도 전부. 아기는 그것이 세상에 막 발 디딘 자의 미숙함이라 말할 수 있겠지만 할아버지는 아니었다. 80년 가까운 세월을 살아왔는데도 막 태어난 인간의 형상과 비슷했다.

할아버지가 걷는 모습을 본 것은 꽤나 오래 전 일이었다. 몇 년 전만 해도 물 마시러 나올 정도의 기력은 있었는데, 이제 할아버지는 혼자서 자동차에 타는 것조차 버거워졌다. 할아버지의 행동 반경은 자연스럽게 안방과 거실로 좁아졌다. 사무실로 출근하는 일도 예전보다는 줄어들었다. 이제 사실상 할아버지가 할 수 있는 일은 소파에 앉아 TV 화면이나 바라보고 있는 것뿐이다. 퍼렇게 빛나는 브라운관에 고정된 할아버지의 얼굴이 무섭다. 눈앞에 있는 TV를 그대로 투시하는 것 같은, 아무것도 보지 않는 눈동자였다. 가끔씩 껌벅이는 주름진 눈꺼풀만이 할아버지가 아직 살아 움직이고 있다는 것을 깨닫게 했다. 나는 팔뚝 안쪽에 소름이 돋는 것을 느꼈다.

미동조차 하지 않는 힐아버지는 마치 소파와 하나가 된 것 같았다. 갑자기 할아버지가 머리부터 녹아내려 소파에 스며들지 않을지 걱정이 되었다. 냉장고에서 꺼낸 채로 방치한 버터를 보고 있는 기분이었다. 분명 끈끈하게 땀이 찬 엉덩이 때문에 황토색 바지가 더 짙은 색으로 물들어가고 있을 것이었다.

할아버지는 늘 황토색이나 쥐색 우주복을 입었다. 아기들이 입는 상하의가 붙은 그런 옷 말이다. 겨울부터 초봄까지 그런 옷을 입었고, 여름에는 그와 비슷한 색깔의 고무줄 바지와 하얀 러닝셔츠를 걸쳤다. 그럴 때면 비

대한 몸에 비해 앙상한, 얼룩덜룩한 목덜미가 적나라하게 드러났다. 반바지 아래의 다리는 털 하나 없이 매끈했고, 역시 몸무게를 지탱하기엔 너무 가냘파 보이는 발목이 달려 있었다. 그 기괴하게 균형 잡힌 몸을 보고 있으면 굉장히 기분이 불편했기 때문에, 나는 차라리 우주복 쪽이 낫다고 생각했다. 흉물스러운 신체를 조금이라도 가려주는 면에서 그게 훨씬 좋았다.

우주복은 엉덩이와 무릎 쪽에 다른 천으로 덧대어 꿰맨 자국이 있었다. 할아버지는 앉아서 지내는 시간이 많았고, 그만큼 엉덩이 쪽은 특히 자주 닳았기 때문에 여러 겹의 천이 지저분하게 기워져 있었다. 할머니의 바느질 솜씨는 나쁘지 않았지만, 몇 번을 꿰맸는지 모를 그 천 조각들은 어떻게 봐도 후줄근했다.

할아버지는 옷을 자주 갈아입지 않았다. 같은 색과 모양의 옷을 여러 벌 가지고 있는 게 아니라면 말이다. 할아버지는 항상 내가 며칠 전 보았던 옷을 걸치고 계셨고, 특유의 몸 냄새가 진동을 했다. 폐품. 해서는 안 될 말이지만 그런 단어밖에 떠오르지 않았다.

2

할아버지의 징글징글함에 대하여 논하자면 빼놓아서는 안 될 것이 있다. 할아버지의 저택. 그 징글징글하고 어둡고 습하고 텁텁했던 그 저택 말이다.

할아버지의 저택은 시내 한가운데 서 있었다. 저택이라고 부르니 조금 우스꽝스럽지만, 그냥 보통 주택집이라고 하기에도 이상한 크기였다. 우리 집 부엌과 거실을 합친 것보다 큰 응접실에, 2층에, 기다란 복도에, 정원까지 딸려 있는 집이었으니까. 아무리 큰고모 가족이 함께 산다고 해도 쓸데없이 큰 집이라고 생각했다. 고모, 사촌 오빠와 언니. 기껏해야 세 명이었다. 합쳐도 다섯밖에 되지 않는 식구가 살기에는 지나치게 넓고, 그래서 적막했다.

녹슬었지만 단단하고 무거운 대문은 여닫을 때마다 귀를 막고 싶어지는 거친 마찰음을 냈고, 초인종 소리는 드라마에서나 나올 법한 옛날 초인종 소리였다. 지잉, 하고 울리는 뭐라 표현할 수 없는 기계음이었다. 대문을 열고 들어서면 눅눅한 초록빛 정원이 나왔다. 잘 정리된 꽃밭이 있는 예쁘장한 정원이 아니라 몇 년 동안 방치해놓은 땅에 그냥 풀들이 제멋대로 솟아난 곳이었다. 담쟁이 덩쿨이 낡아빠진 벽돌담을 집요하게 기어오르고 있었고, 잡초는 한때는 자그마한 연못이었던 돌무더기 옆에서 무성하게 자라났다. 봄이 되면 싹트고, 여름이면 자라고, 가을이면 여물고, 겨울이면 지는 식이었다. 무책임하기 그지없는 화원이자, 집주인의 무관심이 명백하게 드러나는 방임의 중심지였다.

현관은 그 녹색 범벅의 아수라장을 지나면 나왔다. 문을 열면 더웠다. 후덥지근한 공기가 끼얹어지는 기분이었다. 할아버지 댁은 언제나 기분 좋은 온도보다 조금 더 높은, 텁텁한 공기로 가득 차 있었다. 겨울엔 온돌 때문에 바닥에서부터 열기가 올라와 위쪽을 덥혔다. 숨을 내뱉으면 입김이 허옇게 얼어붙는 날씨인데도, 현관문을 열면 어김없이 안경이 흐려지곤 했다. 여름에는 에어컨을 틀든 창문을 열어 환기를 시키던 간에 눅눅한 감각이 사라지지 않았고, 장마철 내내 마르지 않는 빨래 한가운데 서 있는 착각이 들었다. 반대로 복도는 언제나 어두컴컴하고 서늘했다. 동굴처럼.

더위도 냄새도 할아버지가 지내는 안방에서 가장 심했다. 물 먹은 뜨뜻한 온기에 역하고 달짝지근하면서 퀴퀴한 곰팡내였다. 도대체가 이해할 수 없는 냄새였다. 친할머니도 외가의 조부모도 그런 냄새는 풍기지 않았기에, 나는 그게 노인에게서 나는 냄새라고는 생각하지 않았다. 그건 그냥 친할아버지의 몸 냄새였다. 아무도 흉내낼 수 없는 압도적인 냄새였다. 사람 냄새든 책 냄새든 음식 냄새든 나무 냄새든 그 앞에선 맥을 못 추고 파스스 흩어졌다. 나는 그 냄새 때문에 할아버지에게는 모기조차 달려들지 않을 것이라 굳게 믿었다.

그놈의 냄새 때문에, 안방에 들어가 할아버지께 인사를 올리는 것은 언제나 가장 고역스러운 일이었다. 나는 할아버지 면전에서 코를 쥐거나 얼굴을 찌푸릴 만큼 철없는 아이는 아니었기 때문에 안방에서는 항상 고개를 푹 숙였다. 숙인 얼굴을 들어 어물어물 인사를 하고, 아버지가 할아버지와 무어라 이야기를 하는 도중에 슬그머니 빠져나와 복도 한가운데 서서 심호흡을 했다. 그리고는 엄마가 있는 부엌으로 뛰어가는 식이었다.

엄마는 노오란 조명이 달린 부엌에서 앞치마를 두르고 있었다. 부엌에는 보통 엄마가 할머니와 도란도란 이야기를 나누며 음식을 장만하거나, 설거지를 하거나 했다. 나는 부엌 한쪽의 식탁 의자에 올라 앉아 얌전히 우유나 주스 따위를 마시다가, 할머니와 이야기하는 엄마가 너무 괴로워 보이면 일부러 엄마에게 매달리거나 옷을 잡아당기곤 했다. 시어머니의 극성에서 엄마를 구해 주려는 일고여덟 살짜리 아이의 얕은 꾀였다. 악의가 있었다고 생각하지는 않지만, 의도하지 않아도 할머니는 엄마를 괴롭히고 있는 경우가 많았다. 할머니는 말이 많았고, 엄마는 말을 아꼈다. 할머니는 오지랖이 넓었고, 엄마는 무덤덤했다. 극명한 성격 차이가 고부간의 갈등까지는 아니어도 위화감 조성에는 한몫 했을 것이다.

엄마를 혼자 둬도 될 것 같아 보이면 나는 의자에서 쪼로록 내려와 시커먼 복도를 누비곤 했다. 복도는 길었다. 한 일 자로 길게 뻗은 1층 복도에는 안방부터 시작해 부엌과 응접실, 방 여섯 개와 화장실이 좌우에 차례로 정렬되어 있었다. 복도 가장 끝 화장실 옆은 2층으로 이어지는 계단이었다. 2층에는 방이 세 개 있었다. 친척들이 많이 놀러오지 않는 이상 거의 쓰이지 않는 방들이었다.

나는 웬만해선 계단 쪽으로는 얼씬도 하지 않았다. 화장실에 들어갔다가도 쏜살같이 뛰어나오곤 했다. 그 당시 나는 내 또래 중에서도 겁이 많은 편이었고, 그렇지 않았다 해도 그 음침한 계단 옆에 서 있고 싶어 하는 어린 여자애는 없었을 것이다. 계단은 오래된 목재로, 올라갈 때마다 삐걱거리는 소리가 났다. 나는 길고 긴 복도를 짧은 다리로 행군하다가, 갑작스레 고개를 드는 호기심 때문에 머뭇거리며 계단을 바라보곤 했다. 계단은 무시무시하고 음침했지만 메마르고 삭막한 그 집에서 현실과 판타지의 경계에 걸쳐진 단 하나의 공간이었다.

응접실은 2층 계단과 마찬가지로 내가 쉽게 접근하지 못하는 장소 중 하나였다. 응접실은 할아버지가 홀로 TV를 보시거나 하는 용도로밖에 거의 쓰이지 않았기 때문에 언제나 공기가 선득했다. 바닥은 두꺼운 자주색 카펫으로 덮여 있었는데, 청소를 잘 하지 않아서 그런지 밟을 때마다 먼지가 폴폴 올라왔다. 천식을 앓았던 나에게 그것은 어두컴컴하고 썰렁한 분위기만큼이나 응접실을 기피해야 할 이유가 되었다.

내가 그 집에서 가장 많이 찾는 방은 1층 복도 오른쪽, 부엌에서 두 번째로 가까운 방이었다. 그 방은 그나마 집안에서 가장 산뜻하며 밝았고, 사람 사는 기분이 들었다. 아마 고모네 식구들이 그 방에서 생활했기 때문이 아닌가 싶다. 오빠는 나보다 세 살이 많았고, 언니는 다섯 살인가 여섯 살인가 많았다. 나는 그 방에서 언니 오빠와 함께 배를 깔고 누워 TV를 보거나, 책을 뒤적이며 시간을 보냈다.

하지만 그것도 한두 번이지 몇 시간이고 계속되면 아직 어린애였던 나는 짜증이 치밀어올랐다. 기껏해야 서너 살 차이의 사촌들은 나를 귀찮게 여기고 자기네 놀이에 잘 끼워주지 않았다. 정원에 나가도 맞아주는 것은 나만큼이나 키 큰 잡초들뿐이었고, 집은 노래방과 음식점이 판치는 시내 한가운데 덩그러니 서 있었기 때문에 같이 놀 또래 친구 하나 없었다. 완벽히 고립된 처지로 지긋지긋한 권태로움에 몸부림치던 나는 결국 다시 부엌으로 달려가 엄마를 졸랐다. 아빠는 내 투정에 보고 있던 신문을 내려놓고, 차 키를 집었다. 나는 그 집의 대문을 열어 젖히고 녹이 묻은 손가락을 바지에 비비고 나서야 비로소 평온함을 느꼈다.

3

할아버지는 거의 아흔을 바라보는 나이였다. 당연한 이야기지만 할아버지는 죽어가고 있었다. 모두들 그것은 노화라고, 당연한 자연의 섭리라고 말할 것이다. 하지만 아니야. 할아버지의 죽음은 노화 그 자체가 원인이 아니다. 나는 확신한다. 원인은 변비이다.

할아버지는 아주 중요한 것을 뱃속에서 끄집어내지 못하고 있다. 뱃속에 쌓인 시커먼 덩어리를 꺼내야 피가 제대로 돌고, 노폐물을 혈관에서 벗겨내고, 깨끗한 산소를 세포에 전달할 수 있을 것이다.

그러므로 나는 주장한다. 할아버지는 변비로 죽어가고 있다.

4

내 기준에서 보면 할아버지는 말이 부족했다.

할아버지가 아예 말을 하지 않았다는 것이 아니다. 할아버지는 일반적인 시선으로 보면, 꽤나 말이 많은 노인이었다. 특히 쓸데없는 말이.

할아버지와 대화를 할 때면 입을 막아버리고 싶은 충동을 느꼈다. 창백한 입술로 어물어물 발음하는 통에 밖으로 나오던 말들은 공중에서 부서졌다. 몸통을 끊어내고 머리와 꼬리만 남은 문장이 움찔거리며 기어 나왔다. 나는 할아버지의 말을 알아들을 수가 없었다. 할아버지는 단어를 제대로 고르지 못했다. '그것 좀 가져와 봐라' 라던가 '그거 좀 해봐라' 같은 말로 모든 것을 해결했다. 아빠와 고모들은 '그것' 을 어느 정도까지는 해석하지만 사실 완벽히 이해할 수 있는 사람은 할머니를 제외하곤 없었다.

그래서 할아버지와 나의 대화는 대부분 미완결의 상태로 끝나고는 했다. 할아버지는 분명 내게 무언가 말하고 있는데, 나는 아무것도 알아들을 수가 없었다. 아주 단편적인 것들만 건져낼 뿐이었다. 내가 견딜 수 없어 하는 것을 눈치챈 아빠가 대화에 끼어들고, 나는 결국 부엌으로 도망친다. 할아버지를 아빠에게 떠넘기는 것은 미안했지만, 도저히 할아버지와는 대화를 할 수 없었다.

할아버지는 옆 눈으로 나를 잠깐 바라보다가 이내 아빠에게 명령했을 것이다. 그것 좀 가지고 와 봐라. 아빠는 고개를 갸우뚱하며 예, 아버지? 하고 물었을 거고. 할아버지는 역정을 내며 그거! 라고 외치지만 그게 뭔지 아빠가 알 턱이 있나. 또 참수된 문장들이 두서없이 튀어나올 뿐이지. 결국 부엌에서 달려 나온 할머니가 할아버지의 목소리 톤과 손짓 발짓을 해석해 효자손을 가지고 오고 나는 부엌에서 손가락만 빨며 그 광경을 지켜볼 것이다. 할머니는 통역관이나 번역가가 되었어야 했어, 하면서.

그렇게 모든 가족들의 언어 통찰력을 한계까지 끌어올리며 대화를 이어 갔던 할아버지는, 사실 아무것도 말하지 않은 것이나 다름없었다. 말에도 종류가 있다. 핵심적인 것. 필요한 것. 그것이 의미를 제대로 가지려면 뭔가가 그 안에 있어야 할 것이 아닌가. 할아버지는 그냥 소리만 냈지 말하지는 않았다. 할아버지의 소리는 가치가 없었다. 그 말들은 소화되지 않은 채, 할아버지의 장 속에서 부패하고 있다. 썩은 내를 풍기면서, 몸 속을 온통 똥밭으로 만들며. 그 똥밭의 한가운데에 서 있는 사람들이 있었다.

5

할머니. 열 상 연상의 할아버지와 결혼해 약 50년을 함께 생활하고 있으며, 다섯 명의 딸과 아들 하나를 낳았다. 일흔 중반의 나이에도 불구하고 모든 집안일과 할아버지 뒷바라지를 하고 있으며, 운전에도 능숙한 할머니. 얼굴을 가리고도 남는 커다랗고 둔한 손을 가진 할머니. 외향적이고,

대화하기 좋아하고, 불평불만이 많은 할머니. 어떤 할머니의 모습도 내게는 익숙하기 그지없지만, 할아버지의 사랑하는 아내인 할머니의 모습은 상상하기 어려웠다. 분명히 부부라는 이름 아래에 함께 살아 왔는데 말이다.

할아버지는 할머니에게 무신경했다. 또한 무례했고, 권위적이었고, 배려가 없었다. 어릴 때는 그것을 형체가 불분명한 물안개처럼, 그저 감각적으로 느꼈고, 조금 더 자라서는 머리로 이해하게 되었다. 할머니는 철저히 할아버지 아래 계급의 사람이었다. 물론 할아버지의 세계에서는 누구나 하층민이고 우매한 백성이었다.

할아버지의 태도가 어떻든 간에 할머니는 헌신적이었고, 또 열정적이었다. 할아버지 뒷바라지뿐만 아니라 자기가 관련된 모든 일에 그랬다. 할머니는 살아 있다는 것을 온몸으로 보여줘야만 직성이 풀리는 사람이었다. 할머니는 할아버지보다 머리 두 개는 컸고, 목소리의 크기도 어마어마했다. 게다가 할머니의 발. 투박하고, 굳은살이 박힌데다 뼈마디가 유난히 튀어나온 그 발은 웬만한 남자의 발만 했다. 할머니의 구두에서 날렵한 앞코나 늘씬한 옆선을 찾아볼 수는 없었다. 주걱을 엎어 놓은 듯한 불룩하고 둥그스름한 형태만 존재할 뿐이었다. 그래서 할머니는 항상 신발 신기를 불편해 했다.

손 또한 놀랍기는 마찬가지였다. 어린애 머리통 하나 잡고 들어 올리는 것은 일도 아닐 듯했다. 할머니는 그 거대한 손으로 내 코를 잡고 무참히 흔들곤 했다. 그러면 나는 찢어지는 고통에 끙끙대다가 마침내 할머니가 손을 풀면 찔끔 흘러나오는 눈물을 닦았다. 손녀에게 장난삼아 휘둘렀던 그 악력은 지금도 기억 속에 뚜렷하게 남아 있다.

손발을 포함한 할머니의 무지막지한 육체에는 감탄할 만한 활력이 날뛰고 있었다. 할머니는 커다란 발을 비좁은 신발에 우겨넣고 종횡무진 바깥을 누비고, 쇼핑을 하고, 사람을 만났다. 커다란 몸집 때문에 풍기는 존재감은 압도적이었다. 명절이나 특별한 기념일을 빼고는 텅 비어 있는 할아버지의 저택을 그나마 사람 사는 집으로 유지한 것은 그 짙은 존재감과 생활력 때문이었을 것이다.

사람을 대할 때에도 그런 특징은 숨길 수 없이 묻어나오곤 했다. 할머니는 자식들과 며느리, 사위들에게 전화를 걸고, 참견하고, 불러내고, 집에 찾아오고, 들쑤시고, 달달 볶아야만 직성이 풀렸다. 갑작스런 방문에 놀라 마중을 나가면 양 팔에 도저히 어떻게 들고 왔는지 모를 짐들이 한 아름이었다. 그리고는 집에 그 잡동사니-물론 할머니는 매우 쓸모 있다고 생각하는 물건-들을 늘어놓고 여기저기 배치하고는, 집안 여기저기를 둘러보고, 잔소리를 하고, 직접 나서 베란다 청소까지 하고 나서야 만족한 듯 바람처럼 떠났다. 덕분에 우리 집 베란다는 할머니의 방문 뒤에는 언제나 물바다였다.

할아버지는 그렇게 밖으로만 도는 할머니의 성격 때문에 더더욱 할머니를 못마땅해 했다. 하지만 할머니는 어쩌면 그 성격 때문에 할아버지와 함께한 50년을 버텨낼 수 있었는지도 모른다. 만약 할머니가 집안에 가만히 앉아 책을 보고, 차를 끓이고, 외부와의 소통도 거의 없는 조용한 여자였다면, 할머니는 분명 어떻게 되었을지도 모른다. 그나마 자꾸만 자신을 바깥으로 끌어내는 할머니 내부의 그 에너지가, 할아버지와의 삶을 이어나가게 해주었을 것이다. 할아버지의 태도는 내가 봐도 부조리했다. 나이 어린 손녀조차 눈치챌 만큼 할머니에게 가차 없었던 태도는 스스로를 깎아내리기에도 충분했다.

6

할머니는 화분 가꾸기를 좋아했다. 엉망인 정원에는 눈길 한번 주지 않았지만 집 안의 작은 화초들과 나무들에게는 지나치다 싶을 정도로 애정을 쏟았다. 할머니의 화분은 종류도 무척 다양했다. 키우기 까다로운 난초는 바깥의 기온에 영향을 받지 않도록 꼭꼭 걸어 닫아놓은 창문 옆에 가지런히 놓여 있었다. 할머니가 가장 애지중지하는 난초는 '건란'이라는 이름의 난이었는데 노란색과 초록색이 섞인 묘한 꽃이 피었다. 할머니는 손수 화분을 갈아주고, 매일 아침 분무기로 잎에 물을 뿌려 정성스레 닦아주었다. 난도 그 정성을 아는지 거의 매년마다 꽃봉오리를 올렸다.

덩치 큰 나무들은 발코니의 대부분을 차지하고 푸른빛을 뽐냈다. '금전수'라고 하는 나무는 왼쪽 구석에 모여 자라고 있었는데, 집안에 금전을 끌어들인다고 해서 금전수라고 했다. 할머니는 우리 집 베란다에도 그것을 하나 들여 놓았는데, 가져다 놓은 지 한 달도 안 돼서 나무가 냉해로 말라 죽기 시작하는 바람에 우리 가족은 발을 동동 굴렀다. 할머니가 들이닥치면 호통을 치실 게 뻔했고, 게다가 재복을 불러온다는 나무가 말라죽는다는 게 기분 좋은 일은 아니었다. (나무 이름이 금전수만 아니었다면 나는 기꺼이 그 뿌리를 통째로 뽑아버리고 할머니의 불호령을 들을 용의가 있었다.) 우리는 금전수를 살리기 위해 최선을 다했다. 아빠는 자꾸만 늘어지는 줄기를 한데 묶어 고정하고 기댈 수 있도록 버팀목도 세워 주었다. 엄마는 매일 시든 이파리를 잘라내었다. 나는 꽃집을 여기저기 돌아다니며 식물 영양제를 찾았다. 세트로 6개씩 들어 있는 영양제를 샀었는데, 죽어가는 식물에게 영양제를 주면 더 좋지 않다는 외할머니의 충고를 받아들여 쓰지 않기로 했다. 영양제는 지금도 우리 집 베란다 한 구석에 치워져 있다.

그래도 금전수는 기운을 찾지 못했고, 우리는 최대한 따뜻한 곳에 그것을 두는 것이 제일 간단하고 효과적인 해결책이라는 것에 의견을 모았다. 결국 절대로 작은 크기는 아닌 금전수를 그렇지 않아도 좁은 거실-그것도 햇볕이 가장 많이 비치는 자리-에 들여 놓고 겨울을 났다. 금전수는 줄기 네 개를 빼고는 전부 누렇게 말라 비틀어졌지만, 새로운 이파리가 조금씩 싹트기 시작했기 때문에 우리는 안심할 수 있었다.

다음은 허브였다. 허브는 종류도 많고 크기도 작았기 때문에 할아버지

집 어디를 가도 찾아볼 수 있었다. 내가 가장 좋아하는 허브는 제라늄과 레몬그라스였는데, 제라늄은 초콜릿 냄새가 났고 레몬그라스는 이름 그대로 상큼한 레몬향이 났다. 레몬그라스는 하나 얻어올까 생각도 했지만, 금전수의 악몽을 되살리고 싶지는 않았기 때문에 포기했다. 허브들은 작고 아담했고, 손으로 문지르면 특유의 톡 쏘는 향긋한 냄새가 났다. 나는 할머니의 허브를 틈만 나면 손바닥에 짓이겨 냄새를 배게 하고는 했다. 무엇이든 찜찜한 기분이 들었던 그 집에서 유일하게 상쾌했던 것이었다.

"할머니, 물 안 줘요?"

"야들은 물을 자주 주면 뿌리가 썩어서 안 된다. 2주에 한 번 주면 됐고, 저기 저거, 저 나무는 1주일에 한 번 줘도 상관없다."

그러고 보면 할머니와 내가 유일하게 가까워진 시간도 화분들 앞에 있을 때였다. 사사건건 간섭하고 잔소리 많은 할머니를 껄끄럽게 여기지 않을 수 있는 순간이었다. 할머니는 분홍빛 도는 제라늄 꽃잎을 손으로 어루만지며 웃음 짓곤 했다. 할머니의 손가락은 집안일에 시달려 수세미처럼 거칠었기 때문에, 나는 꽃잎이 다치지는 않을까 은근히 걱정이 되었다.

하지만 그 시간이 오래 가지는 않았다. 할아버지의 호출은 때를 가리지 않았으니까. 내 예상대로 우리가 화분 앞에 앉은 후 얼마 지나지 않아 안방에서 심보 뒤틀린 목소리가 들려왔다. 누구 좀 와 보라는, 할아버지의 짜증 섞인 두덜거림이었다.

꽃잎을 매만지던 할머니는 황급히 일어섰다. 어찌나 재빠른 움직임이던지 내 얼굴 옆에 할머니가 일으킨 바람이 확 스쳐지나갔다. 덩달아 제라늄 꽃도 허리를 휘청거렸다. 정확히 누굴 부르는지는 알 수 없었지만, 할머니는 빠른 걸음으로 할아버지에게 뛰어갔다. 사실 누가 가든 별 상관은 없었을 것이다. 할아버지는 시중들어 줄 사람이라면 누구든 신경 쓰지 않았을 테니까.

할머니가 늑장을 부렸다고 짜증을 내는 할아버지의 목소리가 복도에 울렸다. 기분 탓인지 제라늄이 고개를 숙이는 것 같았다. 할아버지는 화가 났을 때 할머니의 화분을 깨부순 적도 있었다. 그놈의 화분 성가시다고. 쓸데없는 일에 신경 쓰지 말고 집안일이나 제대로 하라고. 그건 불공평한 발언이었다. 할머니는 화분을 가꾼다고 집안일을 소홀히 한 적은 한 번도 없었으니까. 할머니는 아무 말도 하지 못하고 할아버지의 억지를 받아내고 있었다. 할머니가 아끼고 사랑하는 비밀 정원은 너무 멀리 있었다.

할머니가 딱 한 번, 그것도 할아버지가 아니라 아빠에게 하소연한 적이 있었다.

"느이 아버지는 절대로 나한테 고맙다, 소리 하는 양반이 아니다. 지난 오십 년 동안 그랬고, 앞으로도 그럴 게다."

할아버지가 치매 때문에 똥오줌 못 가리고 침만 질질 흘릴 때, 그런데도 끝까지 명줄은 질기게 쥐고 있었을 때 할머니가 했던 말이다. 할머니는 수십 년간 이어진 설거지와 빨래, 청소와 다림질, 식사 준비와 시중들기, 치매 뒷바라지까지 모든 일을 도맡아 하면서 '고맙다'라는 한 마디를 들어보지 못했던 것이다.

말 못하는 식물들도 곱게 돌봐주면 아름다운 꽃잎과 싱싱한 이파리로 화답한다. (물론 금전을 불러오기도 하고.) 그러니 사람이라면 마땅히 감사함과 미안함, 칭찬과 격려, 애정에 관련된 말들을 몇 번 정도는 해보았어야 한다. 하지만 할머니의 오십년 치 감사는, 사과는, 애정의 말들은 모두 할아버지의 뱃속에 그대로 머물러 있었다. 단 하나도 밖으로 배출되지 못한 채로.

7

아빠는 말하기를 좋아하는 사람이었다. 좋아할 뿐만 아니라 능숙했다.

조용하다 못해 과묵한 엄마와 아직 말이 서툰 남동생, 생각은 하되 입 밖으로 꺼내면 뒤죽박죽이 되어버리는, 요컨대 뇌에서 입으로 명령을 전달하는 시냅스가 느슨한 부류의 인간인 나. 이런 가족 구성원이 한데 모여 있으면 언제나 이야기의 중심은 아빠가 되곤 했다.

아빠가 이야기를 잘 했던 까닭은 타고난 달변에 있기도 했지만, 무엇보다도 놀라운 기억력에 있었다. 아빠는 마치 어느 한 시점을 사진기에 담듯이, 그대로 찍어버리듯 기억했다. 어제 하굣길에 나와 같이 걸어오던 노란 가방의 친구가 누구였는지 물어보면 금방 대답했다. 엄마가 신혼여행 때 썼던 모자가 어떤 모양이었는지 기억했고, TV에서 잠깐 스쳐지나간 고등학교 동창을 알아봤다.

탁월한 기억력을 바탕으로 아빠가 해준 이야기들 중에서 내가 가장 좋아하는 주제는 아빠의 어린 시절 이야기였다. 아빠의 기억은 금방 찍어낸 판화처럼 선명하고 뚜렷했으며, 손대면 번질 듯 촉촉하게 살아 있었다.

"아빠, 이야기 좀 해주세요."

뒷좌석에서 짧은 다리를 대롱거리던 내가 아빠에게 부탁했다. 엄마는 의자에 기대어 졸고 있었고, 동생도 마찬가지로 내 팔에 기대어 자고 있었다. 동생의 무게 때문에 오른쪽 팔이 저릿저릿했다.

룸미러로 아빠의 눈이 웃는 것을 보고, 내가 머리를 흔들며 말했다. 해주세요, 아빠. 위로 높이 올려 묶은 머리가락이 통통 튀었다. 나는 머리숱이 많은데다 머리카락도 굵어서 그렇게 머리를 묶어놓으면 마치 분수 같은 형상이 되고는 했다. 아빠가 그런 내 머리를 좋아한다는 사실을 알고 있었기 때문에, 나는 일부러 더 고개를 까딱였다. 곧 터질 듯 팽팽한 머리끈 끝에서 잘그락거리는 둥그런 방울은 커다란 알사탕만 했다.

"아빠 옛날 이야기를 해주마."

아빠가 어릴 때, 할아버지는 매주 일요일 아침에 집을 떠나 그날 밤에 돌아오는 짧은 휴가를 온 가족과 함께 떠났다. 따로 운전사가 있었기 때문에,

할아버지는 운전대를 잡을 필요가 없었다. 일요일 아침의 단잠을 버리고 자동차 뒷좌석에 자리 잡은 아빠는 꾸벅꾸벅 졸았고, 옆에 앉았던 고모들도 마찬가지였다. 하루라는 짧은 기한 때문에 빽빽한 일정으로 움직인 가족들은 해가 질 때쯤에야 다시 차에 올라탈 수 있었다.

내 생각과는 달리 아빠는 휴가 동안에 있었던 일이나 기억에 남는 풍경을 이것저것 설명해 주지는 않았다. 이른 아침에 일어나 출발해 일정을 마치고 돌아올 때면 해가 지고 있었다는, 아주 간단한 이야기였다. 나는 간략한 이야기에 실망해 입을 비쭉거렸다.

"그래서 재미있었어요?"

네? 아빠? 재미있었나요? 어떤 걸 보고 왔는데요? 여럿이서 갔는데 뭐 기억에 남는 건 없었어요? 아빠는 달변이었지만, 대답하기까지 오랜 시간을 끄는 버릇이 있어서, 그것을 재촉하고 몰아대어 답을 얻어내는 것은 내 몫이었다. 폭포수처럼 쏟아지는 내 질문 공세에 잠깐 침묵했던 아빠는 말을 이었다. 아빠 별로 재미가 없었단다.

"왜요?"

"드라이브도 좋지. 하지만 가끔 집에서 늦잠도 자고, 책이나 보고 싶은 일요일도 있잖니?"

나는 동의한다는 뜻으로 고개를 주억거렸다. 아빠는 뒤통수에 눈이 달려 있지는 않았지만, 이야기 하는 종종 내 반응을 확인하기 위해 룸미러로 뒤쪽을 보고는 했다. 그래서 나는 딱히 말로 대답할 필요성을 느끼지 못했다.

"그런데 아빠는 매주, 한 번도 빠지는 날 없이 가족들이랑 휴가를 갔지."

그래서 드라이브를 끝내고 집으로 돌아오면서, 차창 밖으로 해가 지는 모습을 보면 아주 슬펐단다. 또 이렇게 일요일이 갔구나, 하고 말이야. 아빠가 원하지 않는 방식으로 주말을 보내고 월요일을 준비하려니까 기운도 없었고, 화도 났지. 이해하겠니? 하고 아빠가 내게 되물었지만 나는 고개를 끄덕이지 않았다. 그러면 가기 싫다고 하면 되잖아요. 왜 따라 갔다 왔어요?

214

"할아버지가 아주 무서웠거든."

할아버지는 일요일에 가족들이 집에서 게으름 피우는 걸 싫어하셨어. 나는 좌석에 기댔던 등을 구부려 룸미러로 아빠를 빤히 바라봤다. 몸을 앞으로 빼는 바람에 내게 기댄 동생의 목이 아슬아슬하게 꺾였다. 내가 아는 게으름은 일요일에 집에서 느긋하게 쉬고 싶어 하는 것과는 달랐다.

그리고 할아버지는 누가 자기 말을 듣지 않으면 화를 아주 많이 내셨단다. 그래서 아빠는 안 두들겨 맞은 게 다행이다, 하고 그냥 할아버지 말씀을 따랐지. 나는 동생의 머리를 내 어깨 위에 다시 올려주고, 일요일의 끝에 간신히 걸터앉은 채로 차창 밖 지는 해를 바라보는 어린 아빠의 모습을 상상했다. 단 한 번도 자기 내키는 대로 보낼 수 없는 일요일은 어떤 기분일까. 나는 눈을 감았고, 흔들거리는 자동차 안에서 아빠의 실종된 일요일과 마주했다. 내가 언젠가 할아버지 이야기를 해야겠다고 생각한 것은 조금 더 나중이지만, 어쨌든 이 모든 것의 시발점은 그 날이었다고 생각한다. 할아버지가 멋대로 주무른 아빠의 일요일이 내가 글을 쓰도록 몰아댄 것이다.

이건 사족이지만, 예전에 살던 집에서 내 방은 아파트 복도와 마주보고 있었다. 복도는 길었고, 서쪽을 향해 창문이 나 있었다. 양쪽은 아파트로 가로막혀 있었지만 정중앙에는 탁 트인 공간이 있었기 때문에, 해질녘이 되면 복도 창문을 통과한 석양이 내 방 안을 가득 비추었다. 평소에도 다락방 같은 느낌이 강했던 내 작은 방은 그 시간만 되면 우리 집에서 가장 아늑하고 따스한 기분이 들었다. 나는 내 방을 채운, 늦가을 한껏 물오른 단풍 같은 빨간색이 아주 좋았다.

하지만 아빠는 나와 반대로 그것을 아주 못마땅해 했다. 노을은 사람을 우울하게 한다며 커튼을 달자고 제안한 사람도 아빠였다. 내 완강한 저항으로 커튼 달기 계획은 일단 백지화되었지만, 그 후로도 아빠는 집요하게 나를 설득하곤 했다.

물론 사람에 따라 지는 해를 보면서 우울함을 느낄 수도 있다. 내가 그

붉은색, 주황색, 노란색의 덩어리-마치 불타는 계란 노른자 같다-를 보면서 황홀함을 느끼는 것과 마찬가지로 말이다. 하지만 아빠의 그 우울함에는 조금 더 구체적인 이유가 있다고 생각하는 것은 지나친 비약일까, 하고 나는 가끔 고민하곤 했다.

8

어린 아들이 학교에서 장난을 치다가 실수로 넘어져 그만 앞니 하나가 부러진 채로 집에 돌아왔다고 생각해 보자. 보통의 아버지라면 어떤 반응을 보일까? 칠칠치 못하게 넘어지기나 해서, 사람을 걱정하게 만든다고 화를 낼 수도 있다. 아들의 상처를 봐 주면서, 괜찮다고 도닥이며 안심시킬 수도 있다. 어쩌면 완벽하게 무관심할 수도 있고, 그냥 웃어넘길 수도 있다. 할아버지는 어느 쪽이었느냐 하면, 옆에 있던 할머니의 뺨을 후려치는 쪽이었다.

도대체 앞의 두 상황 사이에 어떤 연관이 있느냐고 묻는다면, 그건 나도 모른다. 저 어이없는 반응이 아빠에게 준 충격은 엄청났다. 부러진 앞니를 손에 쥐고 우물쭈물 자초지종을 설명하는 도중 어머니가 아버지에게 얻어맞았다. 어머니의 뺨이 시뻘겋게 부풀어 올랐다. 아버지가 반지라도 끼고 있지 않은 게 다행이었다. 앞니의 파편을 그대로 들고 쓰러진 어머니를 바라보았다. 맞아도 자신이 맞았지 어머니가 맞을 이유는 아무것도 없었다.

아빠는 할아버지가 화를 내거나 길길이 날뛰는 상황까지는 예상했지만, 그런 반응은 상상하지 못했을 것이다. (사실 다른 누구라도 예측할 수 없는 일이었다.) 하지만 아빠는 크게 놀랐고, 할머니에게 말로 표현할 수 없을 만큼 미안했다. 입 안에 흥건한 핏물도, 부러진 이의 아픔도 거름종이로 한번 걸러버린 듯 희미했고, 다만 아빠는 우울했다. 할머니는 아무 말도 하지 않았다. 할아버지는 눈물을 흘렸다. 그 모든 사건의 연관성이 어찌되었던 간에 아빠의 앞니가 불러일으킨 파장은 그만큼 컸다.

할아버지는 부러진 아빠의 이를 보고 속이 상하신 것이 틀림없었다. 외동아들이 아침까지만 해도 멀쩡하던 앞니를 부러뜨려 앞섶은 피 칠갑을 한 채로 돌아오는 것은 분명 유쾌한 일이 아니었다.

하지만 감정이 격해졌다고 해서 아내의 뺨을 후려치는 사람을 어떻게 이해해야 좋을까? 할아버지는 아들이 다친 것에 대한 속상한 감정과 슬픔, 울분을 눈물을 흘리며 아내를 때리는 것으로 풀던 것이다. 도무지 말이 통하지 않는 막무가내식 표현이 아닌가. 문제는 할아버지의 거의 모든 감정 표현이 그런 식이었다는 데에 있었다.

제일 혼란스러운 것은 어린 아빠였다. 세상에는 수많은 종류의 아버지가 있었다. 다정한 아버지. 무뚝뚝한 아버지. 돈 많은 아버지. 가난한 아버지. 술을 마시고 나면 폭력을 휘두르거나 욕을 하는 아버지. 취하지 않았는데도 폭력을 행사하는 아버지. 아버지로 가득한 세상에서 할아버지는 그래도 아들을 사랑하는 아버지 중 하나였다. '사랑' 했다. 그것이 아빠의 딜레마였다.

애정이 따르지 않는 체벌이라면 당연히 미움 받아야 마땅한 것이다. (솔직히 체벌에 애정이 따른다고는 생각하지 않는다. 어떤 경우라도 그렇다.) 하지만 대상을 사랑하기 때문에 가히는 체빌이라넌? 말하자면 사랑의 매는 어떻게 생각해야 하나? 아들을 좋은 어른으로 키우기 위해서 가하는 폭력은 뭔가? 필요불가결한 것?

아빠는 답을 찾지 못했다. 나도 알 수 없었다. 할아버지는 아빠의 몸가짐이 마음에 들지 않는다고, 이불을 곱게 펴놓지 않았다고—할아버지의 이불은 아빠가 항상 폈다. 그래서 아빠는 자기 인생이 할아버지 이불, 군대 상관 이불, 엄마 이불 펴기 등 이불에서 시작해 이불로 끝난다고 한탄하곤 했다—숙제를 덜 해 놓았다고, 숟가락 쥐는 법이 이상하다고 체벌을 가했다.

체벌의 종류도 가지각색 이었다. 골프채. 가죽으로 만들어진 단단하고 매끈한 구두주걱. 책이나 잡다한 생활 용품으로 맞는 날도 있었다. 물론 가장 많이 사용된 것은 자질구레한 도구가 아니라 할아버지 자신의 손과 발이었다. 직접적이고 물리적인 방법 말고도 주먹 쥐고 엎드려뻗치기, 비오는 날 바깥에 세워두기 등 할아버지의 체벌은 무궁무진했다. 아빠는 덕분에 군대 생활에 적응할 수 있었다고 웃고는 했다. 맞는 것에는 이골이 났다고.

아빠는 나와 동생에게 매를 든 적이 손에 꼽을 만큼 적다. 아빠는 필요한 말을 올바르게, 필요한 때에 배출할 줄 알았다. 아빠는 언제나 우리의 말을 들어주고, 자신의 입장을 똑바로 밝혔다. 그건 우리가 그렇게 올바르고 착한 아이여서가 아니었다는 것을 나는 알고 있다. 아빠는 완벽한 아버지가 되고 싶어 한 적은 없다. 다만 아빠는 할아버지와는 다른 아버지가 되고 싶어 했다.

2

사라져 주면 좋을 텐데요

할아버지만 없으면 좋을 텐데. 가끔 이렇게 생각했다. 그럼 아빠도 힘들지 않고, 엄마도 피곤할 일 없고, 나도 신경 쓰지 않아도 될 텐데. 그 사람 하나만 없으면 좋을 텐데, 하고 생각할 때는 그럴 만한 이유가 있는 법이다. 나도 그랬다. 그리고 어쩌면 가족들도.

1

문득 할아버지를 닮았다는 게 너무나 짜증스러워서 견딜 수 없을 때가 있다. 피가 섞였으니 닮는 것은 당연하지만, 화가 나는 것은 어쩔 수 없다. 좋아하지 않는 사람의 모습을 나에게서 본다는 건 상당히 불쾌한 일이다. 거울을 보면 3대째라 약간 흐릿해졌지만, 그래도 어느 정도 남아 있는 얼굴 윤곽이 비친다. 턱 선은 거의 닮지 않았는데 이마의 둥그스름한 모양은 누가 뭐래도 할아버지의 것이다. 바깥쪽으로 약간 튀어나온 귀도 그렇고, 귓불의 생김새도 거의 일치하는 것 같다.

작달막한 키도 그렇다. 나는 지금 150 중반의 키에 걸쳐 있고, 더 이상 클 기미도 보이지 않는다. 영영 160에는 다다르지 못하겠지. 150이 들이킬 수 있는 높이의 산소만 호흡하다 죽을 테지. 작은 신장은 할아버지, 아빠, 나 삼대에 걸친 콤플렉스다. 과연 이 악순환을 내 동생이 끊어 줄지 궁금하다.

하지만 그런 것만으로 거북해지는 것은 아니다. 내가 찜찜한 기분이 드는 때는, 할아버지와 내 성격이 얼마나 일치할까 하는 문제를 생각하는 때이다. 나는 내가 너무나도 혐오하고 경멸하는 부분들을 얼마나 닮아 있을까. 가끔 아빠에게서 할아버지와 닮은 점들을 찾을 때면 더더욱 그런 기분이 든다. 그토록 할아버지에게서, 할아버지가 만들어 놓은 아버지 상에서 벗어나고 싶어 하는 아빠가 할아버지를 닮았다면 나도 예외는 아닐 것이다. 과연 나는 어떤 엄마가 될까. 어떤 할머니가 될까. 언젠가 내 손녀가 나에 대해 글을 쓰고 있지는 않을까. 어떤 마음으로, 어떤 내용을 쓰고 있을까.

2

설날이었나, 잘 기억은 안 나지만 그랬던 것 같다. 그 날은 아빠가 할아버지를 직접적으로 비난한 날이기도 했다. 아빠가 내 앞에서 할아버지를 나쁘게 말한 적은 거의 없었다. 아빠 어린 시절의 가혹함을 이야기하기는 했어도 언제나 이야기 끝에는 '할아버지는 그래도 훌륭한 분이시란다.' 라는 문장이 붙었다. 어린 나는 아빠의 그런 태도에 혼란스러워 했다. 물론 바깥에서는 번듯하고 능력 있는 사람이 가정에서는 형편없는 경우가 드물지는 않다. 하지만 한쪽에서만 훌륭한 사람이 진짜로 훌륭한 사람인지는 의문이 들었다.

아빠는 하나뿐인 외동아들이었기 때문에 아침 일찍 할아버지의 집에 도착해 있어야 했다. 하지만 고모들은 시댁에 먼저 찾아갔다가 오는 일이 많았기 때문에, 우리는 친척들을 보기 위해서 꽤나 오랫동안 기다려야 했다. 그런데 그 날 아침 할아버지가 사무실로 나가겠다고 고집을 부렸다. 사무실은 할아버지의 상가 옥상에 있는 자그마한 집을 말했다. 화장실, 부엌도 딸려 있고 방도 많아서 사실 사무실보다는 작은 주택에 가까웠지만 사는 사람도 없었고 할아버지와 할머니, 큰고모 식구들 밖에 드나들지 않았기 때문에 우리는 그것을 사무실이라고 불렀다.

"아버지, 곧 애들 옵니다. 나가시면 또 금방 돌아오셔야 해요."

아빠가 신경질을 내는 할아버지를 설득했다. 혼자 잘 걷지도 못하면서 어딜 나가겠다고 하는 건지 조금 아니꼬운 생각이 든 나는 그쪽을 곁눈질로 바라봤다. 할아버지는 뭔가를 웅얼거리면서 아빠에게 연신 손사래를 쳤다. 무슨 말을 하는지 거의 알아들을 수 없었지만 되지도 않는 억지를 부리고 있다는 사실만은 명백했다.

아빠의 설득에도 불구하고 할아버지는 천천히 일어나 엉금엉금 안방으로 걸어 들어갔다. 거북이가 형님, 하고 부를 빠르기였다. 툭 하고 건드리면 엉덩이부터 붕괴해 내려앉을 것 같았다. 결코 좋다고는 할 수 없는 상상을 하며 안방을 바라보는데 기어코 모자를 쓰고 가방을 챙긴 모습으로 할아버지가 나타났다. 아빠는 한숨을 쉬었다.

할아버지를 사무실에 데려다 준 후 아빠는 혼자 아파트로 돌아왔다. 조금 지친 듯한 얼굴이었고, 짜증이 난 것 같기도 했다.

"아빠, 할아버지 데려다 드리고 오셨어요?"

아빠는 대답 대신 신문을 펼쳐들고 고개를 끄덕였다. 그럼 고모들 오면 어떡해요? 할아버지가 알아서 오시겠단다. 도로 오실 거면서 왜 가셨어요? 아빠는 대답하지 않았다. 물어봤자 좋을 것 없다는 사실을 깨달은 나는 바닥에 누워 잠이나 자는 것이 낫다고 결론을 내렸다. 불쌍한 엄마는 할머니의 수다에 익사할 판이었겠지만, 내가 구하러 가는 것도 위험했다. 할머니는 내가 이제 부엌일을 도울 수 있을 만큼 컸다고 생각했고, 뭔가 조그마한 일거리가 생기면 무조건 내가 하게 하고 싶어 했다. 부엌에서 잡다한 심부름 하는 것만큼 성가신 일도 없었고, "여자애가 그 정도 나이가 됐으면 이런 건 재깍재깍 도와야지.", "할머니가 얼마나 고생하는지 알기나 하니." 등 갖가지 푸념을 들어주는 것은 나로서는 참을 수 없는 일이었다. 미안, 엄마. 나는 못 가겠어.

바닥에 얼굴을 대고 있으니까 졸렸다. 방바닥에는 대나무로 만든 자리가 깔려 있었고, 그 위에 그대로 눌린 뺨에 자국이 생길 것 같았다. 어쨌든 촉감이 매끈매끈했고, 나무 냄새가 물씬 풍겼기 때문에 기분이 나쁘지는 않았지만. 옆에서 신문을 읽는 아빠도, 누룽지맛 사탕을 먹을까 말까 고민하는 동생의 모습도 흐릿해지고 잠이 들 것 같은 순간에 초인종이 울렸다.

왔구나! 신나서 뛰어간 내가 문을 열자, 고모들과 사촌들이 한꺼번에 쏟아져 들어왔다. 보아하니 도중에 만나서 함께 오기로 한 모양이었다. 가족들이 많으니 그 편이 편할지도 모르겠다고 생각하며, 나는 부엌에 있는 할머니에게 외쳤다. 고모들 왔어요! 할머니는 물기어린 손을 앞치마에 문질러 닦고 뛰어나왔다. 사촌 동생 하나가 할머니에게 뛰어들었고, 할머니는 그 커다란 손으로 동생의 코를 잡고 흔들어 주었다. 저거 무진 아플 텐데. 예상대로 비명이 울려 퍼졌고 할머니의 손이 떨어진 코는 빨갛게 물들어 있었다. 울지 않은 것이 다행이었다. 그 북적거리는 와중에 아빠가 없다는 사실을 깨달은 나는 방으로 종종 걸어 들어갔다.

"알아서 오신다면서요."

아빠는 미간을 한껏 구기고 통화를 하고 있었다. 보아하니 상대는 할아버지였다. 나는 문 앞에 꼭 붙어서 통화를 들었다. 바깥에서 들리는 친척들의 목소리가 아득히 멀게 느껴졌다. 마치 물속에서 소리를 듣는 것과 비슷했다. 나는 어릴 때 수영을 배웠기 때문에, 물 밖에서 외쳐대는 교관의 목소리를 자주 들었다.

"그러게 말씀드렸잖아요. 다들 곧 온다고."

아빠는 아까 할아버지가 나가기 전에 했던 말을 되풀이하고 있었다. 할아버지는 사람보다는 로봇을 옆에 두는 것이 나을 거다. 똑같은 말을 몇 번이고 해줘야 한다면 옆에 아들이 있든 라디오가 있든 별 상관이 없을 거 아닌가.

"알겠습니다. 그러면 거기 있으세요."

아빠는 통화 종료 버튼을 꾹, 눌렀다. 나는 코트를 입었다. 아빠와 함께 할아버지를 세련되고 아리따운 숙녀처럼 에스코트하기 위해서.

도착했을 때 아빠는 엄마와 나를 사무실로 올려 보냈다. 어쩌면 아빠가 혼자서 가도 될 상황에 우리를 데리고 나온 것은 할아버지를 직접 불러 함께 내려오고 싶지 않았기 때문인 것 같다는 생각이 들었다. 아침에 그렇게나 말했는데도 불구하고 자기 고집대로 사무실로 출근해 30분도 안 되어 돌아오는 사람과는 나 같아도 함께 있고 싶지 않을 것 같았다. 말 그대로 충실한 개와 같은 행동이 아닌가.

그런데 의외의 상황이 벌어졌다. 할아버지는 사무실에 없었다. 엄마와 내가 구석구석을 뒤졌지만 할아버지는 어디에도 없었다. 늘 앉던 커다랗고 얼룩이 진 안락의자에도 없었고, 부엌에도 없었고, 그렇다고 옥상 어디에도 없었다. 심지어 나는 화장실에도 찾아가 봤지만 허사였다. 엄마는 결국 찾다 못해 아래층의 아빠에게 전화를 걸었다.

"아빠, 할아버지는 어디 가셨어요?"

엄마와 함께 도로 내려온 내가 아빠에게 물었을 때 아빠는 한층 더 불쾌한 표정이었다. 아빠는 할아버지는 먼저 돌아가셨다며 앞뒤가 맞지 않는 혼잣말을 중얼거렸다. 뒷좌석에 앉은 엄마가 코트를 여미며 아빠에게 다시 물었다. 차도 없이 어떻게 가셨대요? 택시 타고 갔다는구만. 우리가 데리러 온다고 전화 드렸잖아요.

"다 자기 뜻대로 돌아간다는 걸 알았으니 그냥 간 게지."

다들 도착했는데 자기 없으면 식사고 세배고 아무것도 못하고 그냥 기다려야 하니까, 나중에 뒤늦게 들어가서 왕 노릇 하고 싶은 거겠지. 아빠는 그것을 끝으로 아무 말도 하지 않았다. 엄마는 혀를 쯧쯧, 차고는 다시 한 번 코트를 매만졌다. 나는 추위에 새빨개진 손가락으로 창문을 매만졌다. 바깥에 보이는 할아버지의 건물도 지금 이 상황도 열 받아서, 욕을 적어주려다 말았다.

집에 도착한 후에도 아빠는 아무 말이 없었다. 할아버지에게 왜 먼저 돌아갔냐고 묻지도 않았고, 할머니에게도 불평하지 않았다. 물론 다른 사람들도 왜 할아버지와 따로 왔냐고 묻지 않았다. 제왕은 만족스러운 듯이 의자에 앉아 느긋하게 보리차를 마시고 있었다.

3

할아버지는 체구가 작았다. 늙어 쪼그라들기 전에도 그다지 큰 편이 아니었다고들 했고, 그래서 아빠는 가끔 할아버지가 유전자 개량을 위해 할

224

머니와 결혼한 것이 아닐까, 하고 웃곤 했다. 할아버지는 건강도 좋지 못했다. 어릴 때부터 건강한 편이 아닌데다, 키도 몸무게도 체력도 평균보다 떨어졌던 할아버지는 건강이나 신체에 대한 콤플렉스가 대단했다고 한다.

할아버지는 매일 아침 일찍 일어나 조깅을 하는 것으로 하루를 시작하곤 했다. 비가 오든 눈이 오든 천둥이 치든 우박이 쏟아지든 할아버지에게는 상관없는 일이었다. 솔직히 말하자면 그건 자기 건강을 유지하기 위한 수단이 아니라 아직 자신이 멀쩡하다는 것을 과시하기 위한 의도도 있었던 것 같다. 결과적으로 할아버지는 추운 겨울날 아침 무리하게 운동을 하다가 병원에 입원하셨고, 사경을 헤맸다.

몸을 해치면서까지 포기하지 않았던 운동에 대한 집착은 아들에게도 고스란히 영향을 미쳤다. 할아버지는 아빠에게도 매일 아침 운동하기를 강요했고, 아빠는 어쩔 수 없이 팔자에도 없는 달리기로 잠을 깨워야 했다. 불운하게도 집 근처에는 공동묘지가 있었고, 특히 겨울에는 채 해도 뜨지 않은 꼭두새벽에 그것을 가로질러야 했다. 짙은 물색 위에 검은색을 덮어 바른 하늘이 아직 어두웠고, 태양은 고개를 내밀기 싫은 듯 산 뒤에서 늑장을 부렸다. 아빠는 한 걸음 디디면 소름이 오금 뒤쪽에 오스스 돋았고, 두 걸음 떼면 이윽고 셋, 넷, 다섯, 하고 걸음이 조급해졌다. 결국 괜히 뒤에서 누군가 바라보고 있는 듯한 기분에 뒤를 돌아본 아빠는, 아무도 없다는 것을 확인하고는 마지막은 미친 듯이 달리는 것으로 마무리하고는 했다.

그 과도한 운동을 강요받은 사람은 비단 아빠 뿐만은 아니었다. 할아버지와 함께 살았던 사촌 오빠도 그 희생양 중 하나였다. 오빠도 아빠와 마찬가지로 이른 새벽, 동쪽 하늘에는 샛별만 흐릿하게 빛나고, 신문 배달부가 자전거에 올라타는 시간에 혼자 거리를 달려야만 했다.

하루는 오빠가 조깅을 마치고 집에 돌아오는데, 담장 위에 새카만 고양이가 앉아 있었다. 머리부터 발끝까지 먹물에 적신 듯 까만 고양이었다고 한다. 조그만 얼굴의 두 눈이 기묘하게 번뜩거렸다. 아직 동쪽하늘만 파리하게 질렸을 뿐 시커먼 겨울날 새벽이었고, 고양이의 노란 눈은 섬뜩하기 그지없었다. 동상처럼 굳어 뻣뻣한 목을 가볍게 구부리자 시커먼 털이 부드럽게 일렁였고, 야옹, 하는 소리와 함께 송곳니가 보였다. 온통 어두운 가운데서도 또렷이 보이는, 푸르도록 흰 이빨이었다. 어릴 때 읽었던 에드거 앨런 포우의 '검은 고양이'를 연상시키는, 귀신보다 더 무서운 광경이었다고 한다. 새벽바람에 코가 새빨갛게 언, 불쌍한 초등학생이었던 오빠는 그날 고양이를 보고 졸도했다.

4

그 해 겨울은 추웠다. 대구는 다른 지역보다는 따뜻한 분지였는데도 불구하고, 겨울 내내 얼음이 얼었고, 1년에 한두 번 볼까 말까한 눈이 조금이지만 쌓이기도 했다. 나는 교복 셔츠 아래에 니트를 입고, 아래에는 두꺼운 스타킹을 신고, 투박한 더블 코트를 걸치고 목도리까지 두른 후에 학교로 걸어갔다. 그래도 그 해 겨울은 추웠다. 가까이 사는 친구들과 아침마다 모여서 등교하는 버릇이 그 겨울만큼 곤욕스러웠던 적이 없다. 우리는 얼굴과 귓불이 새빨갛게 얼어서 발을 동동 구르며 서로를 기다렸다. 정 참을 수 없을 때면 아파트 옆 상가 건물에 들어가 있기도 했다. 유리문 하나만 있어도 매서운 겨울바람을 막을 수 있었다. 마지막 친구가 밖에서 손짓을 하면, 우리는 마지못해 문을 열고 상가 밖으로 걸어 나와 학교로 걸음을 재촉하곤 했다. 관절 마디 하나하나가 얼어붙는 기분이었다. 뒤에서 채찍질하는 칼바람이 없었더라면 등굣길 도중 멈춰서 딱딱하게 굳어버렸을지도 모르는 일이었다.

한창 활발할 여중생들도 맥을 못추는데 80이 가까운, 게다가 여기저기가 삐걱거리는 할아버지가 겨울과 맞선다는 것은 무모한 일이었다. 할머니는 할아버지가 밖에 나가는 일이 없게 하려고 최대한 노력했다. 하지만 할아버지는 특유의 그 억지로 할머니를 또 한 번 꺾었고, 아침 운동을 거르지 않았다. 내가 보기엔 완전히 명줄 깎아먹고 싶어 안달이 난 행동이었다. 날씨와 좀 타협하면 어떤가. 어쨌든 운동은 건강을 지키려고 하는 것인데. 주객전도라 할 만했다.

보지는 못했지만 아마 할아버지는 그 꼬질꼬질한 쥐색 우주복을 입고, 목도리를 두르고, 대머리는 모자 속에 감춘 채 강변을 달렸을 것이다. 신천 강변은 탁 트여 있었고, 조깅을 하기에는 좋은 코스였다. 수심이 별로 깊지 않았기 때문에 물은 꽤 두껍게 얼어 있었고, 앙상한 나뭇가지가 헐벗은 채로 겨울바람에 흔들렸다. 나는 그 길로 다니기를 좋아했지만 실제로 드나드는 일은 드물었다. 여름에는 햇볕이 바로 위에서 내리쬐었고, 겨울에는 바람을 막아줄 만한 건물이 없어서 무척 추웠다.

할머니는 전에 없던 강경한 태도로 할아버지를 말렸지만, 할아버지는 고집을 꺾지 않았다. 손자가 새벽녘에 달리기를 하다 고양이를 보고 졸도해도 별 생각이 없는 사람이었다. 한번 크게 데여 봐야 정신을 차리실 것 같다며 아빠는 혀를 찼다. 실제로 그랬다.

5

온 가족의 만류에도 불구하고 아침 운동을 고집했던 할아버지는 급성 폐렴으로 병원 응급실에 실려 갔다. 당연한 결과였지만 우리 가족은 패닉에 휩싸였다. 어쩌면 우리는 할아버지는 동장군에게도 지지 않는 고집불통이라고 생각하고 있었는지도 모른다. 하지만 할아버지는 꼬장꼬장한 독불장군이라도 어쨌든 팔십 넘은 노인이었다. 대단한 체력을 자랑하는 것도 아니고, 당뇨로 고생하고 있는 할아버지가 찬바람을 내내 맞고도 멀쩡하다는 것이 더 이상했다.

폐렴은 쉽게 나아지지 않았다. 나이가 나이인 만큼 몸이 병을 이겨낼 만한 여력이 없었고, 오랜 기간 앓았던 당뇨병은 할아버지의 몸을 형편없이 망쳐 놓았다. 혼자서는 숨쉬기도 어려운 상황이었다. 할아버지는 코에 투명한 호스를 연결해 호흡하는 수밖에 없었다. 퉁퉁 부은 얼굴에 호스를 주렁주렁 매달고, 움푹 꺼진 눈으로 TV를 보는 할아버지는 평소보다 배로 나빠 보였다.

그런데 할아버지는 또다시 말도 안 되는 억지를 부리기 시작했다. 병원에서 나가겠다고 하루 종일 할머니와 아빠, 고모들과 의사까지 들볶았다. 병원에서 나간다 해도 몇 걸음 못 가 다시 실려 올 것이 분명하다고 의사는 엄포를 놓았다. 사실이 그랬다. 할아버지는 부축해 주는 사람이 없으면 몸을 일으키지도 못했다. 병원을 나간다는 것은 조금 과장을 덧붙이자면 자살 행위나 다름없었다.

할아버지는 말이 통하지 않자 여러 가지 방법을 동원해 자기 의지를 관철시키려 했다. 옆에서 간병하는 할머니를 구박하고, 간병인 들이기를 거부하고, 의사와 간호사에게 투덜댔다. 잠깐 밖에 바람만 쐬고 온다고 집요하게 조르기도 했고, 자꾸 이러면 치료를 거부하겠다는 협박도 동원했다. 손가락 하나 까딱할 힘도 없었으면서 고집 하나는 정말 셌다. 덕분에 아빠는 시도 때도 없이 걸려오는 할머니의 전화에 진땀을 뺐다.

"어머니, 말씀 드렸잖아요. 아버지 나가시면 안 돌아오세요."

할아버지의 끊임없는 애원과 요청과 협박에 지친 할머니가 아빠에게 전화해 잠깐 산책만 하고 오면 어떻겠냐고 물어온 적도 있었다. 아빠는 단칼에 할머니의 말을 잘랐다. 할아버지는 병원 밖으로 나가면 무슨 핑계를 대서라도 들어오기를 거부할 것이다. 누가 꽁꽁 묶어 병실까지 안고 올라간다면 모를까. 제 발로 들어갈 위인은 아니었다.

"제가 지금 갈게요. 아버지 붙들고 계세요."

핸드폰 플립이 닫히고도 외부 화면은 잠시 동안 반짝거렸다. 화면이 깜깜해지자 핸드폰은 숨이 멎은 것처럼 보였다. 다만 언제라도 할머니의 전화가 다시 걸려올 가능성이 있었으므로 완전히 입을 다문 것은 아니었다. 아빠는 그 짜증스러운 기기를 한 손에 들고 차 키를 찾았다. 나는 다시는 울지 못하게 핸드폰의 목―물론 핸드폰은 목이 없다. 말하자면 그렇단 거지―을 졸라버리고 싶었다.

어찌 되었건 가족들의 노력으로 할아버지의 퇴원 계획은 좌절되었다. 하지만 그것으로 끝난 것은 아니었다.

6

나이든 바보는 젊은 바보보다 다루기 어렵다

―라 로슈프코

'오늘의 명언'을 보고 웃어야 할지 울어야 할지 고민한다니 기분이 착잡했다. 한편으로는 이런 내용의 명언이 있는 것을 보면 옛날이나 지금이나 노인네들은 다 똑같다, 그런 생각이 들어 거의 유쾌하기까지 했다. 아빠에게 보여주고 싶기도 했고 보여주면 혼날 것 같다는 기분도 들었다. 아빠는 웃는 걸 좋아했지만 이 상황을 웃어넘기지는 못했다. 아빠는 유머감각은 뛰어났지만 사실 부정적인 면도 많고, 감성적인데다가 우울했다. 예술가 기질이랄까, 아무튼 그런 유별난 구석이 있었던 것 같다. 오히려 무덤덤하고 감정 표현이 잘 없는 엄마가 훨씬 긍정적이고 자신감도 확고해서, 그런 아빠를 잡아끌고, 채찍질하고 들볶아서 앞으로 나아가곤 했다. 다른 사람은 웃길 수 있으면서 자신은 즐겁게 만들지 못하다니, 유쾌한 사람도 사실 참 쓸데없다고 생각했다.

할아버지를 웃어넘길 수 있는 사람은 할머니밖에 없었다. 할아버지를 비

웃는다는 게 아니다. 할머니는 언제나 할아버지에게 매인 상태였고 항상 할아버지 밑 계급에 위치했지만, 이 상황을 웃어넘길 수 있는 유일한 사람이었다는 뜻이다. 할아버지가 행패부리고, 폐렴으로 만신창이가 된 몸이 더 이상 호전될 기미가 보이지 않아도, 심지어 화장실도 못 가고 침대에서 볼일을 봐 매일 엉덩이를 닦아주고 시트를 갈아야 하는 상황에서도 유머를 잊지 않는 것. 낙천적이라고 하면 낙천적이고 신경이 무디다고 하면 무딘 것이다. 그렇지만 할머니의 그 '웃어넘기기'는 할머니가 쓰러지지 않게 해주었을 뿐만 아니라 아빠도 무너지지 않게 지탱해 주었다. 너무 많이 심각해지지 않는 것. 내일 모레 지구가 멸망해도 지금 웃긴 것은 웃고 봐야한다는 태도. 그래서 할머니는 할아버지를 간병하다가도 종종 피식 웃었고, 아빠는 집에 돌아와서 그 이야기를 해주곤 했다.

"아빠는 그래서 가끔 할머니가 존경스럽단다."

"그래요? 그냥 할머니가 웃음이 좀 많은 게 아닌가."

"속상하고 힘들다고 푸념하시고, 매일 걱정하시면서 우스운 건 안 놓치시는 게 신기하잖니."

"아빠는 그렇게 못 해요?"

"아빠는 할아버지 생각만 하면 웃을 수가 없단다. 재밌는 건 재미있는 거고 슬픈 건 슬픈 건데 아빠는 그게 안 되네."

아빠는 한숨을 푹 쉬었다. 뱃속 깊숙한 곳에서부터 내쉬는 숨이었다.

7

할아버지가 병원을 나가는 것은 저지했지만 할아버지의 상태는 급격하게 나빠졌다. 몸이 아니라 정신이 그랬다. 그때 당시 할아버지는 8인실에 입원해 있었는데, 할아버지는 그 병실의 명물이 되었다. 회진하는 의사를 붙잡고 횡설수설하다가 '그러니 퇴원 좀 시켜 주구려.'로 말을 맺기도 하고, 한밤중에 몇 시간 동안이나 잠을 자지 않고 버티기도 했다.

정신이 흔들리기 시작하는 반면에 몸은 점점 나아졌다. 혼자 일어나 앉을 수도 있었고, 밥도 먹을 수 있었다. 멀리 걷거나 하는 것은 무리였지만 병실을 돌아다닐 수 있을 정도는 되었고, 호흡기도 필요 없게 되었다. 하지만 그게 좋은 일인지 나쁜 일인지 나는 정확히 알 수 없었다.

몸이 나아진 것은 맞지만 할아버지는 아직 한참 입원해야 하는 사람이었다. 고령의 나이에 폐렴은 치명적인 병이었다. 합병증의 위험도 있었기 때문에 완치까지는 아니더라도 거의 그것에 가까운 상태가 되어서야 퇴원할 수 있었다. 더 건강해지기 위해서가 아니라, 더 나빠지지 않기 위해서라도 할아버지는 병원에서 치료를 받아야 했다.

그런데도 할아버지는 병원에서 나가겠노라 고집을 부렸다. 할아버지는 온갖 수단을 써서 자신이 퇴원해도 된다는 것을 가족들에게 납득시키려 했다. 하루는 화장실에 가지 않고 침대 밑의 요강에 소변을 본 후 그것을 잘 감춰놓고는, 병실에 들른 아빠에게 그것을 보여주었다고 한다. '봐라, 이 정도면 나가도 되지 않겠냐.' 아직 멀쩡하다는 것을 보여주기 위해 할아버지는 몇 번이고 소변을 그곳에다 모았던 것이다. 이쯤 되면 무섭게 느껴지기까지 했다.

오락가락하는 정신으로 오직 병원에서 나갈 궁리만 하는 할아버지를 막는 것은 점점 힘들어졌다. 아빠를 호출하는 할머니의 전화는 이제 밤낮을 가리지 않고 울렸다. 의사들은 할아버지를 요주의 인물로 지목했다. 할머니는 더 이상 화분들을 돌보지 못했다. 레몬그라스와 제라늄이 말라 비틀어져 가는 동안, 할머니는 침대 머리맡에서 탈출 기회를 엿보는 환자를 감시해야만 했다.

"아빠, 오늘도 늦게 들어오세요?"

아빠는 고개를 끄덕였다. 한 달 내내 할아버지에게 시달린 아빠의 몰골은 말로 표현할 수가 없었다. 눈 밑에 시커먼 그림자가 드리워졌고, 입술도 퍼석하게 말랐다. 아빠는 할아버지가 입원한 후 계속 그 상태였다. 어깨를 움츠리고 허리를 구부정하게 세워 걷는 모습은, 마치 물속을 걷는 것 같이 보였다. 출렁대는 물속에서 마음대로 움직여 주지 않는 다리를 힘껏 휘젓는 모습. 불쌍한 아빠는 할아버지에게 엉망진창으로 휘둘리고 있었다. 유령처럼 흐느적거리는 아빠가 요란한 핸드폰 소리에 현실로 돌아왔다.

"어머니, 수면제 드리지 마세요. 아버지 밤에 안 주무신다고 했잖아요."

아빠가 할머니를 나무랐다. 할아버지는 잠을 자지 않았다. 낮에 너무 흥분해서 진정제를 맞혀 놓으면 죽은 듯이 누워 있었기 때문에, 새벽에 오히려 더 기운이 나는 모양이었다. 잠만 안 자는 것이 아니라 정신도 오락가락했다. 어떤 때는 멀쩡하다가도 갑작스럽게 헛소리를 하는 식이었다. 하루 종일 간병을 맡고 있는 할머니는 그것이 괴로워 어쩔 줄을 몰랐다. 오십 년 가까이 함께 살아온 배우자가 병원 침대에서 횡설수설하는 모습을 보는 것은 적잖은 고통이었다. 게다가 한 달 내내 병원에서 할아버지 수발이나 들고 있어야 하는 것은 할머니같이 외향적인 사람에게는 거의 고문이었다. 할머니는 할아버지가 잠든 몇 시간 동안만 외출을 할 수 있었고, 그것도 멀리 나갈 수는 없었다. 사람들을 만나거나 쇼핑을 하는 것은 거의 불가능했다. 문제는 그것이 한 달로 끝날 것이란 보장이 없다는 것이었다. 할아버지가 낫기까지는 한 달이 더 걸릴지도 모르고, 어쩌면 일 년이 걸릴지도 몰랐다. 최악의 경우에는 나머지 일생을 병원에서 보내야 할 것이었다.

아빠가 지친 모습으로 병원에 간 뒤 엄마와 나, 동생은 셋이서 저녁을 먹었다. 아빠는 최근 한 달 동안 저녁 식사도 거의 함께하지 못했다. 4인용 식탁은 한 명이 빠지자 유난히 텅 비어 보였다.

"엄마, 할아버지는 언제쯤 퇴원하실까?"

미역 줄기를 입에 넣은 채로 나는 엄마에게 지나가듯 물었다. 엄마는 내가 입에 음식을 넣고 이야기하고 있는 것이 못마땅한 듯 눈을 찌푸렸다. 모른 척 얼굴을 돌렸지만 옆에 닿는 시선이 따가웠다.

"모르겠다. 나이가 나이인 만큼 빨리는 못 하시겠지. 애꿎은 아빠만……."

엄마는 말끝을 흐렸다. 할아버지의 폐렴이 낫는다 해도 정신이 돌아오는 것은 별개의 문제였다. 어쩌면 더 오랜 기간의 치료가 필요할지도 모른다.

"엄마."

미역 줄기를 억지로 삼키자 목이 시큰거렸다.

"할아버지, 치매 맞지?"

엄마는 침묵했다. 가족 중에서 그 단어를 가장 처음 꺼낸 사람은 나였을 것이다. 할머니와 아빠, 고모들은 할아버지의 불안한 정신이 폐렴으로 허약해진 몸 때문이라고 생각하고 싶어 했다. 엄마는 오랫동안 고민하다가 아마 그럴 거다, 하고 대답했다. 그럴 줄 알았다.

9

할아버지가 치매라고 확실히 결론을 내린 것은 담당 의사였다. 놀라울 것도 없었다. 할아버지는 날이 갈수록 심각해지고 있었다. 아빠와 병실에서 난투극을 벌이기도 했다. 정신이 후퇴하는 동안은 무시무시한 괴력을 발휘할 수 있었던 할아버지는 링거 바늘을 뽑아버리고 아빠와 이종 격투기 시합을 방불케 하는 몸싸움을 했다고 한다. 링거 때문에 퉁퉁 부은 늙은 팔에서 퐁퐁 솟아오른 피가 병실 바닥을 더럽혔을 것이다. 나는 할아버지가 아빠에게 슈퍼킥을 먹인 다음 저먼 스플렉스를 구사하는 장면을 상상했다. 가관이었다.

　아빠는 점점 집에 들어오는 날이 뜸해졌다. 자다가 인기척에 놀라 깨어보면 현관문을 살짝 열고 들어오는 아빠의 모습이 보였다. 달도 없는 새까만 새벽이었다. 시곗바늘 재깍거리는 소리만이 아빠를 맞아주고 있었다. 아빠는 집에 와서도 여전히 할아버지와 대치하고 있는 듯 힘겨운 모습이었다.

　"저러다 아빠까지 잡는 거 아닌가 모르겠다."

　엄마는 침울하게 말했다. 나는 아무 말도 하지 않았다.

　얼마 못가 할아버지는 개인실로 병실을 옮겨야 했다. 할아버지가 너무 난동을 피우는 바람에 다른 환자들에게 피해가 갔던 모양이었다. 할아버지는 여전히 집에 가자고 칭얼거리고, 무슨 말인지 알아들을 수 없는 소리를 했다. 심지어 할머니마저도 할아버지를 이해할 수 없었다. 말을 더듬는 것이 문제가 아니었다. 할아버지의 말은 앞뒤가 맞지 않는 것으로 모자라 전혀 상관없는 이야기가 뒤섞여 나왔다. 뇌의 전산회로가 미쳐서 가지고 있는 정보란 정보는 되는 대로 쏟아내고 있는 것 같았다. 나을 것이라고 생각할 수 없었다. 할머니는 멍하니 병실 의자에 앉아 있는 것으로 시간을 보냈다.

10

　학원 선생님의 아버지가 편찮으신 적이 있었다. 무슨 병인데요, 하고 묻자 선생님은 세상에서 제일 무서운 병 중 하나야, 라고 대답했다.

　치매예요? 라고 물었다. 변비인지는 물을 수 없었다. 세상 사람들의 기준에 변비는 그렇게 무서운 병은 아닐 테니까. 선생님은 치매도 무섭지, 하며 고개를 저었다. 암에 걸리셨다고 한다. 부끄러워졌다. 하지만 둘 중 어느 쪽을 택하겠냐고 하면 어느 쪽도 싫었다.

무서웠다. 만약 아빠나 엄마가 늙어 그렇게 된다면. 아니면 몇십 년 후의 내가 그렇게 된다면. 누가 차가운 손으로 목을 잡아 비트는 기분이었다. 천천히, 목이 졸려 기도가 조여들고, 폐가 터질 듯 아려오고, 씨익씨익, 가볍게 바람 빠지는 소리만 귓가에 들리고, 그리고 천천히 죽어가는 것을 실감하는 기분이 그렇지 않을까. 할아버지는 얼마나 무서울까. 자신을 잃어가는 기분은 얼마나 괴로울까.

"오래 못 가실 것 같아."

선생님이 긴 속눈썹을 깜박이며 말했다. 선생님의 갈색 눈에 눈물이 살짝 고였다. 피아노 선생이라기보단 발레리나에 가까운 이미지의 선생님은 선이 무척 고왔다. 외모와 달리 활달한 성격이었던 선생님이 중학생 제자 앞에서 눈물을 글썽이고 계셨다. 나는 뭐라고 해야 할지 알 수가 없었다.

그때만큼은 내 모자란 어휘가 정말 미칠 듯이 원망스러웠다. 선생님을 제대로 위로해 낼 수 있다면 무슨 짓이라도 하고 싶었다. 하지만 나는 그 이상 아무 말도 할 수 없었고, 몇 분 후 우리는 아무 일 없었다는 듯 레슨을 시작했다.

몇 달 후였는지는 모르지만, 갑자기 선생님께서 문자로 수업을 취소한 적이 있었다. 이유가 무엇이었는지는 적혀 있지 않았다. 나도 묻지 않았다. 다만 꽤 오래 쉬었던 것 같다. 다시 만났을 때 선생님은 언제나처럼 명랑한 모습이라서, 나는 역시 아무 말도 하지 않았다.

학원을 그만둔 후 피아노 선생님을 다시 만난 적은 한 번도 없다. 몇 년은 된 것 같다. 다시 뵙고는 싶지만, 그럴 짬이 없다. 주말에 선생님은 학원을 열지 않으시고, 평일 날 나는 아침 8시부터 밤 9시까지 학교에 매여 있는 신세니까. 저번 스승의 날에는 편지라던가, 하다못해 문자라도 보내드리고 싶었는데 멋쩍어서 그만 둬 버렸다. 만약 대학생이 된다면, 다시 한번 피아노를 배울 기회가 있을까. 만약 그렇게 된다고 해도 다시 그 선생님께 배울 가능성은 별로 없다고 생각한다. 정말 우리는 다시 인연이 닿을 계기가 없어져 버린 것 같다.

아직도 선생님을 떠올리면 생생하게 기억이 난다. 바람이 불면 하늘거리는 시폰 소재의 스커트를 즐겨 입으셨고, 레깅스가 잘 어울렸다. 아이가 있었는데도 그랬다. 하나하나 기억을 들추어내다 보면 언제나 마지막은 선생님의 붉게 충혈된 눈과 갈라진 목소리가 떠오른다. 요령 없고 서투른, 아직 어린 여자아이가 어떻게든 위로하고 싶을 만큼 안타까운 모습이. 지금의 나는 고등학생이다. 만약 아빠가 그렇게 된다면 나는 그때와 다르게 행동할 수 있을까. 고민해 봐도 남는 것은 선생님 앞에 어쩔 줄 모르고 서 있던 내 모습뿐이라서, 나는 쉽게 확신할 수 없다.

11

"엄마, 치매는 유전돼?"

엄마는 어깨를 으쓱하고는 눈을 깜박거렸다. 아빠는 집에 없었다. 없었기에 물을 수 있었던 거다. 동생은 자고 있었고, 엄마와 나는 소파에 앉아 있었다. 아빠가 없는 집안은 적응이 잘 되지 않았다. 가라앉은 공기가 어깨를 내리누르는 기분이었다. 깊은 물에 잠겨가는 기분. 할아버지가 입원한 후로 집안 공기는 항상 이랬다.

"글쎄, 잘은 모르겠지만 그럴 수도 있다는 소릴 들은 적 있는 것 같구나."

엄마는 무덤덤하게 말했다. 나는 양반다리를 풀고 소파에 제대로 앉았다. 오른쪽 다리에 쥐가 나서 동작이 부드럽지 못했다. 둘만 앉아 있었기 때문에 다리를 쭉 펴서 소파에 올려놓을 수 있었다. 소파 팔걸이에 발을 올려놓고 발가락을 연신 꼼지락거렸다. 엄마는 내가 소파에서 발장난을 하건 말건 TV 화면만 빤히 바라보았다. 엄마 안경에 비친 화면이 푸르게 빛났다. 번쩍번쩍. 엄마의 눈도 빛나고 있었다.

"아빠는 아니었음 좋겠다."

솔직한 심정이었다. 재수 없는 소리를 하고 있다는 것을 알고 있었지만 멈출 수가 없었다. 자꾸만 새벽에 들어오는 아빠의 모습이 생각나고, 할아버지 옆에서 수발들면서 점점 창백해지고 침울해지는 할머니가 보이고, 바쁜 와중에도 병실에 들러주었는데 할아버지에게 된통 당하기만 하고 쫓겨나는 고모들도 떠올랐다. 안방에서 자고 있는 동생이 무어라 웅얼거렸지만 알아들을 수 없었다. 만약에 아빠가 그렇게 된다면, 나랑 동생은 어떻게 할까. 엄마는 어떻게 할까.

아빠가 얼마 전 저녁 식사 시간에 했던 이야기가 생각났다. 오랜만에 다 같이 하는 저녁 식사였는데, 반찬은 조촐했다. 상추와 깻잎, 된장, 김치와 멸치조림 정도였던 것 같다. 아빠한테 조금 더 화려한 식사를 차려주고 싶었지만, 언제 함께 식탁에 둘러앉을 수 있을지 가늠할 수 없는 지금으로서는 어쩔 수 없었다. 엄마는 대신에 손수 상추에 밥과 된장을 올려 쌈을 싸주었다. 쌈이 되게 컸던 것 같다. 아빠가 한 입에 넣을 수 없을 정도로.

"요즘 양로원은 시설이 좋다더구나."

어렵게 상추쌈을 씹어 삼킨 아빠는 지나가는 말처럼 툭, 하고 양로원 이야기를 꺼냈다. 엄마와 나는 동시에 고개를 번쩍 들었다. 머리를 망치로 한대 맞은 기분이었다. 동생은 반찬 투정을 하면서도 멸치를 꾸역꾸역 입에 넣고 있었다.

"그래서요?"

내가 물었다. 솔직히 어떤 기분이었는지 말로 표현할 수가 없다. 어쩌면 조금 안심했던 것 같기도 하다. 만약, 할아버지를 양로원에 보낸다면 아빠는 좀 더 편해질 거야. 매일 새벽에 할머니 전화를 받고 병원에 가지 않아도 될 거고, 할아버지랑 입씨름을 하지 않아도 괜찮고, 치매 치료도 거기서다 해줄 테니까……. 할아버지가 거기 가서 정신이 들건 말건 별 생각이 없었다. 나는 아빠가 제 1 순위였고, 할아버지 간호에서 아빠를 빼낼 수만 있다면 무슨 짓이라도 할 터였다.

"만약 아빠가 늙어서 치매 때문에 행패부리면, 미련 없이 거기 넣어라."

아빠는 상추쌈을 하나 더 입에 밀어 넣으며 중얼거렸다. 난 의자에서 굴러 떨어질 뻔했다.

"그때부터 아빠는 사람이 아닌 거야. 괜찮으니까 사람들 고생시키지 말고 양로원에 보내렴."

머릿속이 왕왕 울리는 기분이었다. 상추를 우적우적 씹는 아빠는 보통 때보다 훨씬 늙어 보였다. 할아버지는요? 라고 물을 수는 없었다. 아빠는 할아버지를 거기에 못 보내서 그렇게 고생하고 있었다. 보내고 싶지만 보낼 수가 없는 것이다. 도저히 할 수가 없는 것이다.

눈물이 비집고 나오는 통에 무슨 말을 할 수가 없었다. 아빠는 자기 전철을 내가 밟지 않았으면, 하고 그런 말을 한 것이다. 하지만 아빠는 할아버지를 양로원에 보낼 수 없다. 할아버지가 사람이 아니라도, 애꿎은 사람들 고생시키고 있어도. 할아버지가 돌아오지 않아도. 어쩌면 나을지도 몰라, 하고 희망을 버릴 수가 없는 것이다. 나는 아빠한테 대답하지 않았다. 아빠는 내가 알았어요, 하고 대답하리라고 생각했을까?

"엄마."

엄마는 화면 때문에 파랗게 변한 얼굴을 내게 돌렸다. 늘 아빠와 함께 앉아 드라마를 보던 엄마는 옆자리가 비자 많이 쓸쓸해 보였다. 짝 잃은 기러기가 바로 이런 모습이구나. TV가 뿜어내는 색깔이 얼굴 윤곽을 따라 흘렀다. 움푹 패인 곳은 더 깊숙이 비추고, 편평한 부분은 부드럽게 흘러내리고. 눈 아래 그늘도, 까슬까슬한 검은 속눈썹도 푸르게 빛났다. 엄마의 갈색 눈동자도 깜박거리는 TV 화면에 기묘하게 일렁거렸다.

"건강하게, 오래 살아."

'건강하게'에 힘을 주어 말했다. 부디 나는 저런 일을 겪지 않도록. 오래오래 살아주길 바라지만, 저렇게 괴로운 것은 싫어. 자꾸 잊어버리고 헛소리하고, 어린애가 되어 가는 사람을 보고 있는 건 정말 너무 힘들 것 같아. 나는 분명히 울 거야. 그리고 아빠처럼 매일 병원에 찾아가고, 달래고, 화내고, 잠도 못 자고, 그렇다고 양로원에도 못 보내고. 사랑하니까, '어쩌면'에 매달려서 아무것도 못 하고 그냥 그렇게 살 거야. 내 시간이 몇 주, 몇 달, 몇 년이 지나가고 증발하고 스러져도 그렇게 살 거야.

엄마는 고개를 끄덕이고 TV를 껐다. 팟-하고 화면이 점멸했다.

12

달칵달칵. 마우스 소리가 새벽에 요란했다. 나는 엄마에게 들키지 않으려고 숨을 죽였다. 낮에 컴퓨터를 하면 구박받는다는 것을 몸으로 체험하고, 나는 활동 시간을 새벽으로 옮겼다. 물론 몸이 감당해야 할 부담은 배로 늘었지만, 사이버 월드를 그렇게 쉽게 포기할 정도로 나는 자제력이 강하지 못했다. 여름인데도 불빛과 키보드 소리가 새어나가지 못하게 문을 꼭꼭 닫아놓아서 나는 열대야와 컴퓨터의 열기로 거의 질식사하기 직전이었다. 목덜미에서 끈적끈적한 땀이 배어나오고, 몇몇은 맺혀 있다가 목의 곡선을 따라 쭈욱 흘러내렸다. 등허리를 훑어 내리는 땀방울이 간지러웠다.

사실 컴퓨터로 특별히 하는 것은 없었다. 그냥 검색하고, 음악 듣고, 또 이것저것 보다가 끄고, 또 켜고. 쓸데없는 시간 죽이기라고 생각하긴 했지만, 멈출 수가 없었다. 요컨대 그건 내 인생의 낙 중 하나였으니까. 습관 아닌 습관이 되어버린 것이다.

음악 감상이나 검색 이외에도 내가 즐기는 게 하나 있다면 그건 인터넷 쇼핑몰 구경이었다. 실제로 옷가게에 들어가서 구경하는 것은 성미에 맞지 않았다. 종업원이 옆에 딱 붙어서 이건 어떠세요, 저건 어떤가요, 하는 것도 부담스러운데다 빈손으로 나올 때면 그 시선이 얼마나 따갑던지. 울며 겨자먹기로 티셔츠 하나 사서 집에 돌아오고, 몇 달 후에 얼마 입지도 않았는데 넝마가 된 그것을 쓰레기통에 밀어 넣는 것은 영 서글픈 일이었다. 그런 점에서 인터넷 쇼핑몰은 성가신 종업원도 없고, 충동구매도 없으니 (나는 행동력이 보통 사람의 반 정도이기 때문에 인터넷으로 물건을 사는 일은 거의 없었다. 인터넷은 분위기에 휩쓸릴 일은 없잖아?) 나에게 딱 알맞은 공간이라 할 수 있었다.

스크롤을 내리는데 문득 눈에 들어오는 옷이 하나 있었다. 까만 셔츠였다. 단추까지 모두 선명한 검은색이었다. 하나같이 발랄한 원색의 옷들 중에서 유일하게 무채색인 셔츠가 존재감을 과시하고 있었다. 별 생각 없이 클릭해 보자 크게 확대된 사진이 떴다. 왼쪽 가슴에 있는 자그마한 주머니 윗부분이 하얀색으로 처리된 것 빼고는 모두 다, 완벽한 검은색이었다. 이런 걸 입는 사람도 있나 싶었다. 그런데 문득, 왠지 이게 나에게 절실히 필요할 것 같은 기분이 들었다. 정면에서 불어오는 바람을 그대로 받은 기분만큼이나 현재 진행형이었다. 그건 뭐랄까, 영감과도 비슷한 것이었다. 굳이 표현하자면 예감이었다. 아주 구체적인 예감.

내 옷장에는 까만 옷은 별로 없었다. 검은색 면바지라면 하나 정도 있었지만 윗도리가 순 검정인 것은 칙칙해 보여서 싫었다. 그렇지만 만약에, 정말 만약이지만, 멀지않은 시점에 내가 그런 셔츠가 필요하다면. 죽음의 상황을 미리 가정하고 있다는 것에 섬뜩함을 느꼈다. 내가 동요하건 말건 머리는 어느 때보다도 빨리 돌아가고 있었다. 만약 갑자기 그렇게 돌아가신다면 교복을 입고 가야 하나? 방학이라면 어떻게 하지? 밑에는 까만 바지 입고 위에는? 긴팔 까만색 니트가 있기는 한데 그건 겨울옷인 걸. 연이어 이어지는 생각은 아빠가 문을 엶과 동시에 툭, 하고 끊어졌다. 잘려나간 도마뱀 꼬리같이, 분리되었음에도 불구하고 가느다랗게 꿈틀거리며.

"이제 자야지, 너무 늦은 거 아니냐?"

"지금 끄려고요. 헤헤."

"그러니까 아침에 일어나질 못하지. 밥 먹으면서 졸고."

나는 애써 웃음을 지었다. 아빠에게 내 생각을 들키고 싶지 않았다. 할아버지 장례식에 입고 갈 옷 생각이나 하고 있다는 것을 들키고 싶지 않았다.

"너무 칙칙하구나. 너한테 안 어울릴 것 같은데."

아빠가 모니터를 넘겨다보며 말했다.

'어차피 한 번 입고 말건데요, 뭘.'

"그런 것 같아요. 안 사려구요. 돈도 없고, 그다지 예쁘지도 않고."

"그래, 그럼 자라."

나는 인터넷 창을 끄고 시스템 종료 버튼을 눌렀다. 모니터 화면이 어두워지는 것을 보며 애써 마음을 가라앉혔다. 정리되지 않은 생각을 꼬깃꼬깃 접어 구석에 밀어놓은 채로, 머릿속에서 할아버지의 죽음에 대한 가능성을 지워버렸다. 그 생각은 더 이상 하지 않을 거고, 셔츠도 사지 않을 거다. 그거면 된다. 침대에 누워 눈을 감았다. 자고 나면 모두 다 잊어버렸으면 싶었다.

다음 날 일어나서도 나는 잊어버리지 않았다. 하지만 더 이상 그 쇼핑몰 홈페이지를 클릭하는 일도, 그 옷을 사기 위해 입금하는 일도 없었다.

13

할아버지 장례식을 상상하면서 입고 갈 옷이나 생각하고 있었다니, 내가 생각해도 너무했다. 하지만 어떻게 생각하면 나는 그만큼 할아버지의 죽음을 구체적으로, 현실적으로 보고 있는 것일지도 몰랐다. 아빠나 할머니는 결코 그렇게 할 수 없었다. 할아버지가 죽는다, 라는 상황을 절대 가정하고 싶지 않을 테니까. 설사 의사가 그렇게 말한다 해도 두 사람은 믿지 않을 것이다.

"나라도 그럴 거야. 만약 내가 그 상황에 있다면."

옆에 나란히 서 있던 친구가 고개를 끄덕였다. 이런 이야기를 용케 참고 진지하게 들어주고 있는 녀석이 내심 고마웠다. "근데 할아버지는 내 아빠가 아니잖아, 게다가 내가 좋아하는 것도 아니고."

안 좋아하는 게 아니라 싫어하는 거지. 얘기 들어보니까 그런 것 같은데? 정곡을 찔린 내가 입맛을 다셨다. 불시에 옆구리라도 꼬집힌 느낌이었다. 말 한번 얼얼하게 하네.

"뭐든 간에. 어쨌든 할아버지가 돌아가셔도 난 아무 기분도 안들 것 같단 말야."

"아무것도? 완전히?"

내가 고개를 주억거렸다. 음, 예를 들어 만약 내가 학교에 있을 때 할아버지가 돌아가시면 집에서 전화가 오겠지. 장례식을 치러야 하니까. 난 수업시간엔 전화를 꺼 놓으니까 쉬는 시간에 받을지도 모르고, 아니면 내가 안 받으니까 전화가 직접 선생님에게 걸려올지도 몰라. 그럼 난 교복을 입은 채로 수업 중에 가방을 싸고, 뒷문으로 나가서 택시를 타야겠지. 병원 영안실로 갈 거야. 그치만 그래도 아무런 느낌도 없을 거야. 선생님이 안됐다는 표정으로 날 보면서 전화 좀 받아 보거라, 하든 아니면 아예 집에 가 보거라, 하든. 애들이 어떡해, 하면서 수군거리든. 아니, 안 그럴지도 모르겠다. 저번에 우리 반 애가 할머니가 돌아가셔서 빠졌는데 별로 신경 안 쓰더라고. 어쩌면 할머니 할아버지 돌아가시는 일은 별로 대수롭지 않은 일일지도 몰라. 사실 조부모가 살아계신 애들은 별로 없을 걸. 특히 나같이 외가랑 친가 모두. 근데 요점은 이게 아니었던 것 같은데…….

"중요한 건 내가 이렇게 할아버지가 돌아가셨을 때를 대비해 미리 계획을 짜 놓고 있다는 거야."

"계획이라니, 옷 입는 거?"

"그걸 포함해서. 선생님이 집에 무슨 일 있냐고 하면 뭐라고 대답할지,

애들한테 뭐라고 하고 나올지, 만약 중요 과목이면 노트는 누구한테 빌릴지, 학교에서 택시 타려면 어디로 가서 탈지, 택시비가 없으면 누구한테 빌릴지, 그리고 또……"

"또 뭐? 왜 말을 하다 끊냐."

"좀 기다려 봐, 말하기 거북하단 말야. 그러니까 장례식장에서 어떤 표정을 지어야 할지라던가, 뭐 그런 거."

"표정?"

"응. 표정. 난 아마 도저히 눈물은 안 나올 것 같아. 근데 아빠는 펑펑 울 것 같단 말야. 고모들이랑 할머니도 마찬가지고. 호상이라던지 그런 문제가 아냐. 물론 할아버지는 아프다가 돌아가셨으니 호상이라고 하기도 뭐하지만. 어쨌든 오래 사셨든 짧게 사셨든 돌아가신 건 슬픈 거라고. 근데 손녀란 애가 눈물도 한 방울 안 흘리고 그렇게 담담하게 있으면 뭐가 되겠어?"

"너 되게 이상하다. 왜 그런 걸 신경 써?"

"나도 몰라. 근데 제일 짜증나는 건 내가 이런 것만 생각하고 있단 거야. 할아버지가 곧 돌아가실 거라고 확신하는 것 같잖아."

"그건 그렇네. 하지만 건강도 안 좋으시잖아."

나는 대답하지 않았다. 더 말하고 싶었지만 말해 봤자 좋지 않을 법한 이야기들만 뱃속에 똬리를 틀고 있었다. 부풀어오른 말들이 뱃속에서만 날뛰었다. 쿵, 쿵. 심장이 뛸 때마다 울렸다. 사실 세일 신경 쓰이는 건 그게 아니었어. 쿵. 제일 화나고, 부끄러운 건 만약 그렇게 되면 우리 아빠 편해질 수 있을 것 같다고 생각한 거야. 잠깐만 슬프면 되잖아. 할아버지는 꽤 오래 사신 편이고, 우리도 할 만큼 했으니까. 아빠도 그렇게 오랫동안 슬퍼하진 않을 거라고 생각한 거야. 아빠를 할아버지에게서 돌려받을 수 있겠다고 생각한 거야.

나 진짜, 아빠를 되찾고 싶었어. 매일 늦게 들어오는 것도 싫고 할머니 전화 때문에 머리 아파하는 것도 싫고 할아버지 떼쓰는 것 때문에 속상해

하는 것도 싫었어. 그냥 끝내버리면 속 시원하지 않을까, 그렇게 생각했어.

이런 생각을 하게 될 줄은 몰랐어. 싫어한다고 해도 절대로 하면 안 되는 생각이었어.

꿀꺽, 하고 이야기를 삼켰다. 결코 말하지 않을 것이다. 친구에게도 엄마에게도, 물론 아빠에게도. 나가지 못한 말들이 으르렁거렸다.

3

유실물

잃어버린 것이 있다는 것을 할아버지도 아빠도 할머니도 나도 다른 모두도 모르고 있었나 보다. 좀 더 빨리 깨달았다면 좋았을 텐데. 그렇다면 지금 내가 가족들을 깨우쳐야 하는 걸까. 할아버지가 죽어가는 지금, 입을 열라고. 말하라고.

1

　입원한 할아버지를 만나러 간 것은 할아버지가 병실을 1인실로 옮기고도 한참 지난 후였다. 병원으로 가는 차 안에서 아빠가 말했다. 할아버지가 널 잘 못 알아보시거나 이름을 헷갈려 하셔도 신경 쓰지 마라. 별로 상태가 안 좋으시니까.

　나는 그 말에 고개를 끄덕였다. 사실 할아버지가 정신이 온전할 때도 내 이름을 기억하고 있는지 헷갈릴 때가 많았으니-그만큼 할아버지는 나와 이야기를 나눈 적이 드물었다-지금 상황에 할아버지가 나를 기억한다는 것이 넌센스였다. 서운할 것도 없는 일이었다.

　병실에 들어서자마자 병원 특유의 소독약 냄새가 났다. 병원 냄새가 병실 안에 어찌나 가득 차 있던지 할아버지의 몸 냄새마저 흐릿했다. 그와 함께 할아버지의 존재감도 흐리멍텅해진 것 같아서 기분이 묘했다.

　할아버지는 병원 침대에 허리를 기대고 앉아 있었다. 물론 자기 힘으로 앉아 있는 것이 아니고 기울어진 침대 등받이에 기대어 있었다. 그 와중에도 할아버지의 눈은 TV에 고정되어 있었다. 솔직히 말하자면 할아버지가 살아오면서 가장 많은 대화를 나눈 상대는 TV가 아니었을까.

　아빠는 할아버지 바로 옆에 앉아 있는 할머니와 뭐라 조곤조곤 이야기를 나누더니, 이내 함께 병실을 빠져 나갔다. 엄마와 동생은 마실 것을 사러 병원 휴게실에 갔기 때문에, 나는 졸지에 할아버지와 단둘이 병실에서 TV를 시청하는 신세가 되었다.

　"식이는 어디 갔노?"

갑작스러운 할아버지의 물음에 나는 고개를 번쩍 들었다. 할아버지는 멍한 눈으로 나를 보고 있었다. 아니, 어쩌면 내 뒤의 벽을 보고 있었는지도 모른다. 질문이라기보다는 일방적인 헛소리에 가까워서, 나는 저도 모르게 한 걸음 물러났다. 솔직히 좀 섬뜩했다.

식이. 모르는 이름이었다. 우리 집 사람들 중에서 외자 이름을 가진 사람은 한 명도 없었다. 할아버지가 드디어 가상의 인물을 만들어 낸 것인가. 상태가 좋지 않다고 하지만 이 정도인가. 하지만 식이가 만일 정말로 존재하는 사람이라면, 저 지경이 되어서까지 기억하고 있는 사람이 대체 누구인지 궁금하기도 했다. 나도 못 알아보면서. (할아버지는 내가 손녀딸인지 간호사인지 아니면 링거대인지 구별하고 있는 것 같지 않았다.)

할아버지는 연신 식이는, 식이는 어디 갔노? 하고 되풀이하고 있었다. 할아버지의 헛소리 때문에 겁에 질린 나는 병실에서 나가야 할지 그냥 있어야 할지 고민하기 시작했다. 계속 대답을 하지 않고 있는다면 할아버지가 어떻게 나올지 알 수가 없었고, 그렇다고 저 상태의 할아버지를 병실에 두고 나올 수도 없었다. 진퇴양난. 내가 결국 병실을 나가기로 결정하고 의자에서 일어섰을 때 동생이 엄마와 함께 돌아왔다.

엄마와 동생이 들어오자 할아버지는 내게서 눈을 돌렸다. 계속될 줄 알았던 식이 타령도 너무나 어이없이 끝나 버렸다. 할아버지는 무관심하게 TV로 시선을 돌리고는 입을 다물었다. 엄마가 사온 오렌지 주스 뚜껑을 열면서, 나는 생각했다. 식이.

2

식이는 누구인가.

유력한 후보는 할아버지의 남동생이었다. 할아버지는 형제자매가 많으셨다고 하니까. 물론 나는 그들의 이름을 전혀 알지 못했고, 그러니까 내가 '식이' 라는 이름을 낯설어 하는 것도 설명이 되었다.

아니면 혹시 친구? 가능성이 있기는 하지만 할아버지가 그렇게 친한 친구가 있을까. 물론 내가 모르는 할아버지의 모습이 있을 수도 있기 때문에 이것도 배제할 수 없는 가능성이었다.

그 외에도 다른 가능성은 엄청나게 많았지만 더한 문제는 내가 아무리 고민해 봤자 답을 찾을 수 있는 확률이 희박하다는 것이었다. 이름 하나 가지고 사람을 찾을 수 있을까? 할아버지와 그 사람의 관계도 모르는데 말이다.

어쩌면 식이는 정말로 할아버지가 만들어 낸 가상의 인물인지도 몰랐다. 나는 그것을 잊어버리는 것이 낫다는 결론을 내렸다. 하지만 사람 마음이라는 게 그렇게 마음대로만 된다면 세상살이가 지금보단 쉬울 테지.

3

"엄마, 식이란 사람 알아?"

"누구?"

"이름이 '식' 인 사람 말이야. 우리 집에 없어?"

엄마는 고개를 비스듬히 기울이더니 대답했다. 그런 사람이 우리 집에 어디 있니? 으으음. 그렇구나. 나는 멋쩍게 머리만 긁어 대었다. 전후 사정을 모르는 사람이야 내 질문이 뜬금없게 들리겠지.

"근데 그건 왜?"

"아니 그냥, 예전에 좀 들어본 것 같은데 갑자기 기억이 안 나서. 혹시 우리 집 사람인가 하고."

나는 대충 둘러대고는 소파에 모로 누웠다. 도대체가 알아낼 길이 없군.

아빠한테 물어 봐도 별다른 수확도 없을 것 같고. 게다가 안 그래도 머리가 복잡한 아빠에게 할아버지가 헛소리까지 한다는 생각을 심어 줄 수는 없었다.

"족보 같은 거 찾을 수 있으면 좋을 텐데."

혼잣말을 하며 TV 채널을 돌리자 이산가족 상봉 현장을 뉴스에서 보여 주고 있었다. 나이가 엄청나게 많아 보이는 할머니가 머리가 하얗게 센 아들을 끌어안고 울고 있었다. 솔직히 말하자면 어느 쪽이 어머니고 아들인지도 구분이 잘 가지 않았다. 둘 다 노인으로밖에 보이지 않는 걸. 손이 얼마나 쪼그라들었는지 잡아당기면 가죽이 쫙 늘어날 것 같았다. 두 사람 다 기가 막히지 않을까. 60년 전에는 젊은 어머니와 귀염성 있는 꼬마 사내아이였을 텐데, 재회했을 때는 이빨 빠진 백발노인이 되다니.

"저렇게라도 찾은 사람들은 다행이지. 보고 싶어도 행방을 모르는 사람들은 어떠나."

엄마가 뒤에서 혀를 끌끌 찼다. 어쩐지 현실감이 없었다. 60년 전의 전쟁이라니, 우리 할아버지 세대가 아닌가.

만약 식이가 전쟁 통에 잃어버린 동생이나 뭐 그런 거라면 어떨까? 가슴이 아파서 여태껏 가족들에게도 말하지 않았다면? 하지만 60년이 지난 지금도 잊지 않고…….

쿠션에 얼굴을 콱 묻자 머릿속이 고요해졌다. 생각하지 말자. 그렇게 다짐했건만, 마음은 점점 먹먹해졌다.

4

그놈의 식이 발언 이후로 남북 이산가족 대하 드라마의 시나리오를 머릿속으로 쓰는 등 온갖 어이없는 짓이란 짓은 다 해버렸기 때문에, 나는 기운이 쭉 빠져 버렸다. 아아, 할아버지. 그냥 아무말 하지 않고 있어줬다면 내가 이렇게 고민할 필요도 없었을 텐데. 하지만 할아버지가 그렇게 찾는 식이가 대체 누구인지 알아야 할 것 같은 기분이 들었다. 지극정성인 할머니도 매일 할아버지 때문에 고생하는 아빠에게도 무덤덤하면서, 식이는 과연 누구길래?

고민하는 통에 힘을 준 샤프 펜슬에서 뚝 소리가 났다. 몇 번째 심을 부러뜨린 건지 알 수 없었다. 옆자리 친구가 한심하다는 눈초리를 줬다. 그다지 집중하고 있지도 않으면서. 일부러 힘을 줘서 샤프심을 꾹꾹 내리눌렀다. 핑, 핑 하고 부러진 검은 심의 파편들이 튕겨나갔다. 옆자리의 녀석은 아예 고개를 돌리고 턱을 괸 채로, 나를 외면했다. 속이 시원해졌다.

껄끄러운 상대에게서 탈출해 급식실로 걸어가면서, 친구놈에게 짜증을 부렸다. 할아버지 이야기를 끈기 있게 들어줬던 녀석은 이번에도 내 말을 끊지 않았다.

"아, 그래서 진짜 돌아버리겠어."

"식이 때문에?"

대화 앞부분만 들으면 남자 문제인 줄 알겠군. 나는 툴툴거리면서도 끝내 고개를 끄덕였다.

"옛날 사진 같은 거 볼 수 있으면 좋을 텐데."

"사진 봐도 누가 누군지 어떻게 알아. 하나하나 물어볼 수도 없잖아."

"그건 그렇지."

그것 봐, 하고 대답한 녀석은 주머니에서 핸드폰을 꺼냈다. 문자 메시지가 왔는지 화면이 반짝거리고 있었다. 내가 부러워했던 하얀색 터치폰의 바탕화면을 가볍게 두드리며, 친구는 이야기했다. 화면은 벌써 손톱 자국과 지문, 긁힌 상처로 얼룩덜룩했다.

"그냥 잊어버려. 꼭 알 필요도 없고, 알 수도 없을 거 아냐."

네 이야기가 아니니까 그렇게 말할 수 있는 거야. 내가 옆에서 칭얼거리자 나니까 이렇게 들어주는 거야, 하고 엄격한 대꾸가 날아왔다. 선생님이 출석부로 머리를 쥐어박고 있는 것 같은 기분이 들었다. 그 와중에 문자 메시지를 보내고 있는 친구에게 심통이 나, 나는 날렵한 동작으로 핸드폰을 빼앗았다.

"야, 야! 아직 보내고 있는 중이라고."

"친구가 진지한 이야기를 하고 있는데 문자 메시지나 보내고 있다 이거지? 누구야, 이거? 꼭지 이모?"

"시끄럽고 폰이나 내놔."

한 대 두들겨 맞고서야 핸드폰을 돌려준 나는, 아픈 머리를 문질렀다. 손바닥도 아니고 주먹으로 가격 당했다. 그것도 뼈마디로. 책 모서리에 맞는 것만큼이나 얼얼했다.

"씨이, 아프잖아."

"먼저 멍청하게 군 건 너잖아."

"어쨌든. 근데 꼭지 이모가 뭐야? 이름이 꼭지야?"

"아냐. 애칭이야."

무슨 애칭이 그래, 하고 나는 실실 웃었다. 친구는 핸드폰을 도로 주머니에 쑤셔 넣었다. 지갑과 열쇠 따위가 들어 있는 치마 주머니는 금세 불룩해졌다. 묵직한 주머니가 볼썽사납게 튀어나와 있는 것도 아랑곳하지 않고 녀석은 지퍼를 올렸다.

"옛날엔 아들이 귀했잖아? 근데 우리 할머니가 여자 애만 내리 다섯이나 낳았어. 그러니까 여자는 이제 그만, 하고 꼭지라고 지은 거지. 막순이, 득남이 그런 거랑 비슷한 거야."

"웃기네. 애칭이 그따위면 난 무지 화났을 걸."

나도, 하고 대답한 친구는 예의 그 주머니를 뒤져 동전 몇 개를 꺼내 티슈를 샀다. 자판기에서 휴지가 툭 하고 떨어졌다. 몇 장 되지도 않는 그 휴지 난 싫던데. 녀석이 화장실로 들어가자 나는 밖에 혼자 남았다. 이럴 때

만큼은 끼리끼리 몰려다니는 여자애들의 습성이 성가셨다.

"꼭지라니, 아무리 생각해도 웃기네."

꼭지. 그래도 이름이 아니라 애칭이 있다니 멋있다. 외국에서만 있는 줄 알았는데. 그러고 보니 원래 자기 이름이랑 상관없는 애칭을 지어주기도 한댔지. 그런 것 말고도 태명 같은 것도 있고…….

식이.

'어쩌면' 하는 물음이 또 수면 위로 뽀글뽀글, 거품을 올려 보내고 있었다. 화장실에서는 쏴아, 하고 물 내려가는 소리가 들렸다.

5

며칠 후 할아버지 병문안을 가게 된 것은 순전히 내 고집 때문이었다. 할아버지에게 관심을 가진 적이 거의 없었던 내가 완강하게 주장하자 다들 조금 어리둥절했던 것이다. 할아버지 상태는 여전히 좋지 않았지만 나를 보지 못할 정도는 아니었다.

할아버지는 여전히 침대에 앉아 있었다. 코에 붙은 호스가 점액질의 액체로 지저분했다. 링거 바늘은 껍질밖에 없는 손등을 관통해서 소름이 끼쳤다. 할아버지의 혈관은 바늘을 뽑아내면 구멍이 나서 늘어난 그 모습 그대로 회복되지 않는 건 아닐까.

할머니는 요새 병실을 비우는 일이 잦았기 때문에, 병실은 조용했다. 물론 할머니가 같이 있어도 병실이 시끄럽지는 않았을 것이다. 할머니는 말도 많고 떠들썩한 사람이지만 이런 환경에서까지 체통 없이 굴지는 않을 터였다. 할머니는 오직 할아버지가 없는 곳에서 요란하고 활기찼다. 어쩌면 '밖'으로 나가길 원하는 그 성격은 소통 없는 할아버지 때문에 어쩔 수 없이 했던 선택이 아닌가 하는 생각이 들었다.

아빠가 담배를 피우러 병원 밖으로 나가고, 동생의 칭얼거림에 엄마마저 휴게실로 향하자 병실에는 둘만 남았다. 할아버지와 나. 그럴 줄 알았다. 이렇게 되기를 기다렸다. 이제 어떻게 할까. 내가 먼저 식이 이야기를 꺼내나? 아니면 기다려야 하나?

"식이는 어디 갔노?"

할아버지는 저번과 똑같은 톤의 목소리로 내게 물었다.

"잘 모르겠는데요, 할아버지. 식이 없어서 불안하세요?"

할아버지는 아무런 움직임이 없었다. 이래서는 식이가 할아버지의 뭔지 알 수가 없었다. 나는 좀 더 이야기를 해 보기로 했다.

"할아버지, 식이 보고 싶어요?"

"식이 지금 오나?"

"식이가 할아버지 친구예요? 만나러 와요?"

"식이 지금 오나?"

"아니면 동생, 동생이에요?"

"식이 어디 갔노?"

"누구예요?"

병실 문이 열렸다. 할아버지는 내게 들릴 정도로만 가만히 속삭였다.

"식이 저기 왔다."

아빠가 서 있었다.

6

치매로 주위 사람들을 홀랑 까먹은 할아버지가 아빠의 애칭만은 외우고 있었다. 대단한 일인지 당연한 일인지 알 수 없었다. 어쨌든 할아버지는 아빠를 사랑했을 테고, 아들의 애칭 정도는 기억할 수도 있겠지.

하지만 여태껏 쓰지 않았을 텐데. 엄마가 모른다면 할아버지가 남들 앞에서 아빠를 그렇게 부른 적은 없었을 것이다. 아빠와 단 둘이 있을 때도 애칭으로 부른다는 것은 상상할 수가 없는 일이었다. 할아버지는 그런 사람이었다.

'느이 아버지는 절대로 나한테 고맙다, 소리 하는 양반이 아니다. 지난 오십 년 동안 그랬고, 앞으로도 그럴 게다.'

순 등신이다. 그리고 나는 마침내 우리 가족이 할아버지가 죽기 전에 해야 할 일을 깨닫는다.

7

할아버지는 변비에 걸렸다. 사랑한단 말도, 고맙단 말도 할아버지의 따뜻한 대장에서 썩어가고 있다.

할머니는 변비에 걸렸다. 할아버지에게 쏟아낼 불평도, 원망도 할머니의 어두컴컴한 내장 속에서 부패하고 있다. 할머니는 레몬그라스에게 말을 걸고, 아들과 며느리에게 잔소리하고 쇼핑하고 청소할 시간에 할아버지와 이야기를 했어야 했는데.

아빠는 변비에 걸렸다. 할아버지가 아빠에게 주었던 상처들을 알렸어야 했는데. 아빠가 간직한 기억은 아빠의 깊숙한 뱃속에서 녹아가고 있다. 아빠는 할아버지에게 나를 사랑하냐고, 그렇다면 말해 달라고, 나도 사랑한다고 얘기했어야 했는데. 식이라고 불러달라고 했어야 했는데.

8

이제 내 차례다. 이 모든 것을 뱃속에 쑤셔 넣고 썩히든가, 아니면.

이제 털어놓을 준비가 되었을까?

나는 곧 안방을 열고 아빠를 부를 것이다. 아빠는 언제나처럼 내 눈을 똑바로 볼 것이고, 내 이야기를 제대로 들어줄 것이다. 나는 이야기만 하면 된다. 이야기만 하면 될 것이라고, 나는 확신한다. 이야기를 한다면.